# Tiempos recios

# Mario Vargas Llosa

## Tiempos recios

ALFAGUARA

Primera edición: octubre de 2019

© 2019, Mario Vargas Llosa
© 2019, Penguin Random House Grupo Editorial, S. A. U.
Travessera de Gràcia, 47-49. 08021 Barcelona
© 2019, de la presente edición en castellano:
Penguin Random House Grupo Editorial USA, LLC.
8950 SW 74th Court, Suite 2010
Miami, FL 33156

Imagen de cubierta: Rufino Tamayo, detalle del mural Dualidad.
© 2019, Tamayo Heirs / México / Con licencia por VAGA at Artists
Rights Society (ARS), NY/ VEGAP, Barcelona.
© 2019, Adagp Images, París, / SCALA, Florencia

© Diseño: Penguin Random House Grupo Editorial, inspirado en un diseño original de Enric Satué

www.megustaleerenespanol.com

Penguin Random House Grupo Editorial apoya la protección del *copyright*.
El *copyright* estimula la creatividad, defiende la diversidad en el ámbito de las ideas y el conocimiento,
promueve la libre expresión y favorece una cultura viva. Gracias por comprar una edición autorizada
de este libro y por respetar las leyes del *copyright* al no reproducir, escanear ni distribuir ninguna
parte de esta obra por ningún medio sin permiso. Al hacerlo está respaldando a los autores
y permitiendo que PRHGE continúe publicando libros para todos los lectores.
Diríjase a CEDRO (Centro Español de Derechos Reprográficos, http://www.cedro.org)
si necesita fotocopiar o escanear algún fragmento de esta obra.

ISBN: 978-1-644731-04-8

Impreso en Estados Unidos – *Printed in USA*

Penguin
Random House
Grupo Editorial

*¡Eran tiempos recios!*
SANTA TERESA DE ÁVILA

*A tres amigos:*

*Soledad Álvarez*
*Tony Raful y*
*Bernardo Vega*

*I'd never heard of this bloody place Guatemala until I was in my seventy-ninth year.*

WINSTON CHURCHILL

# Antes

Aunque desconocidos del gran público y pese a figurar de manera muy poco ostentosa en los libros de historia, probablemente las dos personas más influyentes en el destino de Guatemala y, en cierta forma, de toda Centroamérica en el siglo xx fueron Edward L. Bernays y Sam Zemurray, dos personajes que no podían ser más distintos uno del otro por su origen, temperamento y vocación.

Zemurray había nacido en 1877, no lejos del Mar Negro y, como era judío en una época de terribles pogromos en los territorios rusos, huyó a Estados Unidos, donde llegó antes de cumplir quince años de la mano de una tía. Se refugiaron en casa de unos parientes en Selma, Alabama. Edward L. Bernays pertenecía también a una familia de emigrantes judíos pero de alto nivel social y económico y tenía a un ilustre personaje en la familia: su tío Sigmund Freud. Aparte de ser ambos judíos, aunque no demasiado practicantes de su religión, eran muy diferentes. Edward L. Bernays se jactaba de ser algo así como el Padre de las Relaciones Públicas, una especialidad que si no había inventado, él llevaría (a costa de Guatemala) a unas alturas inesperadas, hasta convertirla en la principal arma política, social y económica del siglo xx. Esto sí llegaría a ser cierto, aunque su egolatría lo impulsara a veces a exageraciones patológicas. Su primer encuentro había tenido lugar en 1948, el año en que comenzaron a trabajar juntos. Sam Zemurray le había pedido una cita y Bernays lo recibió en el pequeño despacho que tenía entonces en el corazón de

Manhattan. Probablemente ese hombrón enorme y mal vestido, sin corbata, sin afeitarse, con una casaca descolorida y botines de campo, de entrada impresionó muy poco al Bernays de trajes elegantes, cuidadoso hablar, perfumes Yardley y maneras aristocráticas.

—Traté de leer su libro *Propaganda* y no entendí gran cosa —le dijo Zemurray al publicista como presentación. Hablaba un inglés dificultoso, como dudando de cada palabra.

—Sin embargo, está escrito en un lenguaje muy simple, al alcance de cualquier persona alfabetizada —le perdonó la vida Bernays.

—Es posible que sea falta mía —reconoció el hombrón, sin incomodarse lo más mínimo—. La verdad, no soy nada lector. Apenas pasé por la escuela en mi niñez allá en Rusia y nunca aprendí del todo el inglés, como estará usted comprobando. Y es peor cuando escribo cartas, todas salen llenas de faltas de ortografía. Me interesa más la acción que la vida intelectual.

—Bueno, si es así, no sé en qué podría servirlo, señor Zemurray —dijo Bernays, haciendo el simulacro de levantarse.

—No le haré perder mucho tiempo —lo atajó el otro—. Dirijo una compañía que trae bananos de América Central a los Estados Unidos.

—¿La United Fruit? —preguntó Bernays, sorprendido, examinando con más interés a su desastrado visitante.

—Al parecer, tenemos muy mala fama tanto en los Estados Unidos como en toda Centroamérica, es decir, los países en los que operamos —continuó Zemurray, encogiendo los hombros—. Y, por lo visto, usted es la persona que podría arreglar eso. Vengo a contratarlo para que sea director de relaciones públicas de la empresa. En fin, póngase usted mismo el título que más le guste. Y, para ganar tiempo, fíjese también el sueldo.

Así había comenzado la relación entre estos dos hombres disímiles, el refinado publicista que se creía un académico y un intelectual, y el rudo Sam Zemurray, hombre que se había hecho a sí mismo, empresario aventurero que, empezando con unos ahorros de ciento cincuenta dólares, había levantado una compañía que —aunque su apariencia no lo delatara— lo había convertido en millonario. No había inventado el banano, desde luego, pero gracias a él en Estados Unidos, donde antes muy poca gente había comido esa fruta exótica, ahora formaba parte de la dieta de millones de norteamericanos y comenzaba también a popularizarse en Europa y otras regiones del mundo. ¿Cómo lo había conseguido? Era difícil saberlo con objetividad, porque la vida de Sam Zemurray se confundía con las leyendas y los mitos. Este empresario primitivo parecía más salido de un libro de aventuras que del mundo industrial estadounidense. Y él, que, a diferencia de Bernays, era todo menos vanidoso, no solía hablar nunca de su vida.

A lo largo de sus viajes, Zemurray había descubierto el banano en las selvas de Centroamérica y, con una intuición feliz del provecho comercial que podía sacar de aquella fruta, comenzó a llevarla en lanchas a Nueva Orleans y otras ciudades norteamericanas. Desde el principio tuvo mucha aceptación. Tanta que la creciente demanda lo llevó a convertirse de mero comerciante en agricultor y productor internacional de bananos. Ése había sido el comienzo de la United Fruit, una compañía que, a principio de los años cincuenta, extendía sus redes por Honduras, Guatemala, Nicaragua, El Salvador, Costa Rica, Colombia y varias islas del Caribe, y producía más dólares que la inmensa mayoría de las empresas de Estados Unidos e, incluso, del resto del mundo. Este imperio era, sin duda, la obra de un hombre solo: Sam Zemurray. Ahora muchos cientos de personas dependían de él.

Para ello había trabajado de sol a sol y de luna a luna, viajando por toda Centroamérica y el Caribe en condiciones heroicas, disputándose el terreno con otros aventureros como él a punta de pistola y a cuchillazos, durmiendo en pleno campo cientos de veces, devorado por los mosquitos y contrayendo fiebres palúdicas que lo martirizaban de tanto en tanto, sobornando a autoridades y engañando a campesinos e indígenas ignorantes, y negociando con dictadores corruptos gracias a los cuales —aprovechando su codicia o estupidez— había ido adquiriendo propiedades que ahora sumaban más hectáreas que un país europeo de buena contextura, creando miles de puestos de trabajo, tendiendo vías férreas, abriendo puertos y conectando la barbarie con la civilización. Esto era al menos lo que Sam Zemurray decía cuando debía defenderse de los ataques que recibía la United Fruit —llamada la Frutera y apodada el Pulpo en toda Centroamérica—, y no sólo por gentes envidiosas, sino por los propios competidores norteamericanos, a los que, en verdad, nunca había permitido rivalizar con ella en buena lid, en una región donde ejercía un monopolio tiránico en lo que concernía a la producción y comercialización del banano. Para ello, por ejemplo, en Guatemala se había asegurado el control absoluto del único puerto que tenía el país en el Caribe —Puerto Barrios—, de la electricidad y del ferrocarril que cruzaba de un océano al otro y pertenecía también a su compañía.

Pese a ser las antípodas, formaron un buen equipo. Bernays ayudó muchísimo, sin duda, a mejorar la imagen de la compañía en los Estados Unidos, a volverla presentable ante los altos círculos políticos de Washington y a vincularla a los millonarios (que se ufanaban de ser aristócratas) en Boston. Había llegado a la publicidad de manera indirecta, gracias a sus buenas relaciones con toda clase de gente, pero sobre todo diplomáticos, políticos, dueños de periódicos, radios y canales de televisión, empresarios y banqueros de éxito. Era un hombre inteligente, simpático, muy trabajador, y uno de sus primeros logros consistió en organizar la gira por los Estados Unidos de Caruso, el célebre cantante italiano. Su modo de ser abierto y refinado, su cultura, sus maneras accesibles caían bien a la gente, pues daba la sensación de ser más importante e influyente de lo que lo era en verdad. La publicidad y las relaciones públicas existían desde antes de que él naciera, por supuesto, pero Bernays había elevado ese quehacer, que todas las compañías usaban pero consideraban menor, a una disciplina intelectual de alto nivel, como parte de la sociología, la economía y la política. Daba conferencias y clases en prestigiosas universidades, publicaba artículos y libros, presentando su profesión como la más representativa del siglo xx, sinónimo de la modernidad y el progreso. En su libro *Propaganda* (1928) había escrito esta frase profética por la que, en cierto modo, pasaría a la posteridad: «La consciente e inteligente manipulación de los hábitos organizados y las opiniones de las masas es un elemento importante de la sociedad democrática. Quienes manipulan este desconocido mecanismo de la sociedad constituyen un gobierno invisible que es el verdadero poder en nuestro país... La inteligente minoría necesita hacer uso continuo y sistemático de la propaganda». Esta tesis, que algunos críticos habían considerado la negación misma de la democracia, tendría ocasión Bernays de aplicarla con mucha eficacia en el caso de Guatemala una década después de comenzar a trabajar como asesor publicitario para la United Fruit.

Su asesoría contribuyó mucho a adecentar la imagen de la compañía y asegurarle apoyos e influencia en el mundo político. El Pulpo jamás se había preocupado de presentar su notable labor industrial y comercial como algo que beneficiaba a la sociedad en general y, en especial, a los «países bárbaros» en los que operaba y a los que —según la definición de Bernays— estaba ayudando a salir del salvajismo, creando puestos de trabajo para miles de ciudadanos a quienes de este modo elevaba los niveles de vida e integraba a la modernidad, al progreso, al siglo xx, a la civilización. Bernays convenció a Zemurray de que la compañía construyera algunas escuelas en sus dominios, llevara sacerdotes católicos y pastores protestantes a las plantaciones, construyera enfermerías de primeros auxilios y otras obras de esta índole, diera becas y bolsas de viaje para estudiantes y profesores, temas que publicitaba como una prueba fehaciente de la labor modernizadora que realizaba. A la vez, mediante una rigurosa planificación, iba promocionando con ayuda de científicos y técnicos el consumo de banano en el desayuno y a todas horas del día como algo indispensable para la salud y la formación de ciudadanos sanos y deportivos. Él fue quien trajo a los Estados Unidos a la cantante y bailarina brasileña Carmen Miranda (la señorita Chiquita Banana de los espectáculos y las películas), que obtendría enorme éxito con sus sombreros de racimos de plátanos, y que en sus canciones promovía con extraordinaria eficacia esa fruta que, gracias a aquellos esfuerzos publicitarios, formaba parte ya de los hogares norteamericanos.

Bernays también consiguió que la United Fruit se acercara —algo que hasta entonces no se le había pasado por la cabeza a Sam Zemurray— al mundo aristocrático de Boston y a las esferas del poder político. Los ricos más ricos de Boston no sólo tenían dinero y poder; tenían también prejuicios y eran por lo general antisemitas, de modo que no fue fácil para Bernays conseguir por ejemplo que Henry Cabot Lodge aceptara formar parte del Directorio de la United Fruit, ni que los hermanos John Foster y Allen Dulles, miembros de la importante firma de abogados Sullivan & Cromwell de Nueva York, consintieran en ser apoderados de la empresa. Bernays sabía que el dinero abre todas las puertas y que ni siquiera los prejuicios raciales se le resisten, de modo que también logró esta vinculación difícil, luego de la llamada Revolución de Octubre en la Guatemala de 1944, cuando la United Fruit comenzó a sentirse en peligro. Las ideas y relaciones de Bernays serían utilísimas para derrocar al supuesto «gobierno comunista» guatemalteco y reemplazarlo por uno más democrático, es decir, más dócil a sus intereses.

Durante el período gubernamental de Juan José Arévalo (1945-1950) comenzaron las alarmas. No porque el profesor Arévalo, que defendía un «socialismo espiritual» confusamente idealista, se hubiera metido contra la United Fruit. Pero hizo aprobar una ley del trabajo que permitía a los obreros y campesinos formar sindicatos o afiliarse a ellos, algo que en los dominios de la compañía no estaba permitido hasta entonces. Eso paró las orejas de Zemurray y de los otros directivos. En una sesión candente del Directorio, celebrada en Boston, se acordó que Edward L. Bernays viajara a Guatemala, evaluara la situación y las perspectivas futuras y viera cuán peligrosas eran para la compañía las cosas que estaban ocurriendo allí con el primer gobierno en la historia de ese país salido de elecciones realmente libres.

L. Bernays pasó dos semanas en Guatemala, instalado en el Hotel Panamerican, en el centro de la ciudad, a pocos pasos del Palacio de Gobierno. Entrevistó, valiéndose de traductores pues no hablaba español, a finqueros, militares, banqueros, parlamentarios, policías, extranjeros avecindados en el país desde hacía años, líderes sindicales, periodistas, y, por supuesto, funcionarios de la embajada de Estados Unidos y dirigentes de la United Fruit. Aunque sufrió mucho por el calor y las picaduras de los mosquitos, cumplió una buena tarea.

En una nueva reunión del Directorio en Boston expuso su impresión personal de lo que, a su juicio, ocurría en Guatemala. Hizo su informe a base de notas, con la soltura de un buen profesional y sin pizca de cinismo:

«El peligro de que Guatemala se vuelva comunista y pase a ser una cabecera de playa para que la Unión Soviética se infiltre en Centroamérica y amenace el Canal de Panamá es remoto, y yo diría que, por el momento, no existe», les aseguró. «Muy poca gente sabe en Guatemala qué es el marxismo ni el comunismo, ni siquiera los cuatro gatos que se llaman comunistas y que crearon la Escuela Claridad para difundir ideas revolucionarias. Ese peligro es irreal, aunque nos conviene que se crea que existe, sobre todo en los Estados Unidos. El peligro verdadero es de otra índole. He hablado con el Presidente Arévalo en persona y con sus colaboradores más cercanos. Él es tan anticomunista como ustedes y como yo mismo. Lo prueba que el Presidente y sus partidarios insistieran en que la nueva Constitución de Guatemala prohíba la existencia de partidos políticos que tengan conexiones internacionales, hayan declarado en repetidas ocasiones que "el comunismo es el peligro mayor que enfrentan las democracias" y clausurado la Escuela Claridad y deportado a sus fundadores. Pero, por paradójico que les parezca, su amor desmedido por la democracia representa una seria amenaza para la United Fruit. Esto, caballeros, es bueno saberlo, no decirlo.»

Sonrió y lanzó una mirada teatral sobre todos los miembros del Directorio, algunos de los cuales sonrieron educadamente. Luego de una breve pausa, Bernays continuó:

«Arévalo quisiera hacer de Guatemala una democracia, como los Estados Unidos, país que admira y tiene como modelo. Los soñadores suelen ser peligrosos, y en este sentido el doctor Arévalo lo es. Su proyecto no tiene la menor posibilidad de realizarse. ¿Cómo se podría convertir en una democracia moderna un país de tres millones de habitantes, el setenta por ciento de los cuales son indios analfabetos que apenas han salido del paganismo, o todavía siguen en él, y donde por cada médico debe de haber tres o cuatro chamanes? En el que, de otra parte, la minoría blanca, conformada por latifundistas racistas y explotadores, desprecia a los indios y los trata como a esclavos. Los militares con los que he hablado parecen también vivir en pleno siglo XIX y podrían dar un golpe en cualquier momento. El Presidente Arévalo ha sufrido varias rebeliones militares y conseguido aplastarlas. Ahora bien. Aunque sus esfuerzos para hacer de su país una democracia moderna me parecen inútiles, todo avance que haga en ese campo, no nos engañemos, sería muy perjudicial para nosotros.»

«Se dan cuenta, ¿no es cierto?», prosiguió, luego de otra larga pausa que aprovechó para tomar unos sorbos de agua. «Algunos ejemplos. Arévalo ha aprobado una ley del trabajo que permite constituir sindicatos en las empresas y haciendas, y autoriza a los trabajadores y campesinos a afiliarse a ellos. Y ha dictado una ley antimonopólica, calcada de la que existe en los Estados Unidos. Ya imaginan lo que significaría para la United Fruit la aplicación de semejante medida para garantizar la libre competencia: si no la ruina, una seria caída de los beneficios. Éstos no resultan sólo de la eficiencia con que trabajamos, los empeños y gastos que hacemos para combatir las plagas, sanear los terrenos que ganamos a las selvas para producir más banano. También del monopolio que aleja de nuestros territorios a posibles competidores y las condiciones realmente privilegiadas en que trabajamos, exonerados de impuestos, sin sindicatos y sin los riesgos y peligros que todo aquello trae consigo. El problema no es sólo Guatemala, una parte pequeña de nuestro mundo operativo. Es el contagio a los demás países centroamericanos y a Colombia si la idea de convertirse en "democracias modernas" cundiera en ellos. La United Fruit tendría que enfrentarse a sindicatos, a la competencia internacional, pagar impuestos, garantizar seguro médico y jubilación a los trabajadores y a sus familias, y ser objeto del odio y la envidia que ronda siempre en los países pobres a las empresas prósperas y eficientes, y no se diga si son estadounidenses. El peligro, señores, es el mal ejemplo. No tanto el comunismo como la democratización de Guatemala. Aunque probablemente no llegue a materializarse, los avances que haga en esta dirección significarían para nosotros un retroceso y una pérdida.»

Se calló y pasó revista a las miradas desconcertadas o inquisitivas de los miembros del Directorio. Sam Zemurray, el único que no llevaba corbata y desentonaba por su atuendo informal con los elegantes caballeros que compartían la larga mesa en la que estaban sentados, dijo:

—Bueno, ése es el diagnóstico. ¿Cuál es el tratamiento para curar la enfermedad?

—Quería darles un respiro antes de continuar —bromeó Bernays, tomando otro trago de agua—. Ahora paso a los remedios, Sam. Será largo, complicado y costoso. Pero cortará el mal de raíz. Y puede darle a la United Fruit otros cincuenta años de expansión, beneficios y tranquilidad.

Edward L. Bernays sabía lo que decía. El tratamiento consistiría en operar simultáneamente sobre el gobierno de los Estados Unidos y la opinión pública norteamericana. Ni el uno ni la otra tenían la menor idea de que Guatemala existía, y menos de que constituyera un problema. Eso era, en principio, bueno. «Somos nosotros los que debemos ilustrar al gobierno y a la opinión pública sobre Guatemala, y hacerlo de tal modo que se convenzan de que el problema es tan serio, tan grave, que hay que conjurarlo de inmediato. ¿Cómo? Procediendo con sutileza y oportunidad. Organizando las cosas de manera que la opinión pública, decisiva en una democracia, presione sobre el gobierno para que actúe, a fin de frenar una seria amenaza. ¿Cuál? La misma que les he explicado a ustedes que no es Guatemala: el caballo de Troya de la Unión Soviética infiltrado en el patio trasero de los Estados Unidos. ¿Cómo convencer a la opinión pública de que Guatemala está convirtiéndose en un país en el que el comunismo es ya una realidad viva y que, sin una acción enérgica de Washington, podría ser el primer satélite de la Unión Soviética en el nuevo mundo? Mediante la prensa, la radio y la televisión, la fuente principal que informa y orienta a los ciudadanos tanto en un país libre como en un país esclavo. Nosotros debemos abrir los ojos de la prensa sobre el peligro en marcha a menos de dos horas de vuelo de los Estados Unidos y a un paso del Canal de Panamá.

»Conviene que todo esto ocurra de manera natural, no planeada ni guiada por nadie, y menos que nadie por nosotros, interesados en el asunto. La idea de que Guatemala está a punto de pasar a manos soviéticas no debe provenir de la prensa republicana y derechista de Estados Unidos, sino más bien de la prensa progresista, la que leen y escuchan los demócratas, es decir, el centro y la izquierda. Es la que llega al mayor público. Para dar mayor verosimilitud al asunto, todo aquello debe ser obra de la prensa liberal.»

Sam Zemurray lo interrumpió para preguntarle:

—¿Y qué vamos a hacer para convencer a esa prensa liberal que es mierda pura?

Bernays sonrió e hizo una nueva pausa. Como un actor consumado, pasó la vista solemne por todos los miembros del Directorio:

—Para eso existe el rey de las relaciones públicas, es decir, yo mismo —bromeó, sin modestia alguna, como si perdiera el tiempo recordando a ese grupo de señores que la Tierra era redonda—. Para eso, caballeros, tengo tantos amigos entre los dueños y directores de periódicos y radios y televisiones en los Estados Unidos.

Sería preciso trabajar con sigilo y habilidad para que los medios de comunicación no se sintieran utilizados. Todo debía transcurrir con la espontaneidad con que operaba la naturaleza sus maravillosas transformaciones, parecer que aquello eran «primicias» que descubría y revelaba al mundo la prensa libre y progresista. Había que masajear con cariño el ego de los periodistas, pues solían tenerlo crecido.

Cuando terminó de hablar Bernays, volvió a pedir la palabra Sam Zemurray:

—Por favor, no nos digas cuánto nos va a costar esa broma que has descrito con tantos pormenores. Son demasiados traumas para un solo día.

—No les diré nada al respecto por ahora —asintió Bernays—. Lo importante es que recuerden una cosa: la compañía ganará muchísimo más que todo lo que pueda gastar en esta operación si conseguimos por otro medio siglo que Guatemala no sea la democracia moderna con la que sueña el Presidente Arévalo.

Lo que dijo Edward L. Bernays en aquella memorable sesión del Directorio de la United Fruit en Boston se cumplió al pie de la letra, confirmando, dicho sea de paso, la tesis expuesta por aquél de que el siglo xx sería el del advenimiento de la publicidad como la herramienta primordial del poder y de la manipulación de la opinión pública en las sociedades tanto democráticas como autoritarias.

Poco a poco, en la época final del gobierno de Juan José Arévalo, pero mucho más durante el gobierno del coronel Jacobo Árbenz Guzmán, Guatemala comenzó a aparecer de pronto en la prensa estadounidense en reportajes que en *The New York Times* o en *The Washington Post,* o en el semanario *Time,* señalaban el peligro creciente que significaba para el mundo libre la influencia que la Unión Soviética iba adquiriendo en el país a través de gobiernos que, aunque de fachada querían aparentar un carácter democrático, estaban en verdad infiltrados por comunistas, compañeros de viaje, tontos útiles, pues tomaban medidas reñidas con la legalidad, el panamericanismo, la propiedad privada, el mercado libre, y alentaban la lucha de clases, el odio hacia la división social, así como la hostilidad hacia las empresas privadas.

Periódicos y revistas de Estados Unidos que nunca se habían interesado antes en Guatemala, América Central o incluso América Latina, gracias a las hábiles gestiones y relaciones de Bernays, empezaron a enviar corresponsales a Guatemala. Eran alojados en el Hotel Panamerican, cuyo bar se convertiría poco menos que en un centro periodístico internacional, donde recibían carpetas muy documentadas de los hechos que confirmaban aquellos indicios —las sindicalizaciones como arma de confrontación y la progresiva destrucción de la empresa privada— y conseguían entrevistas, programadas o aconsejadas por Bernays, con finqueros, empresarios, sacerdotes (alguna vez el mismo arzobispo), periodistas, líderes políticos de oposición, pastores y profesionales que confirmaban con datos detallados los temores de un país que se iba convirtiendo poco a poco en un satélite soviético, mediante el cual el comunismo internacional se proponía socavar la influencia y los intereses de los Estados Unidos en toda América Latina.

A partir de un momento dado —precisamente cuando el gobierno de Jacobo Árbenz iniciaba la Reforma Agraria en el país— las gestiones de Bernays con los dueños y directores de periódicos y revistas ya no fueron necesarias: había surgido —eran los tiempos de la Guerra Fría— una preocupación real en los círculos políticos, empresariales y culturales de Estados Unidos, y los propios medios de comunicación se apresuraban a mandar corresponsales para ver sobre el terreno la situación en esa pequeña nación infiltrada por el comunismo. La apoteosis fue la publicación de un despacho de la United Press escrito por el periodista británico Kenneth De Courcy, anunciando que la Unión Soviética tenía la intención de construir una base de submarinos en Guatemala. *Life Magazine, The Herald Tribune,* el *Evening Standard* de Londres, *Harper's Magazine, The Chicago Tribune,* la revista *Visión* (en español), *The Christian Science Monitor,* entre otras publicaciones, dedicaron muchas páginas a mostrar, a través de hechos y testimonios concretos, el gradual sometimiento de Guatemala al comunismo y a la Unión Soviética. No se trataba de una conjura: la propaganda había impuesto una afable ficción sobre la realidad y era sobre ella que los impreparados periodistas norteamericanos escribían sus crónicas, la gran mayoría de ellos sin advertir que eran los muñecos de un titiritero genial. Así se explica que una persona tan prestigiosa de la izquierda liberal como Flora Lewis escribiera elogios desmedidos del embajador norteamericano en Guatemala John Emil Peurifoy. Contribuyó mucho a que esa ficción se volviera realidad que aquéllos fueran los años peores del maccarthismo y de la Guerra Fría entre Estados Unidos y la Unión Soviética.

Cuando Sam Zemurray murió, en noviembre de 1961, estaba a punto de cumplir ochenta y cuatro años. Retirado ya de los negocios, viviendo en Louisiana, cargado de millones, todavía no le cabía en la cabeza que aquello que había planeado Edward L. Bernays en esa remota reunión en Boston del Directorio de la United Fruit se hubiera cumplido de manera tan exacta. No sospechaba siquiera que la Frutera, pese a ganar aquella guerra, había comenzado ya a desintegrarse y que al cabo de pocos años su presidente se suicidaría, la compañía desaparecería y sólo quedarían de ella malos y pésimos recuerdos.

# I

La madre de Miss Guatemala pertenecía a una familia de inmigrantes italianos llamada Parravicini. Al cabo de dos generaciones el apellido se había acortado y españolizado. Cuando el joven jurista, profesor de Derecho y abogado en ejercicio Arturo Borrero Lamas pidió la mano de la joven Marta Parra hubo murmuraciones en la sociedad guatemalteca porque, a todas luces, la hija de los bodegueros, panaderos y pasteleros de origen italiano no estaba a la altura social de aquel apuesto caballero codiciado por las jóvenes casaderas de la alta sociedad por lo antiguo de su familia, su prestigio profesional y su fortuna. Al final cesaron las chismografías y medio mundo estuvo, unos como invitados y otros como mirones, en el matrimonio que se celebró en la catedral, oficiado por el arzobispo de la ciudad. Asistió el eterno Presidente, general Jorge Ubico Castañeda, dando el brazo a su gentil esposa, en un elegante uniforme constelado de medallas y, entre los aplausos de la multitud, ambos se retrataron en el atrio con los novios.

Aquel matrimonio no fue feliz en lo que a la descendencia se refiere. Porque Martita Parra quedaba embarazada todos los años y, aunque se cuidaba mucho, paría unos varones esqueléticos que nacían medio muertos y se morían a los pocos días o semanas, pese a los esfuerzos de las parteras, ginecólogos y hasta brujos y brujas de la ciudad. Al quinto año de continuos fracasos, vino al mundo Martita Borrero Parra, a quien, desde la cuna, por lo bella, viva y vivaracha apodaron Miss Guatemala. A diferencia de sus hermanos, ella sobrevivió. ¡Y de qué modo!

Nació flaquita, puro hueso y pellejo. Lo que llamaba la atención, desde esos días en que la gente mandaba decir misas para que la patoja no corriera la suerte de sus hermanos, eran la lisura de su piel, sus rasgos delicados, sus ojos grandes y esa mirada tranquila, fija, penetrante, que se posaba sobre las personas y las cosas como empeñada en grabarlas en la memoria para toda la eternidad. Una mirada que desconcertaba y asustaba. Símula, la india maya-quiché que sería su niñera, pronosticaba: «¡Esta niña tendrá poderes!».

La madre de Miss Guatemala, Marta Parra de Borrero, no pudo disfrutar mucho de esa única hija que sobrevivió. No porque muriera —vivió hasta cumplidos los noventa años y murió en un asilo de ancianos sin enterarse de gran cosa de lo que ocurría a su alrededor—, sino porque luego del nacimiento de la niña quedó exhausta, muda, deprimida y (como se decía entonces para llamar de manera eufemística a los locos) alunada. Permanecía en su casa días enteros inmóvil, sin hablar; sus criadas Patrocinio y Juana le daban de comer a la boca y le hacían masajes para que no se le atrofiaran las piernas; sólo salía de su extraño mutismo con crisis de llanto que la hundían en una somnolencia pasmada. Símula era la única con la que se entendía, por gestos, o acaso la sirvienta le adivinaba los caprichos. El doctor Borrero Lamas se fue olvidando de que tenía una mujer; pasaban días y luego semanas sin que entrara al dormitorio a dar un beso en la frente a su esposa, y dedicaba todas las horas que no estaba en su despacho, alegando en los tribunales o dando clases en la Universidad de San Carlos, a Martita, a la que mimó y adoró desde el día de su nacimiento. La niña creció muy pegada a su padre. Éste, los fines de semana en que la casa colonial se llenaba de sus amigos señorones —jueces, finqueros, políticos, diplomáticos— que venían a jugar al anacrónico rocambor, dejaba corretear a Martita entre las visitas. A su padre lo divertía verla mirando a sus amigos con sus ojazos verdegrises como si quisiera arrancarles los secretos. Se dejaba acariciar por todos, pero ella, salvo con su padre, era muy parca a la hora de dar besos o hacer cariños a la gente.

Muchos años después, evocando aquellos primeros tiempos de su vida, Martita apenas recordaría, como llamas que se prendían y apagaban, la gran inquietud política que, de pronto, comenzó a ocupar las conversaciones de esos señorones que venían los fines de semana a jugar aquellas partidas de naipes de otros tiempos. Confusamente les oía reconocer, hacia el año 1944, que el general Jorge Ubico Castañeda, ese caballero lleno de medallas y entorchados, se volvió de pronto tan impopular que había movimientos de militares y civiles, y huelgas de estudiantes, tratando de derribarlo. Y lo lograron en la famosa Revolución de Octubre de ese año, en que surgió otra junta militar presidida por el general Federico Ponce Vaides, a la que también derribarían los manifestantes. Por fin hubo elecciones. Los señorones del rocambor tenían miedo pánico de que las ganara el profesor Juan José Arévalo, que acababa de volver de su exilio en Argentina, porque, decían, su «socialismo espiritual» (¿qué querría decir eso?) traería a Guatemala catástrofes, los indios levantarían la cabeza y comenzarían a matar a las personas decentes, los comunistas a apoderarse de las tierras de los hacendados y a mandar a los niños de las buenas familias a Rusia para ser vendidos como esclavos. Martita, cuando decían estas cosas, esperaba siempre la reacción de uno de los señores que asistían a esos fines de semana con rocambor y chismes políticos, el doctor Efrén García Ardiles. Éste era un hombre apuesto de ojos claros y larga cabellera que solía reírse llamando a los invitados unos cavernícolas paranoicos porque, a su juicio, el profesor Arévalo era más anticomunista que todos ellos y su «socialismo espiritual», nada más que una manera simbólica de decir que quería hacer de Guatemala un país moderno y democrático, sacándolo de la pobreza y el primitivismo feudal en el que vivía. Martita recordaba las discusiones que se armaban: los señorones apabullaban al doctor García Ardiles llamándolo rojo, anarquista y comunista. Y cuando ella le preguntaba a su papá por qué aquél estaba siempre discutiendo con todos, su padre le respondía: «Efrén es un buen médico y un excelente amigo. ¡Lástima que sea tan alocado e izquierdista!». A Martita le dio curiosidad y decidió pedirle un día al doctor García Ardiles que le explicara qué era aquello de la izquierda y el comunismo.

Para entonces ya había entrado al Colegio Belga Guatemalteco (Congregación de la Sagrada Familia de Helmet), de monjas flamencas, donde iban todas las niñas bien de Guatemala, y comenzado a ganar los premios de excelencia y a obtener brillantes calificaciones en los exámenes. No le costaba gran esfuerzo, le bastaba con concentrar un poco esa inteligencia natural que le sobraba y saber que daría un gran gusto a su padre con los sobresalientes en su libreta de notas. ¡Qué felicidad sentía el doctor Borrero Lamas el día de la clausura de los cursos, cuando su hija subía al escenario a recibir el diploma por su aplicación en los estudios y su impecable conducta! Y qué aplauso le brindaban a la chiquilla las monjitas y el auditorio.

¿Tuvo Martita una niñez feliz? Ella se lo preguntaría muchas veces en los años venideros y se respondería que sí, si se entendía esa palabra como una vida tranquila, ordenada, sin sobresaltos, de niña protegida y regalada por su padre, rodeada de criadas. Pero la entristecía no haber tenido nunca el cariño de una madre. Hacía sólo una visita al día —el momento más difícil de cada jornada— a esa señora siempre en cama que, aunque fuera su madre, nunca le hacía caso. Símula la llevaba a darle un beso antes de irse a dormir. A ella no le gustaba aquella visita, pues esa señora parecía más muerta que viva; la miraba con indiferencia, se dejaba besar sin devolverle el cariño y a veces bostezando. Tampoco la distraían mucho las amiguitas, las fiestas de cumpleaños a las que iba con Símula de chaperona, y ni siquiera los primeros bailes, cuando estaba ya en la secundaria y los patojos comenzaban a lisonjear a las chicas, a mandarles cartitas y a formarse parejas de enamorados. A Martita la divertían más las largas veladas de los fines de semana y los señorones del rocambor. Y, sobre todo, los apartes que hacía con el doctor Efrén García Ardiles, a quien comía a preguntas sobre la política. Él le explicaba que, pese a las quejas de los señorones, Juan José Arévalo estaba haciéndolo bien, tratando de que por fin hubiera algo de justicia en este país, sobre todo con los indios, la gran mayoría de los tres millones de guatemaltecos. Gracias al Presidente Arévalo, decía, Guatemala se estaba convirtiendo por fin en una democracia.

La vida de Martita dio un tremendo vuelco el día en que cumplió quince años, a fines de 1949. Todo el antiguo barrio de San Sebastián, donde estaba su casa, vivió en cierto modo esa celebración. Su padre le ofreció la «quinceañera», con la que las buenas familias de Guatemala celebraban los quince años de sus hijas, una fiesta que era su entrada en sociedad. Su padre hizo decorar con flores y guirnaldas y llenó de luces la casa de amplio zaguán, ventanas enrejadas y frondoso jardín que estaba en el corazón del barrio colonial. Hubo una misa en la catedral que ofició el propio arzobispo, a la que Martita asistió con un vestido blanco lleno de tules y un ramo de azahares en las manos y en la que estuvo presente toda la familia, incluso tíos y tías y primos y primas a los que ella veía por primera vez. Hubo fuegos artificiales en la calle y una gran piñata llena de dulces y frutas confitadas que se disputaron felices los jóvenes invitados. Los domésticos y mozos servían ataviados con sus vestidos típicos, ellas con huipiles de colores y figuras geométricas, faldas voladoras y fajas oscuras, y ellos con pantalones blancos, camisas coloradas y sombreros de paja. Se encargó el banquete al Club Hípico y se contrataron dos orquestas, una popular, con nueve tocadores de marimba, y otra más moderna, de doce profesores que interpretaban los bailes de moda, la bamba, valses, *blues,* tangos, corridos, guarachas, rumbas y boleros. En medio del baile, Martita, la agasajada, que bailaba con el hijo del embajador de los Estados Unidos, Richard Patterson Jr., se desmayó. La llevaron cargada al dormitorio y el doctor Galván, que estaba allí haciendo de chaperón de su hijita Dolores, compañera de Martita, la examinó, le puso el termómetro, le tomó la presión y le dio unas fricciones con alcohol. Ella recobró pronto el conocimiento. No era nada, explicó el viejo doctor, una pequeña caída de la presión debido a las fuertes emociones del día. Martita se restableció y volvió al baile. Pero estuvo el resto de la noche tristona y como ida.

Cuando todos los invitados partieron, ya bien entrada la noche, Símula se acercó al doctor Borrero. Musitó que quería hablarle a solas. Éste la llevó a la biblioteca. «El doctor Galván se equivoca», le dijo la niñera. «Qué caída de presión, vaya adefesio. Lo siento, doctor, pero mejor se lo digo de una vez: la niña está esperando.» Ahora fue el dueño de casa el que tuvo un vahído. Debió dejarse caer en el sillón; el mundo, los anaqueles repletos de libros giraban a su alrededor como una calesita.

Aunque su padre rogó, imploró y amenazó a la niña con los peores castigos, Martita, dando muestras del tremendo carácter que tenía y de lo lejos que llegaría en la vida, se negó terminantemente a revelar quién era el padre de la criatura que se estaba formando en su barriga. El doctor Borrero Lamas estuvo a punto de perder la razón. Era muy católico, un verdadero cachureco, y, pese a ello, llegó a considerar el aborto cuando Símula, viéndolo tan desesperado, le dijo que ella podía llevar a la niña donde una señora especializada en «mandar nonatos al limbo». Pero, después de darle vueltas en la cabeza al asunto, y, sobre todo, de consultarlo con su confesor y amigo, el padre Ulloa de los jesuitas, decidió que no expondría a su hija a un riesgo tan grande y que tampoco se iría al infierno cometiendo ese pecado mortal.

Lo desgarraba saber que Martita había arruinado su vida. Debió sacarla del Colegio Belga Guatemalteco porque a la niña los vómitos y vahídos del embarazo le venían a cada rato y las monjas hubieran descubierto su estado, con el escándalo previsible. Dolía mucho al abogado que por esa locura su hija no tuviera ya un buen matrimonio. ¿Qué joven serio, de buena familia y con un futuro asegurado daría su nombre a una descarriada? Y, descuidando su estudio y sus clases, dedicó todos los días y noches que siguieron a la revelación de que la niña de sus ojos estaba embarazada a tratar de averiguar quién podía ser el padre. Martita no había tenido pretendientes. Ni siquiera parecía interesada, como las otras chicas de su edad, en mariposear con los jovencitos, entregada como estaba a sus estudios. ¿No era extrañísimo? Martita no había tenido nunca enamorado. Él vigilaba todas sus salidas fuera de las horas de colegio. ¿Quién, cómo, dónde la habían embarazado? Lo que al principio le pareció imposible se fue abriendo paso en su cabeza, y, creyéndolo y no creyéndolo, decidió de todos modos encararlo. Cargó con cinco balas el antiguo revólver Smith & Wesson que había usado pocas veces, haciendo tiro al blanco en el Club de Caza, Tiro y Pesca, o en alguna cacería a la que lo arrastraban sus amigos cazadores y en las que él se aburría mucho.

Se presentó de improviso en la casa donde el doctor Efrén García Ardiles vivía con su anciana madre, en el barrio contiguo de San Francisco. Su antiguo amigo, que acababa de regresar del consultorio donde pasaba las tardes —trabajaba en las mañanas en el Hospital General San Juan de Dios—, lo recibió de inmediato. Lo llevó a una salita donde había estantes con libros y objetos primitivos maya-quichés, máscaras y urnas funerarias.

—Vos me vas a contestar una pregunta, Efrén —el doctor Borrero Lamas hablaba muy despacio, como si tuviera que arrancarse las palabras de la boca—. Hicimos juntos el colegio de los maristas y, a pesar de tus disparatadas ideas políticas, te considero mi mejor amigo. Espero que, en nombre de esa larga amistad, no me mientas. ¿Sos vos quien ha embarazado a mi hija?

Vio que el doctor Efrén García Ardiles se ponía blanco como el papel. Abrió y cerró la boca varias veces antes de responderle. Lo hizo al fin, tartamudeando, con las manos que le temblaban:

—No sabía que estaba embarazada, Arturo. Sí, fui yo. Es la peor cosa que he hecho en mi vida. Nunca terminaré de arrepentirme de ello, te lo juro.

—Vine a matarte, hijo de la gran puta, pero me das tanto asco que ni siquiera puedo hacerlo.

Y se echó a llorar, con sollozos que estremecían su pecho y le bañaban la cara de lágrimas. Estuvieron cerca de una hora juntos, y cuando se despidieron en la puerta de calle no se dieron la mano ni las acostumbradas palmadas en la espalda.

Al llegar a su casa, el doctor Borrero Lamas fue directamente al dormitorio donde su hija permanecía encerrada con llave desde el día del desmayo.

Su padre le habló sin sentarse, siempre de pie, desde la puerta, con un tono que no admitía réplica:

—He hablado con Efrén y hemos llegado a un acuerdo. Se casará contigo de modo que esa criatura no nazca como esas crías que paren las perras en la calle y pueda llevar un apellido. El matrimonio se celebrará en la finquita de Chichicastenango. Hablaré con el padre Ulloa para que los case. No habrá invitados. Se dará a conocer por el periódico y luego se pasarán los partes. Hasta entonces seguiremos fingiendo que somos una familia unida. Después que te cases con Efrén, no volveré a verte ni a ocuparme de ti y buscaré la forma de desheredarte. Mientras tanto, seguirás encerrada en este cuarto sin pisar la calle.

Se hizo tal como lo dijo. La súbita boda del doctor Efrén García Ardiles con una muchacha de quince años, veintiocho menor que él, dio lugar a habladurías y rumores que recorrieron al revés y al derecho y tuvieron en vilo a la ciudad de Guatemala. Todo el mundo supo que Martita Borrero Parra se casaba de esa manera porque aquel doctor la había embarazado, lo que no era de sorprender tratándose de un tipo con esas ideas revolucionarias, y todo el mundo compadeció al probo doctor Borrero Lamas, a quien desde entonces nunca nadie más vio sonreír ni ir a fiestas ni jugar al rocambor.

El matrimonio tuvo lugar en la alejada finquita del padre de la novia en las afueras de Chichicastenango, donde sembraba café, y él mismo fue uno de los testigos; los otros, unos trabajadores de la finca que, como eran analfabetos, tuvieron que firmar con equis y palotes antes de recibir por ello unos quetzales. No hubo siquiera una copa de vino para brindar por la felicidad de los recién casados.

Los esposos regresaron a la ciudad de Guatemala directamente a la casa de Efrén y su madre y todas las buenas familias supieron que el doctor Borrero, cumpliendo su promesa, no volvería a ver más a su hija.

Martita parió a mediados del año 1950 un niño que, oficialmente al menos, era sietemesino.

# II

—Hay que combatir los nervios como sea —dijo Enrique, frotándose las manos—. Estas cosas, antes de hacerlas, me ponen muy nervioso. Luego, cuando llega el momento, los nervios se me calman y las hago tal cual. ¿Te pasa a ti lo mismo, vos?

—Yo soy al revés que tú —dijo el dominicano, negando con la cabeza—. Despierto, me duermo y me levanto muy nervioso. Y estoy nerviosísimo cuando tengo que actuar. Los nervios siempre de punta son mi estado natural.

Estaban en la oficina de la Dirección General de Seguridad, que ocupaba una esquina del Palacio de Gobierno, y desde sus ventanas se veían el Parque Central con sus árboles frondosos y la fachada de la catedral de la ciudad de Guatemala. Era un día soleado y sin nubes todavía, pero la lluvia sobrevendría en la tarde y probablemente seguiría llenando las calles de charcos y pequeños torrentes a lo largo de la noche, como había ocurrido toda la semana.

—Ya está tomada la decisión, los planes hechos y rehechos y comprometida la gente que importa. Ya tienes tú, para ti y la doña, los pases y permisos en el bolsillo. ¿Por qué tendría que fallar algo? —dijo el otro, hablando ahora en voz muy baja. Y, sonriendo, aunque sin pizca de humor, cambió de tema—: ¿Sabés qué es bueno para calmar los nervios, vos?

—Un buen trago de ron seco —sonrió el dominicano—. Pero hay que tomarlo en el burdel, no en esta oficina tan triste, donde estamos rodeados de orejas, como dicen aquí en tu tierra a los soplones. ¡Orejas! Suena bien. Vámonos al barrio de Gerona, más bien, donde esa gringa que se tiñe el pelo.

Enrique miró su reloj:

—Son sólo las cuatro de la tarde —se entristeció—. Estará cerrado, es muy temprano todavía.

—Lo abriremos a patadas si hace falta —afirmó el dominicano, incorporándose—. Ya no hay nada más que hacer. La suerte está echada. Nos tomaremos un buen trago mientras pasa el tiempo. Yo te invito.

Salieron, y al cruzar la sala llena de escritorios los civiles y militares se iban poniendo de pie para saludar a Enrique. Éste no se detenía y, como estaba vestido de civil, se despedía sólo con una inclinación de cabeza. En la calle, el auto con el chofer más feo del mundo en el volante los estaba esperando en una puerta lateral del edificio. Los llevó rápidamente donde querían y, en efecto, el burdel de la gringa estaba todavía cerrado. Un solitario barrendero que cojeaba les advirtió que sólo se abría «cuando llegaban la oscuridad y la lluvia». Pero igual ellos tocaron la puerta una vez y otra, y siguieron tocando con más bríos hasta que, por fin, luego de un ruido de llaves y cadenas, aquélla se entreabrió.

—¿A estas horas, caballeros? —se asombró, reconociéndolos, la señora del pelo color platino y ahora también alborotado. Se llamaba Miriam Ritcher y forzaba algo su acento para parecer extranjera—. Las chicas están todavía durmiendo o tomando el desayuno.

—No venimos por las chicas sino a tomarnos un trago, Miriam —la cortó Enrique, de mal modo—. ¿Podemos entrar, sí o no?

—Para ustedes es siempre sí —se encogió de hombros la gringa, resignada. Abrió la puerta del todo, se apartó de la entrada para que pudieran pasar y les hizo una venia cortesana—. Adelante, caballeros.

A esas horas, sin luz y sin clientes, el saloncito del bar parecía más pobre y triste que con las luces encendidas, la rumorosa clientela y la música a todo volumen. En lugar de cuadros, en las paredes había carteles publicitando bebidas y el ferrocarril a la costa. Los amigos fueron a sentarse en dos altas banquetas, ante la barra. Encendieron cigarrillos y fumaron.

—¿Lo de siempre? —les preguntó la mujer. Tenía puesta una bata de entrecasa y unas zapatillas de levantarse. Así, desarreglada y sin maquillar, parecía centenaria.

—Lo de siempre —bromeó el dominicano—. Y también, si es posible, una sabrosa raja para lamer.

—Sabe usted de sobra que no me gustan las groserías —refunfuñó la dueña de casa, mientras les servía los tragos.

—A mí tampoco —dijo Enrique a su amigo—. Así que más respeto cuando abrás la boca, vos.

Estuvieron callados un momento y, de pronto, Enrique le preguntó:

—¿Y cómo es eso de que eres rosacruz? ¿Qué religión es esa que permite decir semejantes groserías ante las damas?

—Eso de dama me gusta mucho —dijo la mujer, que estaba yéndose, sin volverse a mirarlos. Desapareció tras de una puerta.

El dominicano pensó un poco y encogió los hombros:

—Ni siquiera estoy seguro de que sea una religión; tal vez, sólo una filosofía. Conocí a un sabio y decían que era rosacruz. Allá en México, a poco de llegar. El Hermano Cristóbal. Daba una sensación de paz que no he vuelto a sentir nunca en mi vida. Hablaba con mucha calma, lentamente. Y parecía inspirado por los ángeles.

—¿Cómo así, inspirado? —dijo Enrique—. ¿Uno de esos santones medio locos que andan por las calles hablando solos, querés decir?

—Era sabio, no loco —afirmó el dominicano—. No decía nunca rosacruz, sino «la Antigua y Mística Orden de la Rosa Cruz». Infundía mucho respeto. Que había nacido en el antiguo Egipto, cuando los faraones, como una hermandad secreta, hermética, y que sobrevivió escondida del gran público a lo largo de los siglos. Está muy difundida en el Oriente y en Europa, parece. Aquí nadie sabe lo que es. En la República Dominicana tampoco.

—¿Y entonces cómo podés ser rosacruz, vos?

—Ni siquiera sé si lo soy —dijo el dominicano, apenado—. No tuve tiempo de aprender. Sólo vi al Hermano Cristóbal unas cuantas veces. Pero me marcó. Por lo que le oí, me pareció que esa religión o filosofía era la que más me convenía. Daba una gran paz y no se metía para nada con la vida privada de las personas. Él, cuando hablaba, transmitía eso: tranquilidad.

—La verdad es que sos un poco raro, vos —sentenció Enrique—. Y no lo digo sólo por tus vicios.

—Por lo menos en lo que se refiere a la religión y al alma, confieso que sí —dijo el dominicano—. Un hombre distinto a los demás. Lo soy, y a mucha honra.

# III

«Necesito un trago», pensó. Y, zafándose de los abrazos, los oídos torturados por los ¡vivas! y las maquinitas que coreaban su nombre, susurró a María Vilanova «Tengo que ir al baño», y poco menos que a empujones se escurrió del balcón y regresó al interior del Palacio. Corrió a encerrarse en la oficina que había sido la suya mientras fue ministro de Defensa de Arévalo. Entró, la cerró desde adentro y de prisa fue a abrir el cuartito que tenía siempre con llave detrás de su escritorio. Allí estaba la botella de whisky. Con pulso que apenas le obedecía la abrió y se sirvió un vaso hasta la mitad. Le temblaba el cuerpo, las manos sobre todo. Debió coger el vaso con los diez dedos para que no se le cayera encima y la bebida le mojara el pantalón. «Te has vuelto un alcohólico», pensó, asustado. «Te estás matando, terminarás como tu padre. No puede ser.»

Para Jacobo Árbenz Guzmán el suicidio de su padre, farmacéutico suizo avecindado en Quetzaltenango, la región montañosa del altiplano occidental de Guatemala donde él nació el 14 de septiembre de 1913, fue un misterio insondable. ¿Por qué lo hizo? ¿Andaba mal la farmacia? ¿Tenía deudas? ¿Estaba quebrado? El padre era un inmigrante que se instaló en esas alturas impregnadas con huellas de la herencia maya, donde se casó con una maestra local, doña Octavia Guzmán Caballeros, que siempre le ocultó a su hijo la razón por la que su esposo se quitó la vida (acaso ella tampoco lo sabía); sólo años más tarde, Árbenz descubrió que su padre, un hombre hermético, padecía de una úlcera duodenal y se aplicaba inyecciones de morfina para combatir el dolor.

¿Por qué no se bebía ese vaso de whisky con el que había soñado tanto y que tenía apretado con ambas manos? Lo espantaba haber estado obsesionado con el trago durante toda la manifestación celebrando su victoria. «¿Soy ya un alcohólico?», pensó de nuevo. ¡Con la inmensa tarea que tenía por delante! ¡Con lo que esperaban de él tantos guatemaltecos! ¿Iba a defraudarlos por esta miserable afición a la bebida? Y, sin embargo, no se animaba a echar al fregadero el whisky que tenía meciéndose levemente entre las manos, ni a bebérselo.

De niño y adolescente, Jacobo vivió en aquellas altas tierras donde las masas indias languidecían en la pobreza y eran explotadas de manera inmisericorde por los finqueros, de modo que desde temprana edad tomó conocimiento de que en Guatemala había un serio problema social de desigualdades, explotación y miseria, aunque luego se dijera que fue sólo gracias a su mujer, la salvadoreña María Cristina Vilanova, que se volvió un hombre de izquierda.

Desde muy joven fue un deportista apasionado; practicaba atletismo, natación, fútbol, equitación, y ésa es probablemente la razón por la que escogió la carrera militar; también debió jugar un papel importante en ello la difícil situación económica en que quedó su familia luego de la trágica muerte de su padre.

Destacó desde muy niño por su apostura, su brillantez académica y sus logros deportivos. Y también por sus largos silencios y su manera de ser poco comunicativa, huraña y austera, heredada de su padre. Cuando entró a la Politécnica, la Escuela Militar de Guatemala, a mediados de 1932, con el primer puesto, se habló de él como un joven de gran porvenir. Los caballeros cadetes obtenían grados durante sus años de estudio; Árbenz alcanzó el más alto en la historia de la Escuela Militar: sargento primero. Y fue abanderado de la compañía de caballeros cadetes y campeón de boxeo.

¿Fue allí donde contrajo esa afición por la bebida? Recordó que era la diversión más extendida entre los caballeros cadetes y también de suboficiales y oficiales. Lo que más prestigio ganaba entre sus compañeros y jefes no era sacar buenas notas y una hoja de servicios impecable, sino tener una buena cabeza para el trago. «Babosos», pensó.

Conoció a la bella e inteligente María Cristina Vilanova cuando era todavía cadete. Ella había venido de visita a Guatemala y los presentaron durante una feria que se celebraba el 11 de noviembre en homenaje al dictador reinante, el general Jorge Ubico Castañeda. Ese día el joven estaba muy pálido porque acababa de salir del hospital debido a un accidente en motocicleta. Hubo una atracción recíproca y, cuando la muchacha regresó a San Salvador, se escribieron afiebradas cartas de amor. Ella cuenta, en su pequeña autobiografía, que mientras fueron novios hablaban de temas románticos pero también de cosas más serias, «como química y física». María Cristina, nacida en 1915, pertenecía a una de las llamadas «catorce familias» de El Salvador; había estudiado en los Estados Unidos, en el Notre Dame de Namur College, en Belmont, California, hablaba inglés y francés, y habría seguido una carrera universitaria si se lo hubieran permitido, pero no la dejaron, pues, según los prejuicios de la época, una niña decente no hacía esas cosas. La lectura suplió aquellos estudios así como su pasión por la literatura, la política y las artes. Era una joven inquieta, de ideas avanzadas, preocupada por la situación económica y social de Centroamérica, y dedicaba sus horas libres a pintar. Pese a la resistencia de la familia de María Cristina, los jóvenes decidieron casarse y lo hicieron apenas Jacobo Árbenz se recibió de alférez.

Se casaron por la Iglesia en marzo de 1939 y, para ello, él tuvo que confesarse y hacer la primera comunión, pues hasta entonces su educación había sido laica. Como regalo de matrimonio, por parte de la familia de María, la pareja recibió una finca en Guatemala, El Cajón, situada en el municipio de Santa Lucía Cotzumalguapa, en Escuintla. Y fue María Vilanova, por supuesto, la primera en advertir que aquello que había comenzado como una simple afición se estaba convirtiendo en un vicio. ¿Cuántas veces le oyó decir a su mujer: «¡Basta, Jacobo, ya se te traba la lengua, no bebas más!»? Y él siempre le obedecía.

El matrimonio fue feliz, y la influencia que la cultura y la sensibilidad de María Cristina ejercieron sobre el joven oficial resultó muy grande. Ella lo vinculó a intelectuales, escritores, periodistas y artistas tanto de Guatemala como del resto de Centroamérica que él no hubiera frecuentado; entre ellos abundaban los que se llamaban socialistas y radicales, que despotricaban contra las dictaduras militares (como la del general Ubico) que proliferaban en los países centroamericanos y querían para Guatemala una democracia con elecciones libres, libertad de prensa y de partidos políticos y reformas para que los indios salieran de la condición servil a la que estaban sometidos desde los tiempos coloniales. El problema con esos artistas e intelectuales, pensó, era que a todos les gustaba el trago tanto como a él; las reuniones con ellos, donde aprendía tanto, terminaban casi siempre en borracheras. Seguía mirando hipnotizado el líquido ligeramente amarillento que tenía entre las manos.

Mucho se criticaría en el futuro a María Cristina por haber frecuentado, cuando vinieron a Guatemala, a dos extranjeras con fama de comunistas: la chilena Virginia Bravo Letelier, que sería luego su secretaria, y la salvadoreña Matilde Elena López. Pero a su mujer no la intimidaban las críticas, hacía lo que le parecía bien sin importarle el qué dirán y esa personalidad era lo que más admiraba en ella su marido. Todavía no echaba el whisky al fregadero ni tampoco se lo bebía. Pensaba en otra cosa pero no apartaba la vista del trago. Allá afuera, en el Parque Central, seguían los vítores y las maquinitas con su nombre.

Jacobo Árbenz y María Vilanova tuvieron tres hijos, dos mujeres y un hombre: Arabella, nacida en 1940, María Leonora, en 1942 y Juan Jacobo, en 1946. Ella acompañó a su marido en su recorrido como oficial por las dependencias militares en que sirvió, como San Juan Sacatepéquez y el Fuerte de San José, años en los que fueron aumentando su prestigio y liderazgo entre sus compañeros de armas. María Cristina estuvo más contenta cuando su esposo fue destacado a la capital, a la Gloriosa y Centenaria Escuela Politécnica, como capitán de la compañía de cadetes y, luego, profesor de Ciencia e Historia.

Mucho tiempo vivieron en pensiones, porque los modestos ingresos de él (setenta dólares al mes) no alcanzaban para alquilar un apartamento; hasta que, por fin, con los ascensos, pudieron ocupar la casa de Pomona, en la esquina de la avenida de la Reforma y la calle Montúfar, con un amplio jardín de altos árboles que la rodeaban y hacían que sus moradores se sintieran en el campo. Allá siguieron reuniéndose con aquellos intelectuales y artistas, muchos de los cuales habían sufrido persecución y hasta cárcel o exilio por sus ideas políticas, como Carlos Manuel Pellecer, que pasó por la Escuela Militar y estuvo preso y exiliado en México por su oposición al gobierno de Ubico, y José Manuel Fortuny, normalista, periodista y político que sería, primero, dirigente del PAR (Partido de Acción Revolucionaria), un movimiento democrático de izquierda, y, luego, uno de los fundadores del Partido Guatemalteco del Trabajo (comunista).

«Pero nunca me emborraché, ni vomité, ni hice esos escándalos que hacían tantos compañeros chafas cuando se pasaban de tragos», pensó. En todo caso, nunca se le notaban las borracheras. Las disimulaba muy bien. Y paraba de beber cuando sentía aquel cosquilleo en la cabeza y notaba que no podía pronunciar las palabras sin tragarse alguna letra o arrastrando las vocales. Enmudecía y esperaba tranquilo, sin moverse ni participar en las charlas o discusiones, a que el cosquilleo intruso se fuera disipando.

El general Jorge Ubico Castañeda duró trece años en el poder, hasta 1944. Antes de la Segunda Guerra Mundial, había manifestado claras simpatías por Hitler y los nazis. Reconoció al gobierno de Franco en plena Guerra Civil española, y alguna vez asistió a las manifestaciones que convocaban, vestidos de azul y haciendo el saludo fascista, grupos falangistas ante la embajada de España en Guatemala. Pero, oportuno y prudente, al estallar la Segunda Guerra Mundial Ubico fue de los primeros en romper relaciones con Alemania y, para congraciarse con los Estados Unidos, declararle la guerra.

El año 1944 comenzaron las manifestaciones contra la dictadura en Guatemala. Los primeros fueron los estudiantes de la muy antigua Universidad de San Carlos, a quienes muy pronto siguió buena parte de la opinión pública, empleados, obreros, y sobre todo jóvenes. El entonces capitán Jacobo Árbenz Guzmán fue uno de los militares que más contribuyeron a inclinar al Ejército a que pidiera la renuncia del dictador; después, cuando Ubico renunció y dejó el gobierno en manos de otro militar, el general Federico Ponce Vaides, que amenazaba con seguir sus pasos, a rebelarse contra semejante imposición. Luego de grandes manifestaciones populares hostiles a esta forma de continuismo y una decidida participación del Ejército al que dos oficiales, el mayor Francisco Javier Arana y el capitán Jacobo Árbenz, indujeron a apoyar el alzamiento contra la dictadura, Ponce Vaides renunció. Se estableció entonces una junta, constituida por aquellos dos militares, Árbenz y Arana, y un civil, el comerciante Jorge Toriello. Ésta, conforme a lo acordado, convocó una Asamblea Constituyente y elecciones presidenciales y de diputados. Fueron las primeras elecciones genuinamente democráticas en la historia de Guatemala. El movimiento popular que las hizo posible sería considerado en el futuro como la Revolución de Octubre, que inauguró una nueva época en el país. Ganó estas elecciones un distinguido maestro y pensador (aunque muy vanidoso), Juan José Arévalo. Había vivido en el exilio en Argentina, y su regreso a Guatemala el 3 de septiembre de 1944 para ser candidato dio origen a un gigantesco recibimiento. Su triunfo contra el general Federico Ponce Vaides resultó arrollador: el ochenta y cinco por ciento de los electores votaron por él.

Jacobo Árbenz, entusiasta promotor de la candidatura de Arévalo, fue su ministro de Defensa y ascendido a mayor. Su función resultó decisiva para que Arévalo pudiera terminar su gobierno de cuatro años e hiciera las reformas políticas y sociales que se proponía. Debió enfrentar más de una treintena, se dice, de intentos de golpes de Estado que, en gran parte gracias a la energía y ascendiente de Árbenz sobre sus compañeros de armas, fueron contenidos a tiempo o debelados con acciones militares. Lideró algunos de ellos un oscuro oficial apodado Cara de Hacha, el teniente coronel Carlos Castillo Armas, contemporáneo de Árbenz. Éste apenas lo recordaba como una desvaída figura que pasó sin gloria ni brillo por la Escuela Militar. Pese a su insignificancia, este adversario tenaz iría convirtiéndose en su enemigo mortal.

¿Cuántos minutos habían pasado desde que se encerró en su oficina de Palacio? Por lo menos diez y todavía el vaso de whisky se mecía despacio en sus manos. Él estaba empapado de sudor. Como siempre, antes y después de beber, se sentía arrepentido y asqueado. Ahora lo estaba ya, pese a que no había bebido y sospechaba que tampoco iba a hacerlo.

Como era de esperar, la colaboración de María Cristina Vilanova con su marido siguió siendo muy estrecha en los años en que él fue ministro de Defensa de Arévalo. No era para nada la «mujer florero», como hasta entonces habían sido obligadas a serlo por la tradición y las leyes las esposas de presidentes y ministros. Fue la principal asesora de su esposo y su criterio, según el testimonio del propio Árbenz y de quienes los frecuentaban, era escuchado y muchas veces prevalecía sobre el de los otros asesores.

Una seria rivalidad surgió, durante el gobierno de Arévalo, entre Jacobo Árbenz y el coronel Francisco Javier Arana, jefe de las Fuerzas Armadas, quien aspiraba a suceder a aquél en la Presidencia. Hombre inteligente, simpático y de origen popular —había sido soldado raso y llegó a oficial sin pasar por la Escuela Militar—, Arana desempeñó también un papel decisivo en la caída del dictador Ubico. Por ello había recibido la promesa de los dos partidos políticos identificados con el gobierno de Arévalo —el Frente Popular Libertador y Renovación Nacional, que luego se fundirían en el PAR— de apoyar su candidatura a la Presidencia en las elecciones de 1950. Desde que Juan José Arévalo asumió la jefatura del Estado, Arana trató de moderar ciertas reformas sociales y mantener la política económica del régimen democrático dentro de una línea prudente, frenando las medidas que generaban controversia. Según rumores propalados por sus adversarios y negados por sus partidarios, el coronel Arana comenzó a conspirar contra el gobierno y a preparar un golpe de Estado que, aunque no reemplazaría a Juan José Arévalo, lo convertiría en una figura decorativa, sin poder real. El gobierno advirtió, por militares fieles a él, que el coronel Arana estaba colocando en puestos claves del Ejército a partidarios suyos, como a Cara de Hacha, jefe de la Cuarta Zona Militar. Reunido el Consejo de Ministros, y con asistencia del presidente del Congreso, el escritor Mario Monteforte Toledo, se tomó la decisión de detenerlo.

El 18 de julio de 1949 el coronel Arana se presentó en el Palacio de Gobierno y pidió al Presidente Juan José Arévalo que entregara al Ejército un lote de armas que la Legión del Caribe —voluntarios que habían llevado al poder a José Figueres en Costa Rica e intentado sin éxito un desembarco contra Trujillo en la República Dominicana— había devuelto al gobierno de Arévalo, pero éste no había puesto a disposición aún de las Fuerzas Armadas. Los rumores de la prensa hostil al gobierno decían que Arévalo pretendía entregar estas armas a unas supuestas milicias populares. El Presidente le comunicó a Arana que estas armas se hallaban en una casa de gobierno conocida como El Morlón, antigua residencia de fin de semana de Ubico y en la actualidad Club de Oficiales del Ejército. Estaba en las cercanías del lago Amatitlán, a unos treinta kilómetros de la ciudad de Guatemala. El coronel Arana se retiró de Palacio acompañado por el jefe del Estado Mayor, a quien el Presidente Arévalo encargó que pusiera aquel armamento en manos del Ejército. Y tras él partió un grupo de policías y soldados, encabezados por el mayor Enrique Blanco, de la Subdirección de la Guardia Civil, con la orden de detener al coronel Arana a su regreso de aquella entrega.

El jefe del Ejército fue emboscado en un pequeño cruce llamado el Puente de la Gloria, sobre el río Michatoya, donde surgió una balacera entre ambos grupos en la que resultaron abatidos tanto Arana como el mayor Blanco. La muerte de aquél sería achacada por la oposición política al coronel Árbenz, quien, desde lo alto de un cerro, el mirador del Parque de las Naciones

Unidas, habría contemplado con prismáticos aquel episodio. Todavía discuten los historiadores la verdad de lo sucedido, otro de los misterios de que está repleta la historia política de Guatemala. Esta muerte, accidental o deliberada, pesaría en los años siguientes como un baldón sobre la vida pública del coronel Árbenz, pues sus adversarios lo acusarían de haber planeado este asesinato para eliminar a un rival. Y también sería el pretexto principal que utilizó el coronel Castillo Armas, quien se consideraba discípulo de Arana, para reanudar sus levantamientos contra el gobierno de Arévalo, al que acusaba de actuar con una secreta agenda comunista.

La verdad es que aquella misma noche del 18 de julio de 1949 en que murió Arana tuvo lugar un alzamiento militar que hizo temblar al gobierno de Arévalo y, durante algunas horas, estuvo a punto de aplastarlo. El regimiento llamado la Guardia de Honor, la Aviación Militar y la Cuarta Zona, dirigida por el coronel Castillo Armas, se movilizaron contra las instalaciones principales del gobierno, aunque otros cuarteles y fuerzas militares se mantuvieron fieles al ministro de Defensa, Jacobo Árbenz, quien dirigió la resistencia al intento faccioso. Hubo tiroteos, muertos, y durante parte de la noche el resultado de la batalla estuvo incierto. Carlos Manuel Pellecer, que había sido jefe de Misiones Ambulantes de Cultura en el gobierno de Arévalo, organizó grupos de civiles que ayudaron a los militares a combatir el levantamiento de los partidarios de Arana, dirigidos por Mario Méndez Montenegro. Al amanecer, las fuerzas rebeldes se rindieron, sus principales jefes militares se asilaron en embajadas extranjeras y el golpe fue debelado.

Cuando todo aquello terminó, él se había encerrado a beber solo, como ahora, en este mismo escritorio. Recordó lo agotado que estaba: bebía trago tras trago hasta sentir aquel cosquilleo en la cabeza. Un cosquilleo más intenso que el de costumbre, y, en un momento dado, le vinieron arcadas y debió correr al baño a vomitar. Ahora se había llevado el vaso a la boca y sus labios se mojaron, pero esta vez no bebió ni una gota. Se sentía profundamente disgustado de sí mismo.

Fue durante los años del gobierno de Arévalo que se forjó una colaboración bastante cercana entre Árbenz y el abogado José Manuel Fortuny, dirigente del Partido de Acción Revolucionaria que llevó a Árbenz a la Presidencia y quien desde que era estudiante había trabajado con mucho empeño en la caída de Ubico. Sería luego uno de sus asesores más influyentes. Para entonces, Fortuny se había apartado del PAR y se concentró en el Partido Guatemalteco del Trabajo. Éste nunca llegó a ser muy grande ni pudo probarse que recibiera apoyo o fuera financiado por la Unión Soviética, pero, a pesar de ello, resultó uno de los temas que más utilizó la prensa local y extranjera como prueba de las inclinaciones comunistas de Árbenz. En verdad, nunca se comprobó que existieran. Y el propio Fortuny, en las memorias que dictó años más tarde, cuenta que en aquella época los propios dirigentes del Partido Guatemalteco del Trabajo sabían muy poco de marxismo, incluido él mismo. Árbenz y Fortuny, pese a eventuales discrepancias políticas, colaboraron cuando aquél fue Presidente, sobre todo en la ley de Reforma Agraria (la 900). Fortuny cuenta que escribió todos los discursos presidenciales de Árbenz, incluso el de su renuncia al poder, aunque esto último es discutible. También se le imputaría al Presidente haber tenido como asesores en el gobierno a Carlos Manuel Pellecer y Víctor Manuel Gutiérrez, ambos con fama de revolucionarios por sus esfuerzos organizando sindicatos y federaciones de obreros y campesinos.

Al terminar el período de Juan José Arévalo, en 1950, Jacobo Árbenz fue apoyado para sucederlo por todos los partidos y agrupaciones sociales que habían sostenido el gobierno de aquél. Su triunfo electoral resultó inequívoco: el sesenta y cinco por ciento de los votos entre los nueve candidatos a la Presidencia fueron para él. Su programa de gobierno constaba de cinco temas: una carretera al Atlántico, el Puerto de Santo Tomás sobre el Caribe, la hidroeléctrica Jurún-Marinalá, una destilería para el petróleo crudo importado y, sobre todo, la Reforma Agraria.

Era el 15 de marzo de 1951 y todavía tenía el vaso de whisky en la mano. Allá fuera, en el Parque Central, miles de guatemaltecos seguían celebrando su victoria. No los iba a defraudar. Se levantó, fue al baño, arrojó el whisky al retrete y jaló la cadena. Había decidido que mientras fuera Jefe del Estado de Guatemala no bebería ni una gota más de alcohol. Y cumplió rigurosamente esta promesa hasta el día de su renuncia.

# IV

—Lo que no entiendo es tu terquedad —dijo Enrique—. Querer sacar a la doña del enredo y llevártela a San Salvador. ¿Para qué?

No se oía ruido alguno de la calle; porque no pasaban automóviles o porque la música de los boleros apagaba los motores y las bocinas.

—Yo tengo mis motivos —repuso el dominicano, de mal modo—. Respétalos.

—Los respeto pero no los entiendo, aunque ya he hecho todo lo que vos me has pedido —le recordó Enrique—. Por ejemplo, quitarle a la doña las escoltas de su casa esta noche, a partir de las siete. Tratá de comprenderlo. Sería bueno enredarla a ella también, nos conviene sembrar un poco más de confusión en el asunto. Por lo demás, no te engañés: toda la sociedad guatemalteca está con la señora Palomo, no con la doña, en esta guerrita civil que se ha declarado por el asunto del Presidente y la amante. Aquí todos somos muy católicos. No es como en tu país, donde Trujillo puede llevarse a su cama a quien le dé la gana sin que pase nada.

Ambos fumaban sin descanso y el cenicero que tenían delante estaba lleno de colillas. Había una nube de humo sobre sus cabezas.

—Lo sé muy bien —dijo el dominicano—. Aquí a la gente no le gusta que un Presidente tenga queridas, sobre todo a las buenas esposas. ¿Será por eso que las guatemaltecas signan tan mal?

—Dejate de babosadas y contestame. ¿Para qué querés llevártela? —insistió Enrique—. Nos conviene complicarla en el lío, aumentar la confusión que se va a armar cuando la cosa se haga pública. No te olvidés que vos te vas, pero yo me quedo acá. Tengo que tomar mis precauciones.

Se habían bebido ya dos copas de ron cada uno y el burdel seguía triste y vacío. Miriam, la señora de la gran cabellera platinada, había desaparecido y un indito silencioso barría las virutas esparcidas por el suelo del local, y las recogía con las manos en una bolsa de plástico. Era muy pequeño y raquítico y ni una sola vez se había vuelto a mirarlos. Estaba descalzo y su camisa de algodón, rota y zurcida, dejaba ver trozos de su piel oscura. La dueña de casa había puesto una pila de discos, una colección de boleros que cantaba Leo Marini.

—Todo está perfectamente planeado, no te hace falta nada para enredar más el asunto. Sabes de sobra el escándalo que se formará cuando estalle la noticia —afirmó el dominicano—. ¿Por qué te empeñas en meter en el lío, además, a esa pobre chica?

—¿Pobre chica? —lanzó una carcajada Enrique—. Estás muy engañado. Es una serpiente y una bruja ahí donde la ves, con su carita de chiquilla inocente. La doña es capaz de las peores cosas, aunque no lo parezca. Si no fuera así, no habría llegado donde está.

—Nunca me vas a convencer —dijo el dominicano—. Es inútil. El plan es el plan. Hay que cumplir con lo acordado. No te olvides que hay mucha gente comprometida.

—A mí me facilitaría mucho las cosas, compa —insistió el otro, como si no lo hubiera oído—. Es un asunto muy serio y, por eso mismo, indispensable que brote una confusión descomunal a la hora de buscar culpables. Necesitamos abrir toda clase de pistas que no lleven a ninguna parte. Para confundir a la gente. Pensalo otra vez.

—Lo he pensado muchísimo, y en eso no puedo darte gusto —dijo el dominicano—. No es no, compañero.

—¿Se puede saber por qué?

—Se puede —dijo el dominicano luego de un momento, ahora irritado. Hizo una pausa, tomó ímpetu y lo soltó—: Porque a esa raja le tengo ganas hace mucho tiempo. Desde el primer día que la vi. ¿Te parece una razón suficiente o quieres otra?

En vez de contestarle, Enrique, que se había quedado mirándolo sorprendido, soltó otra carcajada. Cuando dejó de reírse, comentó:

—No me lo esperaba, la verdad —encogió los hombros y, como una conclusión, afirmó—: Una cosa son los vicios y otra el deber. Es malo mezclar el trabajo y el placer, vos.

# V

El coronel Carlos Castillo Armas, Cara de Hacha para los íntimos, supo que los mercenarios del Ejército Liberacionista habían comenzado a llegar a Tegucigalpa por los bochinches que armaban en los burdeles, bares, fumaderos y garitos de la ciudad. Los escándalos de esos cubanos, salvadoreños, guatemaltecos, nicas, colombianos y hasta algunos «hispanos» de los Estados Unidos aparecían en la prensa y las radios de la capital hondureña y eran una pésima credencial para la fuerza que pretendía salvar a Guatemala del régimen comunista de Jacobo Árbenz. Cuando Howard Hunt, su contacto en Florida, lo recriminó por estos bochornos, Castillo Armas le pidió ir a Miami a entrevistarse en Opa-Locka con la gente de la CIA que había contratado a esos «soldados» sin revisar a fondo sus antecedentes, pero Hunt, siempre huidizo y misterioso, le dijo que no era conveniente que lo vieran por allá. El coronel descargó su malhumor echando ajos y cebollas contra todo el que se le pusiera al alcance, en la casa de las afueras de la capital de Honduras donde funcionaba su cuartel general. Siempre había tenido muy mal genio. Desde joven, cuando sus compañeros en la Escuela Militar comenzaron a apodarlo Caca por las iniciales de su nombre, se acostumbró a inventar en secreto barrocos y afiebrados apodos (que solían ser insultos) para las personas que le daban rabietas; a estos mercenarios escandalosos decidió llamarlos «pulguientos». De inmediato dio instrucciones al puñado de militares guatemaltecos que habían desertado del Ejército para apoyarlo de que multaran a los culpables de desórdenes y, si éstos eran graves, les cancelaran los contratos. Pero, como no eran ellos sino la CIA —la Madrastra— quien se encargaba de la paga de los soldados del Ejército Liberacionista, sus órdenes se cumplieron sólo a cuentagotas.

Era una verdadera desgracia que ocurriera esto ahora, cuando, tras la elección de Eisenhower como Presidente en enero de 1953, los Estados Unidos se habían resuelto por fin a derrocar a Árbenz, no con intrigas políticas sino por las armas, como reclamaba Cara de Hacha. Durante el gobierno de Truman había sido imposible convencer a los gringos de que sólo una acción militar —como la orquestada no hacía mucho por la CIA en Irán para liquidar el régimen del Primer Ministro Mohammed Mossadegh— podía acabar con la creciente influencia comunista en Guatemala. Por fin, sobre todo gracias al nuevo secretario de Estado, John Foster Dulles, y al nuevo jefe de la CIA, Allen Dulles, hermano de aquél, ex apoderados de la United Fruit, los norteamericanos habían decidido apoyar la invasión armada, como les pedía Castillo Armas desde que se fugó de la vieja y tétrica Penitenciaría de Guatemala y pudo exiliarse en Honduras. Y, precisamente, la CIA (la Madrastra) había encargado entre otros a Howard Hunt que se ocupara de apoyar sobre el terreno la Operación Éxito (PBSuccess) —así la bautizaron—, que la patrocinaba desde un principio. Entonces, cuando estaba formándose el Ejército Liberacionista, los mercenarios venían a provocar escándalos en Honduras, donde, además, el Presidente Juan Manuel Gálvez (el Asqueroso) había sido tan reticente a dar su apoyo a estos planes; sólo cedió por las fuertes presiones del gobierno norteamericano y de la United Fruit, que era, en Honduras, más poderosa todavía que en Guatemala. Castillo Armas estaba seguro de que esto se solucionaría una vez que los gringos se pusieran de acuerdo con el Presidente Anastasio Somoza para que comenzaran los entrenamientos de los mercenarios en territorio nicaragüense. ¿Pero, por qué maldita razón tardaban tanto aquellas negociaciones? Él había hablado con Somoza y le constaba la buena voluntad del general para apoyar la invasión.

«Todo va tan lento por culpa de los gringos», pensó. Desde su despacho podía ver un pedazo de campo, con árboles y pastizales, y el perfil de uno de esos cerros color pardo que rodeaban Tegucigalpa y a unos remotos campesinos con sombreros de paja inclinados sobre unas sementeras. No podía quejarse de esta casita donde lo había instalado la United Fruit, que pagaba también a los empleados y a la cocinera y se hacía cargo de los gastos de mantenimiento, incluido el chofer y el jardinero. Era bueno que los gringos se hubieran decidido a actuar, pero no que lo hicieran todo ellos, marginándolo a él, que se había jugado la vida denunciando la penetración comunista en Guatemala desde el asesinato del coronel Francisco Javier Arana y a lo largo de los tres años del gobierno de Árbenz. Se había quejado con los directivos de la United Fruit, pero ellos trataron de convencerlo: era mejor que guardara distancias con el gobierno norteamericano, no fuera a acusarlo la prensa arbencista de ser un mero instrumento de la Madrastra. Un argumento que no lo convencía, porque, al tenerlo tan marginado de las decisiones importantes, se sentía un pelele de Washington y de la CIA. «¡Hijos de mala madre!», pensó. «¡Puritanos!» Cerró los ojos, respiró hondo y trató de aplacar el malhumor pensando que pronto derrotaría (y acaso mataría) a Jacobo Árbenz (el Mudo). Lo odiaba desde que ambos eran cadetes en la Escuela Politécnica. Entonces, por razones privadas: aquél era blanco, apuesto y exitoso, y él, en cambio, humilde, bastardo, pobre y aindiado. Más tarde, porque Árbenz se casó con María Vilanova, una salvadoreña bella y rica, y él con Odilia Palomo, una maestra poco agraciada y tan insolvente como él mismo. Y, encima de todo, por razones políticas.

No poder comunicarse directamente con la CIA y su intermediario, Howard Hunt, que desaparecía por largos períodos —llevaba meses sin saber nada de él— y no daba la menor cuenta de su paradero, ni con la gente del Departamento de Estado que dirigía todos los preparativos de la invasión, lo ponía fuera de sí. Lo hacía sentirse humillado, vejado, preterido, en asuntos cruciales de su propio país. Durante un buen tiempo, antes de que apareciera Howard Hunt, su único contacto fue Kevin L. Smith, el director de la United Fruit en Honduras. Él le hizo saber que «ellos» lo habían elegido finalmente a él para que dirigiera el Ejército Liberacionista. El mismo Smith lo llevó en su avión particular a Florida, donde, diecinueve kilómetros al norte de Miami, se había instalado en un antiguo campo de la aviación naval la base de Opa-Locka, para dirigir la Operación PBSuccess. Allí conoció el coronel a Frank Wisner, subdirector de Planes de la CIA, comisionado por Allen Dulles para dirigir el proyecto destinado a derrocar a Árbenz y, según entendió, jefe directo de Howard Hunt. Wisner le confirmó que él era el elegido por sobre el general Miguel Ydígoras Fuentes (la Mamandurria) y el abogado y cafetalero Juan Córdova Cerna, de modo que encabezaría las acciones para la liberación de Guatemala. Pero no le dijo con qué argumentos había defendido Howard Hunt su candidatura: «Porque Míster Caca es algo aindiado y, no se olviden, la gran mayoría de los guatemaltecos son indios. ¡Estarán felices con él!».

La euforia que le produjo su elección se vio pronto mermada por las infinitas precauciones que tomaban los gringos antes de dar cada paso. Querían guardar las apariencias a fin de que no pudiera acusarse a los Estados Unidos en la ONU de ser los verdaderos ejecutores (y, sobre todo, los financieros) de la futura guerra de liberación de la primera república comunista al servicio de Moscú en América Latina. ¡Como si pudiera taparse el sol con un dedo! Castillo Armas asociaba todos esos escrúpulos de los gringos con el puritanismo religioso. Lo decía con frecuencia a sus oficiales, en todas las reuniones que celebraban en esta oficina: «Los gringos congelan todo y llevan las cosas con pies de plomo por su maldito puritanismo». No sabía muy bien qué quería decir con eso, pero se sentía satisfecho consigo mismo diciéndolo: le parecía un insulto profundo y filosófico.

En cambio, su gratitud con el Presidente Anastasio Somoza, de Nicaragua, no tenía límites. Él sí que era un aliado generoso y consciente de lo que estaba en juego. Había aceptado que los soldados del Ejército Liberacionista se entrenaran en su país —ofreció incluso El Tamarindo, una de sus haciendas, y la isla de Momotombito, en el lago de Managua, para ello—, y autorizado que los vuelos de los aviones de la CIA para lanzar volantes sobre las ciudades de Guatemala y bombardear objetivos estratégicos una vez que comenzaran las acciones partieran de aeropuertos nicas. Y que en Managua funcionara el mando de operaciones de la campaña militar. La CIA ya había instalado allí a los aviadores y a los militares norteamericanos que tendrían el comando estratégico de la invasión. Somoza había nombrado a su hijo Tachito como enlace entre su gobierno y los funcionarios estadounidenses encargados de planear los sabotajes y las batallas. A pesar de que se había mostrado generoso con él tanto en armamento como en dinero, Castillo Armas no se fiaba del Generalísimo Trujillo (la Araña). Algo había en el poderoso y soberbio caudillo dominicano que lo hacía desconfiar e, incluso, temer. Su olfato le decía que si dependía demasiado de Trujillo para su guerra de liberación —le había entregado personalmente sesenta mil dólares y hecho dos entregas más, a través de intermediarios, de dinero y armas hasta ahora—, esa ayuda podía costarle demasiado cara cuando estuviera en el poder. En la única entrevista que había tenido con él en Ciudad Trujillo, no le gustó nada que de manera sinuosa le pusiera condiciones para después de alcanzada la victoria. Además, él ya sabía que el candidato del Generalísimo para dirigir los futuros destinos de Guatemala era su amigo y compinche el general Miguel Ydígoras Fuentes (la Mamandurria).

Aunque todo aquello estaba ya en marcha, Cara de Hacha no se enteraba de gran cosa. Tenía la desagradable sensación de que los gringos le ocultaban sus planes ex profeso, pues no se fiaban de él o, simplemente, no lo respetaban. Frank Wisner se había permitido reñirlo porque les exageró el número de voluntarios que había reclutado en Guatemala para el Ejército Liberacionista: les aseguró medio millar y sólo logró reunir un poco más de doscientos. De ahí venía que la CIA hubiera empezado a reclutar a los pulguientos de distintos países centroamericanos. Eran ellos los que estaban causando desórdenes en Tegucigalpa. Lo mejor sería llevárselos de inmediato a Nueva Ocotepeque hasta que pudieran comenzar los entrenamientos en Nicaragua. Llamó al coronel Brodfrost, de la USA Army, el segundo de Frank Wisner y su nuevo contacto en Managua, y éste le aseguró que el lunes comenzarían los entrenamientos en la hacienda y la islita de Somoza y que esa misma tarde se iniciaría el traslado de los soldados del Ejército Liberacionista a Nicaragua. Y que a Howard Hunt la CIA lo había mandado al extranjero, a una nueva misión, de modo que no lo vería más por estos pagos. Y, para que no incomodara más a Wisner, le señaló que a partir de ahora él sería su único interlocutor.

Otro problema mayor había sido la emisora clandestina, Radio Liberación. Los gringos habían comprado un poderoso transmisor que permitía a esta radioemisora llegar a todas las regiones de Guatemala, pese a emitir sus programas desde Nueva Ocotepeque, ciudad hondureña situada no lejos de la frontera. Cuando Castillo Armas pretendió nombrar al director de la emisora, Brodfrost le informó que la CIA había ya designado a un gringo llamado David Atlee Phillips (el Invisible) para dirigirla. Castillo Armas nunca consiguió hablar con este señor, pese a que Radio Liberación debía coordinar sus emisiones con el Ejército Liberacionista, del que era portavoz. Los problemas surgieron desde la primera emisión clandestina, el sábado 1 de mayo de 1954. Contradiciendo al coronel, que había pedido que los programas se grabaran en la propia Guatemala, le informaron que se grabarían en el Canal de Panamá, donde, en el France Field, las instalaciones militares que tenía allí Estados Unidos, la CIA había instalado una «central logística» encargada exclusivamente de la invasión a Guatemala; de ella partirían las armas y también las cintas grabadas; éstas serían enviadas directamente a Nueva Ocotepeque con el visto bueno de David Atlee Phillips (el Invisible). El coronel oyó ese primer programa y quedó horrorizado: sólo uno de los locutores tenía acento guatemalteco; los otros (una locutora entre ellos) eran nicas y panameños, como delataban sus tonos y sus dichos. Las protestas de Castillo Armas llegaron al comando central, pero la corrección se hizo sólo al cuarto o quinto día, de modo que muchos guatemaltecos y el gobierno de Árbenz supieron desde el principio que aquellas emisiones de Radio Liberación no eran emitidas desde «algún lugar» de las selvas de Guatemala, como decía la emisora, sino desde el extranjero y por obra de extranjeros. ¿Y quiénes podían estar detrás de todo eso sino los propios norteamericanos?

Lo que sí había funcionado muy bien era la campaña en las radios y la prensa acusando al gobierno de Árbenz de haber convertido a Guatemala en una cabecera de playa de la Unión Soviética y de planear apoderarse del Canal de Panamá. Pero ésa no era obra del gobierno de Estados Unidos ni de la CIA, sino de la United Fruit y de su genio publicitario, el señor Edward L. Bernays. Castillo Armas se había quedado boquiabierto escuchándolo explicar cómo la publicidad podía impregnar a una sociedad de ideas de distinta orientación, así como de temores o esperanzas. En este caso había funcionado a la perfección. El señor Bernays y el dinero de la United Fruit habían logrado convencer a la sociedad norteamericana y al propio gobierno de Washington que Guatemala era ya presa del comunismo, y que Árbenz conducía en persona esta maniobra. Por eso, el coronel Castillo Armas pensaba que si todo esto dependiera sólo de la United Fruit, las cosas hubieran marchado mucho mejor. Pero, ay, no había más remedio —como le había dicho el Generalísimo Trujillo aquella vez— que pasar por la Madrastra y por Washington. ¡Qué lástima!

A Castillo Armas le parecían inútiles todas las precauciones que tomaban la CIA y el Departamento de Estado para que no se pudiera acusar a Estados Unidos de estar detrás de la invasión que se preparaba. Árbenz y su canciller Guillermo Toriello los acusarían en las Naciones Unidas con pruebas o sin ellas. ¿Para qué perdían tanto tiempo tomando esas precauciones que demoraban los preparativos y permitían errores como los de Radio Liberación? Se tardaban días enteros enviando los casetes desde Panamá a Nueva Ocotepeque. De pronto, el Presidente de Honduras, Juan Manuel Gálvez, dijo que la emisora había sido detectada y que debía clausurarse o sacarla del país. La CIA decidió moverla a Managua, pues Somoza no puso objeciones y hasta le acondicionó un local. Luego de un tiempo, sin dar explicación alguna a Cara de Hacha, la CIA decidió una nueva mudanza y Radio Liberación comenzó a retransmitir sus emisiones clandestinas a Guatemala desde Key West, en Florida.

También el armamento para el Ejército Liberacionista seguía una sinuosa trayectoria antes de llegar a territorio hondureño, de donde debía arrancar la invasión. Se concentraba en la base militar estadounidense del Canal de Panamá y de allí los aviones que había comprado la CIA para el Ejército Liberacionista lo transportaban a los distintos puntos de la frontera hondureña de donde partirían las fuerzas expedicionarias; algunas de estas armas y explosivos se lanzaban en paracaídas a pueblos guatemaltecos de la frontera donde, más en teoría que en la práctica, se habían constituido grupos clandestinos de sabotaje y demolición. Surgieron también muchos problemas con la aviación del Ejército Liberacionista. Castillo Armas siempre imaginó que estos aviones serían los de la Aviación Militar guatemalteca, que desertarían de su base en La Aurora para unirse a él. Pero Brodfrost, exultante, le dio un día la noticia de que Allen Dulles había autorizado, con el visto bueno de su hermano John Foster Dulles y acaso del mismo Presidente Eisenhower, que se compraran en el mercado internacional tres aviones Douglas C-124C para la Operación PBSuccess. Servirían para lanzar volantes de propaganda e ir preparando a la población civil con miras a la invasión. Y, cuando ésta comenzara, para acarrear armas, comida y medicinas a las fuerzas liberacionistas y bombardear al enemigo. Como ocurría con todos los preparativos, los gringos no permitieron que Castillo Armas enviara un solo aviador de su comando a integrar el equipo que hizo las compras, y todavía menos a la búsqueda de tripulaciones. El coronel se llevó otro disgusto cuando supo que uno de los pilotos contratados para llevar los aviones del Ejército Liberacionista era un psicópata aventurero, Jerry Fred DeLarm (el Loquito), buen piloto pero conocido en toda Centroamérica como contrabandista y disforzado. Acostumbraba a jactarse a voz en cuello en sus borracheras de sus vuelos prohibidos, asegurando que él podía despegar y aterrizar donde le daba en los huevos, no importaba cuán estricta fuera la vigilancia de los países para proteger su espacio aéreo.

Las descortesías de los gringos no sólo irritaban a Míster Caca; también al grupito de oficiales del Ejército de Guatemala que, por amistad con el coronel o por su irritación con las reformas de Árbenz, habían desertado y constituían su Estado Mayor. Retorciéndosele el estómago, él les explicaba que la prudencia de los «gringos puritanos» se debía a la delicada posición diplomática en que se encontraría el gobierno de Washington si en las Naciones Unidas lo acusaban con pruebas flagrantes de invadir un pequeño país como Guatemala y derribar a un gobierno elegido en elecciones normales. Además, ya se sabía, los gringos eran bastante patanes de por sí. Y, sobre todo, que no olvidaran que esos «patanes» estaban suministrando las armas, los aviones y el dinero sin los cuales no habría invasión posible. Pese a decirles estas cosas, en las que él mismo no creía, Castillo Armas compartía el escepticismo y la frustración de sus oficiales.

Como si todo esto no fuera suficiente, los dolores de cabeza del coronel aumentaron de manera dramática con el testimonio del coronel Rodolfo Mendoza Azurdia, jefe de la Aviación Militar, el último oficial de jerarquía y con un importante cargo en el gobierno de Árbenz en unirse al Ejército Liberacionista. El propio Castillo Armas había ido a recibirlo y abrazarlo en el aeropuerto de Tegucigalpa al saber las complicadas triquiñuelas de que se valió el coronel Mendoza, hasta ayer viceministro de Defensa del gobierno de Árbenz, para escapar de Guatemala y venir a unirse a las fuerzas de la libertad.

Mendoza Azurdia y Castillo Armas habían estado juntos en la Escuela Militar, pero no habían sido amigos. Destacados en distintas guarniciones, se habían visto poco y hecho la carrera por separado. Aquél no se había plegado a los dos intentos subversivos de Cara de Hacha contra los gobiernos de Arévalo y de Árbenz. Por eso, fue una sorpresa que este jefe de la muy pequeña Aviación Militar guatemalteca, y a quien se consideraba cercano de Árbenz, le enviara un emisario discreto haciéndole saber que pensaba apartarse del gobierno y huir de Guatemala: ¿sería bienvenido en las filas liberacionistas? Castillo Armas le respondió que lo esperaban con los brazos abiertos. Y, ante los periodistas, en el aeropuerto de Tegucigalpa felicitó a Mendoza Azurdia por su valentía y patriotismo. Los ataques que estaba recibiendo de la prensa oficialista —le dijo— serían su mejor credencial en la Guatemala de mañana.

Pero cuando el coronel Mendoza comenzó a revelar ante Castillo Armas y su Estado Mayor las intimidades del gobierno de Árbenz, a aquél se le pusieron los pelos de punta. ¡Esta vez las puñaladas le venían de quien menos se podía esperar! Del nuevo embajador de Estados Unidos en Guatemala, John Emil Peurifoy (el Cowboy), cuyo nombramiento él había celebrado porque la CIA le hizo saber que John Foster Dulles lo eligió ya que se trataba de un «duro»; había prestado un servicio magnífico en Grecia, donde contribuyó de manera decisiva a que los militares monárquicos aplastaran la subversión de las guerrillas comunistas y donde por eso mismo se había ganado el apodo del Carnicero de Grecia. Y todavía más al saber que, luego de presentar sus credenciales al Presidente Árbenz, Peurifoy le había entregado una lista de cuarenta comunistas con cargos en la administración pública guatemalteca, exigiendo que fueran expulsados de sus puestos y encarcelados o fusilados. Esto, por lo visto, acarreó un incidente diplomático. Desde entonces toda la prensa de izquierda atacaba en Guatemala al embajador Peurifoy, a quien llamaban ya el Virrey y el Procónsul. Nadie sabía que, en su fuero interno, el líder de los liberacionistas lo apodaba el Cowboy.

Lo que preocupó enormemente a Castillo Armas fue que, según el coronel Mendoza, Peurifoy se había dedicado de inmediato a conspirar con oficiales del Ejército, a quienes invitaba a la embajada de Estados Unidos o veía en el Club Militar, el Club Hípico y en casas particulares. Les exigía dar un «golpe institucional», deponiendo a Árbenz o exigiéndole la renuncia y encarcelando a todos los comunistas que estaban convirtiendo el país en un satélite soviético, ni más ni menos que como había ocurrido en Grecia. Según Mendoza Azurdia, el embajador Peurifoy no creía en la invasión que preparaba Castillo Armas, y pensaba que una guerra civil podría traer consecuencias negativas pues no era evidente que, una vez desencadenadas las acciones militares, los liberacionistas triunfaran. Había, según él, muchos imponderables de por medio y la invasión podía fracasar. Le parecía más seguro trabajar al Ejército y estimularlo para que diera un golpe. En la última reunión del embajador gringo y los jefes militares guatemaltecos, éstos, por boca del jefe del Ejército, el coronel Carlos Enrique Díaz (Puñales), le habían dicho que en principio aceptaban su idea de un «golpe institucional» con dos condiciones: que Castillo Armas se rindiera antes y pusiera fin a sus preparativos militares y que se comprometiera a no ocupar cargo alguno en el gobierno que sucedería al de Árbenz. El embajador Peurifoy, por lo visto, estaba de acuerdo con este plan y enviaba extensos telegramas cifrados al señor Allen Dulles y al secretario de Estado John Foster Dulles para que aprobaran su estrategia. Carlos Castillo Armas sintió que se le desmoronaba algo que penosamente había ido construyendo todos estos años. Si el embajador imponía su plan, él quedaría convertido en la quinta llanta del carro. Entonces, empezó a odiar al Cowboy casi tanto como al Mudo.

Estaba angustiado con estas últimas novedades cuando la CIA, a través del coronel Brodfrost, vino a levantarle el ánimo: la invasión cruzaría la frontera guatemalteca y desataría las acciones militares contra Árbenz al amanecer del próximo 18 de junio de 1954.

# VI

—Todos terminan por hablar —dijo el dominicano—. Si lo de esta noche saliera mal y nos pillaran, tú y yo también hablaríamos como cotorras.

—Yo no hablaría —afirmó Enrique, de manera muy firme, dando un pequeño manotazo en el bar—. ¿Sabés por qué? Porque no serviría de nada. Igual nos matarían. En esos casos, preferible negarlo todo o callarse hasta el final. Ése sería el mal menor.

—No es que tenga tanta experiencia como tú —dijo el dominicano, luego de una pausa—. Pero, cuando estuve en México siguiendo aquellos cursos policiales que te conté, me regalaron un libro. ¿Cómo crees que se llamaba?

Enrique se volvió a mirarlo y esperó, sin decir nada.

—*Torturas chinas* —dijo el dominicano—. Los chinos son famosos como comerciantes y por haber construido la Gran Muralla. Pero, en realidad, su verdadero genio han sido las torturas. Nadie ha inventado tantas ni tan terribles como ellos. Cuando te decía que todos terminan por hablar, pensaba en ese libro de los chinos.

Los boleros de Leo Marini habían concluido y el indito había terminado de barrer las virutas del suelo del burdel de la gringa Miriam y, sin haberlos mirado ni una sola vez, acababa de desaparecer. Eran dueños y señores del local. Ahora, sin la música, se oía a veces, a lo lejos, pasar un automóvil. Al dominicano se le ocurrió que probablemente ya había comenzado a llover. La lluvia no le gustaba, pero sí los arcoíris que, luego del chaparrón, llenaban de colores el cielo de Guatemala.

—Salud —dijo Enrique—. Por los chinos.

—Salud —dijo el dominicano—. Por las torturas que hacen hablar.

Bebieron un sorbo de ron y Enrique recordó:

—Yo he visto resistir las peores torturas a gente que prefería morir antes que dar nombres, direcciones o acusar a sus compinches. Es cierto que algunos se volvían locos antes. Así que te digo lo que te digo con conocimiento de causa.

—No es que no te crea —le respondió el dominicano—. Sólo te aseguro que si hubieras tenido contigo mi libro de *Torturas chinas,* esos héroes que se quedaron callados habrían hablado y dicho lo que sabían y hasta lo que no sabían.

—Siempre estás con lo mismo, vos —se rio Enrique—. Hablando de torturas, de las rajas de las mujeres que lamiste o te gustaría lamer, y de los rosacruces que nadie sabe lo que son. ¿Sabés lo que sos vos? Un obseso. Para no llamarte un pervertido.

—Tal vez lo sea —se encogió de hombros el dominicano, asintiendo—. ¿Quieres que te cuente una cosa? Vez que he tenido que hacer hablar a un tipo, aplicándole castigo, me da por cantar. O por recitar poesías de Amado Nervo, que le gustaban mucho a mi mamá. Normalmente no hago esas cosas. Cantar, recitar. Nunca se me ocurren. Sólo cuando tengo que hacerle daño a alguien para que hable. Ese libro de *Torturas chinas* me tuvo embrujado no sé cuánto tiempo. Lo leía y releía, me soñaba con él y hasta recuerdo clarito sus ilustraciones. Podría reproducirlas. Por eso, te lo aseguro, ninguno de esos héroes se habría quedado callado si hubieras tenido contigo mis *Torturas chinas.*

—La próxima vez te lo pediré prestado —sonrió Enrique, mirando su reloj. Y comentó—: Basta que estés esperando para que el tiempo no pase nunca, vos.

—Tómate otro trago y no mires más la hora —dijo el dominicano, cogiendo su copa y levantándola—. Tenemos para un buen rato todavía.

—Por las torturas de los chinos —la levantó también Enrique, desalentado, sin quitar los ojos de su reloj.

# VII

El Generalísimo Trujillo miró su reloj: cuatro minutos para las seis de la mañana. Johnny Abbes García comparecería a las seis en punto, hora en que lo había citado. Probablemente llevaba un buen rato sentado en la antesala. ¿Lo haría pasar de inmediato? No, mejor esperar a que fueran las seis en punto. El Generalísimo Rafael Leonidas Trujillo no sólo era un maniático de la puntualidad; también de la simetría: las seis eran las seis, no las seis menos cuatro minutos.

¿Había acertado cuando becó a ese periodista hípico de flojas carnes, barrigudo, miope y de andares de camello, para que fuera a seguir aquellos estrambóticos cursos de ciencias policiales en México? Averiguó antes algunas cosas: su padre era un contador honorable y él un periodista del montón, algo bohemio, especializado en caballos; tenía un programita hípico en una radio; se reunía con poetastros, escribidores, artistas y bohemios (probablemente antitrujillistas) en la Farmacia Gómez, de la calle El Conde, en la ciudad colonial de Ciudad Trujillo. Se lo oía a veces jactarse de ser un rosacruz. Se lo veía de tanto en tanto en burdeles, pidiendo rebajas a las prostitutas para que se dejaran hacer las porquerías que le gustaban, y asistiendo puntualmente al hipódromo Perla Antillana los días de carreras. Cuando el Generalísimo recibió una carta suya pidiéndole ayuda para ir a México a seguir aquellos cursos policiales, tuvo una corazonada. Lo citó, lo vio, lo escuchó y, sin más, decidió ayudarlo, con la vaga intuición de que en esa rechoncha fealdad humana hubiera alguien, algo, que podría aprovechar. Había acertado. Al mismo tiempo que, a través de la embajada, le pasaba una mensualidad para que comiera, durmiera y asistiera a los cursos policiales, le encargó informes sobre los exiliados dominicanos en México. Abbes García cumplió de maravilla, averiguando lo que hacían, dónde se reunían, el grado de peligrosidad de cada cual. Se amigó y hasta se emborrachaba con ellos, para traicionarlos mejor. Y se había conseguido un par de cubanos forajidos, Carlos Gacel Castro —«el hombre más feo del mundo lo saluda», solía ser su presentación— y Ricardo Bonachea León, que le echaban una mano cuando el Generalísimo decidía que los verdaderamente peligrosos tuvieran un accidente o fallecieran en un supuesto atraco. Abbes García, Gacel y Bonachea colaboraban de manera impecable, dando direcciones y aconsejando el lugar y la hora propicios para simular un atropello, o, pura y simplemente, liquidar al exiliado peligroso en una emboscada. Lo que iba a encargar ahora el Generalísimo al ex periodista era más delicado. ¿Estaría a la altura?

Bastó que de este modo indirecto pensara en el coronel Carlos Castillo Armas, Presidente de Guatemala, para que sintiera que le comenzaba a hervir la sangre y a llenársele la boca de espuma. Le ocurría desde joven; la cólera hacía que la saliva se le acumulara y tenía que escupirla; pero, como aquí no había dónde, se la tragó. «Tengo que encargar una de esas escupideras», pensó. Él había propuesto a Castillo Armas que celebraran juntos la victoria de los liberacionistas en el Estadio Nacional de Guatemala, construido por el ex Presidente Juan José Arévalo en la llamada Ciudad Olímpica. El pobre imbécil se negó, argumentando que «los tiempos no estaban propicios para espectáculos así». E incluso le había enviado a su canciller Skinner-Klee y a su jefe de protocolo para explicarle por qué no era conveniente un acto semejante. Trujillo ni siquiera los dejó hablar y les dio a ambos veinticuatro horas para que abandonaran la República Dominicana. Sólo recordar la cobardía de Castillo Armas, ese idiota e ingrato, al Generalísimo le revolvía el estómago.

—Buenos días, Excelencia —dijo el esmirriado coronel y se cuadró, haciendo sonar los tacones y llevándose la mano a la cabeza en un saludo militar, pese a que andaba vestido de civil. Era evidente que el recién llegado se sentía incómodo.

—Buenos días, coronel —el Generalísimo le tendió una mano, señalándole un sillón—. Tome asiento, conversaremos mejor aquí. Ante todo, bienvenido a la República Dominicana.

Con ese mequetrefe de Castillo Armas se había equivocado, al Generalísimo no le cabía ya la menor duda. No había cumplido ninguna de las tres cosas que le pidió y, encima, ese coronelito flacuchento y medio tísico, de bigotito hitleriano y corte de pelo casi al rape, no contento con desairar sus propuestas se atrevía ahora a hablar mal de su familia. El informe del embajador dominicano en Guatemala, el psiquiatra Gilberto Morillo Soto, era detallado y explícito: «El Presidente Castillo Armas, ya subido de tragos, se permitió hacer reír a la concurrencia burlándose de su hijo, el general Ramfis, diciendo literalmente (le ruego que me perdone la crudeza, Excelencia) "¿Qué mérito puede haber en cogerse a Zsa Zsa Gabor o a Kim Novak si les regala primero un Cadillac, una pulsera de diamantes y un abrigo de visón? ¡Así cualquiera es un seductor!". En vez de retirarme ofendido, me quedé sólo para ver si seguía burlándose de su digna familia. Y, en efecto, Excelencia, el Presidente lo siguió haciendo el resto de la velada».

El Generalísimo sintió uno de esos ramalazos de rabia que le venían cada vez que se enteraba de que alguien hablaba mal de sus hijos, hermanos o de su esposa, y no se diga de su madre. La familia era sagrada para él; el que la injuriaba las pagaba. «Lo pagarás, malnacido», pensó. «Y el general Miguel Ydígoras Fuentes te reemplazará.»

—Vengo a pedirle ayuda, Excelencia —el coronel Castillo Armas tenía una voz delgadita y desigual; era flaco, enclenque, alto y algo contrahecho, la negación misma del porte militar—. Tengo los hombres, el apoyo de Estados Unidos, de los exiliados guatemaltecos. Y, por supuesto, el Ejército sólo espera que me levante para plegarse a la liberación.

—No se olvide del apoyo de la United Fruit y de Somoza, que también cuentan —le recordó el Generalísimo, sonriendo—. ¿Para qué le hace falta el mío, además?

—Porque usted es el aval más importante para la CIA y el Departamento de Estado, Excelencia —le repuso en el acto el coronel, adulándolo—. Me lo dijeron ellos mismos: «Vaya a ver a Trujillo. Es el anticomunista número uno en América Latina. Si él lo apoya, lo apoyaremos también».

—Me lo han pedido ya varias veces —le volvió a sonreír el Generalísimo, asintiendo. Pero se puso serio al instante—. Lo ayudaré, desde luego. Hay que acabar cuanto antes con el comunista de Árbenz. Hubiera sido preferible terminar con su predecesor, el Arévalo ese, el supersabio, otro comunista. Se lo advertí a los gringos, pero no me creyeron. Suelen ser ingenuos, y a veces hasta brutos, pero qué remedio, los necesitamos. Se habrán arrepentido, me imagino.

Ahora sí, eran las seis en punto y en ese mismo momento unos nudillos tocaron respetuosamente la puerta del despacho. Asomó la cabeza canosa y la sonrisita servil de Crisóstomo, uno de sus ayudantes.

—¿Abbes García? —dijo el Generalísimo—. Hazlo pasar, Crisóstomo.

Un instante después, aquél entraba a su despacho con ese extraño andar descoyuntado que parecía a punto

80

de desmoronarlo a cada paso. Vestía con una chaqueta a cuadros, una corbata roja un poco ridícula y unos zapatos color marrón. Había que enseñarle a vestirse mejor a este sujeto.

—Buenos días, Excelencia.

—Toma asiento —le ordenó Trujillo, yendo de inmediato al asunto en cuestión—. Te he llamado porque te voy a confiar una tarea muy importante.

—Siempre a la orden, Excelencia —Abbes García tenía una vocecita viciosamente perfecta: ¿se debía a su pasado de locutor? Probablemente sí. Otra cosa que el Generalísimo sabía de él era que, por un tiempo, había sido locutor y comentarista de actualidades en una radio de mala muerte. ¿Sería verdad que era rosacruz? ¿Qué significaba ser un rosacruz? Al parecer ese pañuelo colorado con que se sonaba la nariz era uno de los símbolos de esa religión.

—Todo está ya muy avanzado, Excelencia —dijo el coronel Castillo Armas—. Sólo nos faltan las instrucciones de Washington para arrancar. He reclutado a buena parte de los hombres. Entrenaremos en una hacienda del Presidente Somoza, en Nicaragua, y en una islita. También en Honduras. Queríamos hacerlo asimismo en El Salvador, pero el Presidente Óscar Osorio tiene escrúpulos y no nos autoriza todavía. Sin embargo, los gringos lo están presionando. Lo que nos hace falta es algo de *cash*. En eso, los gringos puritanos son un poco agarrados.

Se rio y Trujillo vio que el guatemalteco se reía sin hacer ruido, frunciendo un poco la boca y mostrando los dientes. Una lucecita risueña iluminaba sus ojos de ratón.

—Se trata de ese hijo de puta de Castillo Armas —dijo Trujillo, con la mirada que se volvía glacial cuando se refería a un enemigo—. Está ya más de dos años en el poder gracias a mí, y no ha cumplido ninguna de las cosas que me prometió.

81

—Usted manda y yo obedezco, Excelencia —dijo Abbes García, haciendo una inclinación de cabeza—. Lo que haya que hacer, se hará. Se lo prometo.

—Te vas a Guatemala, como agregado militar —dijo Trujillo, mirándolo a los ojos.

—¿Agregado militar? —se asombró Abbes García—. Yo no soy militar, Excelencia.

—Lo eres desde comienzos de año —dijo Trujillo—. Te he incorporado al Ejército, con el grado de teniente coronel. Ahí están tus papeles. Nuestro embajador allá, Morillo Soto, ya lo sabe. Te espera.

Vio en la mirada de Abbes García una sorpresa que se volvía alegría, satisfacción, asombro. Y una gratitud perruna. Para colmo, el pobre diablo tenía medias azules. ¿Sería también eso ser rosacruz? ¿Mezclar en la vestimenta todos los colores del arcoíris?

—Tendrá usted las armas que hagan falta —dijo Trujillo al guatemalteco, como si no tuviera mucha importancia—. Y también el *cash* que necesita. Como ya sabía esto, le tengo un pequeño anticipo de sesenta mil dólares en esa bolsa. Y le voy a dar un consejo, coronel.

—Sí, sí, por supuesto. Lo escucho, Excelencia.

—Deje de pelearse con el general Ydígoras Fuentes. Ustedes deben entenderse. Están en el mismo bando, no lo olvide.

—No tengo palabras, Excelencia —musitó el coronel Castillo Armas, maravillado de que todo le saliera tan fácil. Se había creído que con Trujillo necesitaría dorar la píldora, negociar, pujar, mendigar. Y, en el acto, le puso la estampilla: la Araña—. Ya sé que ustedes son amigos. El problema es que el general Ydígoras no siempre me juega limpio. Pero al final terminaremos entendiéndonos con él, se lo aseguro.

El Generalísimo sonreía, satisfecho de lo impresionado que había dejado al militar guatemalteco.

—Sólo le voy a pedir tres cosas, una vez que tome el poder —añadió, observando lo chorreadas que le quedaban al coronel esas ropas de civil.

—Delas por hechas, Excelencia —lo interrumpió Castillo Armas. Se había puesto a gesticular, como pronunciando una arenga—. En nombre de Guatemala y nuestra cruzada liberacionista, le agradezco de todo corazón su generosidad.

—Apenas salga de aquí haré mis maletas, Excelencia —dijo Abbes García—. He estado en Guatemala y tengo allá algunos conocidos. Carlos Gacel entre ellos, ese cubano que nos ayudó tanto allá en México. ¿Se acuerda?

—Trata de llegar al Presidente, llévale saludos míos. Lo ideal sería que consiguieras hacerte amigo de Castillo Armas. Para eso, no hay mejor camino que la mujer, y mejor todavía, la amante —dijo el Generalísimo—. Tengo las informaciones que me manda Morillo. No sé si es un buen diplomático, pero como informante es de primera. Por lo visto, el Presidente se ha echado encima una querida bastante joven, una tal Marta Borrero. Bella y atrevida, dicen. Hay una división entre sus partidarios por culpa de Martita, parece. Poco menos que una guerra civil entre los seguidores de la mujer oficial, Odilia Palomo, y los de la amante, Miss Guatemala. Así le dicen. Trata de llegar a ella. Las queridas suelen tener más influencia que las esposas legítimas.

Se rio y Johnny Abbes García se rio también. Había comenzado a tomar notas en un cuadernito y Trujillo se dio cuenta que, como su cuerpo y su cara, el flamante teniente coronel del Ejército dominicano tenía unos dedos curvos, gruesos y nudosos como los de un viejo. Pero era un hombre joven, no debía de haber cumplido los cuarenta.

—La primera es que encarcele al general Miguel Ángel Ramírez Alcántara —dijo Trujillo—. Supongo

83

que lo conoce. Dirigió la Legión del Caribe que quiso invadir la República Dominicana. Nos la mandó el hijo de puta de Juan José Arévalo. No contento con romper relaciones con la España de Franco, con la Nicaragua de Somoza, el Perú de Odría, la Venezuela de Pérez Jiménez y conmigo, quiso además invadirnos. Matamos a buen número de los invasores, pero Ramírez Alcántara se nos escapó. Y ahora anda ahí, en Guatemala, protegido por el Presidente Árbenz.

—Claro que sí, Excelencia. Lo conozco muy bien. Es lo primero que haré al subir al poder, claro que sí. Mandársemelo aquí, envuelto en papel celofán.

Trujillo no se rio; había entrecerrado los ojos y miraba algo en el vacío, a la vez que hablaba como si monologara:

—Está en Guatemala, libre, jactándose de sus hazañas —repitió, con una cólera fría—. La de querer derribarme, sobre todo. Una invasión que fracasó y en la que hicimos pagar caro, con la muerte, a muchos de esos canallas. Pero, como el general Ramírez Alcántara consiguió huir, ahora tiene que pagar sus culpas. ¿No le parece?

—Por supuesto, Excelencia —afirmó Castillo Armas, cabeceando—. Sé muy bien quién es el general Ramírez Alcántara. Delo usted por hecho. No se preocupe por él.

—Lo quiero vivo —lo interrumpió Trujillo—. Que nadie le toque un pelo. Vivito y coleando. Usted me responde por su vida.

—Por supuesto, Excelencia, las queridas son siempre mujeres muy útiles —se volvió a reír, de manera forzada, Abbes García—. Lo aprendí en esos cursos policiales que seguí en México y de los que usted se burla tanto.

—Sano y salvo, no faltaba más —añadió Castillo Armas—. ¿Y cuáles son las otras dos condiciones, Excelencia?

—No son condiciones, sino pedidos —aclaró Trujillo, frunciendo el entrecejo—. Entre amigos no se ponen condiciones. Se piden y se hacen favores, más bien. Y usted y yo ya somos amigos, ¿no es cierto, coronel?

—Por supuesto, por supuesto —se apresuró a hacerle eco el visitante.

—Le pedí que me entregara a Ramírez Alcántara —añadió Trujillo, irritado—. Y, cuando lo detuvieron, al triunfar la revolución liberacionista, creí que lo iba a hacer. Pero el hijo de puta de Castillo Armas me estuvo dando largas, contando el cuento. Y ahora, para colmo, lo ha puesto en libertad. A él, nada menos que al jefe de la Legión del Caribe. Está convertido en un hombre del régimen de Castillo Armas. ¡Un perro que trató de derrocarme! ¿Has visto una traición más grande en tu vida?

—Dígame cuáles son los otros dos —el coronel Castillo Armas ponía una carita implorante que al Generalísimo le daba risa—. Es lo primero que haré, Excelencia, complacerlo. Mi palabra de honor.

—Una invitación oficial, inmediatamente después de haberse restablecido las relaciones diplomáticas entre nuestros dos países —dijo Trujillo, con suavidad—. No se olvide que fue el gobierno de Arévalo el que las rompió. Nunca he estado en Guatemala. Me encantaría conocer su país. Y la condecoración de la Orden del Quetzal, si es posible. Ya la tiene Somoza, ¿no?

—Esas cosas ni siquiera necesita mencionarlas, Excelencia —afirmó el coronel Castillo Armas—. Es lo primero que yo habría hecho, de todas maneras: restablecer las relaciones que los comunistas rompieron, invitarlo a visitar nuestro país, condecorarlo con la Orden del Quetzal en el máximo grado. ¡Qué glorioso para Guatemala recibirlo con todos los honores!

—No cumplió con ninguna de las tres cosas —murmuró el Generalísimo, chasqueando la lengua—. Cuando triunfó le propuse un gran acto, en el Estadio Nacional de Guatemala, él y yo juntos, celebrando su victoria. Buscó pretextos estúpidos para negarse.

—Le tiene a usted envidia, Jefe —concluyó Abbes García—. Ésa es la explicación. Se trata de un ingrato y un mal nacido, por lo visto.

El Generalísimo lo miraba de esa manera inquisitiva que ponía siempre tan incómodos a sus interlocutores. Lo examinó de nuevo de pies a cabeza.

—Tienes que mandarte hacer unos uniformes —dijo por fin—. Por lo pronto, dos: uno de diario y otro de parada. Te daré la dirección de mi sastre, don Atanasio Cabrera, en la ciudad colonial. Te los hará en un par de días si le dices que es muy urgente. Dile que vas de mi parte y que me mande la cuenta aquí a Palacio.

—En cuanto a las armas, Excelencia —insinuó el guatemalteco—. ¿Podríamos hablar de eso ahora?

—Te mandaré un barco cargado con todo el parque que necesites —repuso el Generalísimo—. Metralletas, fusiles, revólveres, granadas, bazucas, armas pesadas. Y hasta gente, si te hace falta. Apenas me hagas saber de un puerto seguro donde pueda atracar, en Honduras. Ahora mismo, después de salir de aquí, te esperan unos militares de confianza a los que puedes presentar tu pedido de armamento.

El coronel Castillo Armas no salía de su asombro. Tenía la boca abierta y los ojitos diminutos le brillaban de contento y gratitud.

—Estoy maravillado de su generosidad y de su eficacia, Excelencia —murmuró—. La verdad, me faltan las palabras para agradecerle todo lo que hace por nosotros. Por el pueblo guatemalteco, quiero decir.

Trujillo se sentía satisfecho; este hombrecillo era ya suyo.

—Y encima, el traidor de Castillo Armas cuando se emborracha se pone a hablar mal de mi familia —exclamó de nuevo, furioso—. ¿Te das cuenta? Era un don nadie, y gracias a los gringos y a mí está ahora en el poder. Se le han subido los humos. Y se permite entretener a su auditorio burlándose de mi familia, sobre todo de Ramfis. Eso no puede quedarse así.

—Por supuesto, Excelencia —dijo Abbes García, poniéndose de pie.

Trujillo sonreía, examinándolo: sí, no había la menor duda, el flamante teniente coronel del Ejército dominicano no tenía ni el menor asomo de porte militar. En eso sí que se parecían él y Castillo Armas.

—Me han dicho que eres rosacruz —dijo el Generalísimo—. ¿Es cierto eso?

—Bueno, sí, Excelencia, es verdad —asintió Abbes García, incómodo—. No sé mucho todavía, pero lo de los rosacruces me gusta. Quizás sería mejor decir que me conviene. Más que una religión es una filosofía de la vida. Me inició en ella un sabio, allá en México.

—Me lo explicarás otra vez, cuando haya tiempo —lo interrumpió Trujillo, señalándole la puerta—. Yo, a cambio, te daré una lección sobre cómo vestirte con menos cursilería.

—Que Dios lo conserve con salud, Excelencia —se despidió el coronel Castillo Armas, haciéndole otro saludo militar, ya desde la puerta del despacho.

# VIII

—Son cerca de las seis —dijo el dominicano—. Como he dejado ya La Mansión de San Francisco, tengo mis maletas en el auto. ¿Podría hacer tiempito en tu casa?

—En mi casa no me parece, compa —negó Enrique con la cabeza—. Sería muy imprudente. Hubiera sido mejor que conservaras tu cuarto de hotel hasta la noche.

—No te preocupes —lo tranquilizó aquél—. Daré unas vueltas por el centro haciendo tiempo, lo único bonito de esta ciudad tan fea. ¿Repasamos la agenda del sujeto una vez más?

—No hace falta —afirmó Enrique. Y, sin embargo, cerrando los ojos, lo hizo como si recitara—: Esta mañana el Presidente cumplió el programa a cabalidad. Dio audiencia al embajador de los Estados Unidos y recibió a una comisión de indígenas del Petén. Dictó cartas, leyó un discurso en la embajada de México y almorzó donde la doña. Esta tarde tendrá en Palacio una reunión con los empresarios para animarlos a traer la platita que se llevaron al extranjero en tiempos de Árbenz e invertirla en el país.

—La fiesta de cumpleaños de tu hermano, el ministro de Defensa... —comenzó el dominicano.

—Sigue en pie y tendrá a todo el gabinete ocupado, de modo que no te preocupés por eso —lo interrumpió aquél—. Todo saldrá a la perfección. A menos que...

—¿A menos que qué? —se alarmó el otro.

—A menos que ocurra un milagro —se rio Enrique, con una risita forzada.

—Bueno, felizmente no creo en milagros —suspiró el dominicano, aliviado.

—Yo tampoco —dijo Enrique—. Lo decía sólo por joderte y calmar mis nervios, que están al rojo vivo, vos.

—Vámonos de una vez, entonces.

El dominicano dejó unos billetes junto a la botella de ron que casi habían agotado en las horas que llevaban allí. El burdel seguía solitario y triste. La gringa Miriam no había vuelto a aparecer y seguramente continuaba su lento maquillaje para lucir menos gastada en la noche, cuando el local se llenara de ruido, de música y de gente.

Al salir a la calle —caía una lluviecita invisible y el cielo lucía encapotado y se oían retumbar unos truenos allá arriba, sobre la cordillera— vieron que ahora había dos autos esperándolos, ambos con sus choferes al volante. El conductor que había venido a juntarse al hombre más feo del mundo era también cubano y se llamaba Ricardo Bonachea León. Había llegado de México no hacía mucho, donde fue un buen colaborador del dominicano y trabajaba ya, como aquél, para la Seguridad del Estado guatemalteco.

Enrique y el dominicano se despidieron con un movimiento de cabeza, sin darse la mano. Aquél subió al auto conducido por el chofer más feo del mundo y éste al otro. El dominicano ordenó al recién llegado:

—Date unas vueltas por el centro, sin repetir dos veces el mismo recorrido, Ricardito. Tengo que estar a las siete en punto en la puerta de la catedral.

# IX

Cuando, mucho tiempo más tarde, en su exilio itinerante, su memoria pasaba revista a esos escasos tres años y medio que estuvo en el poder, Jacobo Árbenz Guzmán recordaría como la experiencia más importante de su gobierno aquellas semanas de abril y mayo de 1952 en que presentó su anteproyecto de Reforma Agraria al Consejo de Ministros, para luego someterlo al Congreso de la República. Él sabía muy bien lo importante —lo trascendental— que era para el futuro de Guatemala y quiso, antes de cerrar este proceso, que fuera analizada por sus partidarios y adversarios en audiencias públicas. La prensa informó sobre ellas con lujo de detalles. Se celebraron en el Palacio de Gobierno y aquellas discusiones fueron seguidas por la radio en todos los confines del país.

El tema apasionaba a amigos y enemigos y, sin duda, más que a nadie, a él mismo. Fue el asunto en el que más se concentró, el que estudió más y el que más se esforzó en concretar —así lo dijo— «en una ley redonda, sin aristas, perfecta e indiscutible». ¡Cómo hubiera podido imaginar que por esa ley caería su gobierno, morirían centenares de guatemaltecos y otros sufrirían prisión y destierro, y que él mismo y su familia tendrían que malvivir desde entonces en el exilio!

Hubo tres audiencias públicas, cada una de las cuales duró muchas horas, alargándose la tercera hasta pasada la medianoche. Los participantes hacían una pequeña pausa a mediodía para tomar una tortilla o un sándwich y una bebida sin alcohol, y luego proseguían hasta terminar con la agenda del día. Asistieron no sólo los partidarios; sobre todo, los adversarios. El Presidente había sido categórico: «Que vengan todos. Empezando por los abogados de la United Fruit, los dirigentes de la Asociación General de Agricultores (AGA), los representantes de los terratenientes, y también, por supuesto, de la Confederación Nacional Campesina. Así como los periodistas de la prensa escrita y la radio, incluidos los corresponsales extranjeros». Todos. Era algo que él exigió a sus propios partidarios, algunos de los cuales, como Víctor Manuel Gutiérrez, secretario general de la Confederación de Sindicatos Obreros y Campesinos, hubieran preferido no exponer la ley a tanta controversia, pues temían que los enemigos del gobierno se aprovecharan de aquellos debates para dinamitar el anteproyecto. Árbenz no dio su brazo a torcer: «Debemos escuchar todas las opiniones, a favor y en contra. Las críticas nos ayudarán a mejorarla».

Él practicaba la autocrítica y no solía buscarse excusas para sus errores; por el contrario, estaba dispuesto a rectificar si lo convencían de haberlos cometido. Siempre creyó actuar de manera que sus propias limitaciones no se proyectaran en sus actos de gobierno, pero, a la distancia, admitía que se había equivocado en muchas cosas. Sin embargo, estaba orgulloso de su comportamiento en aquellos debates, por la forma como defendió todos los artículos del proyecto y respondió a las objeciones. Los supuestos peritos y técnicos querían desnaturalizar la ley entibiándola con excepciones, exclusiones y compromisos que habrían dejado la propiedad de la tierra tal como existía en Guatemala hacía siglos. Pero él no lo permitió. Esa firmeza, por desgracia, no le había servido de mucho y, más bien, había exasperado a sus enemigos.

Árbenz estaba seguro de que la Reforma Agraria cambiaría de raíz la situación económica y social de Guatemala, sentando las bases de una sociedad nueva a la que el capitalismo y la democracia llevarían a la justicia y la modernidad. «Ella permitirá que haya oportunidades para todos los guatemaltecos, no sólo para una minoría insignificante como ahora», repitió muchas veces en aquellas discusiones. Fue una de las raras veces en que María, su mujer, crítica severa de todo lo que hacía y decía, lo felicitó también, emocionada y con lágrimas en los ojos, apretándole el brazo: «Estuviste muy bien, Jacobo». Todos sus ministros y parlamentarios amigos coincidieron con ella: nunca se lo vio más elocuente que en aquellos debates. Pero a los adversarios no los convenció: desde entonces la oposición de los finqueros fue más iracunda y tenaz.

De joven, Árbenz rara vez pensó en los problemas sociales de su país: la situación de los indios, por ejemplo, el puñadito de ricos y la inmensidad de pobres, y la vida marginal, vegetativa, que llevaban las tres cuartas partes de la población, la distancia astral entre la vida de los indígenas y la de la gente acomodada, los profesionales, hacendados, dueños de comercios y compañías. Había tardado mucho en comprender que sólo un puñado de sus compatriotas disfrutaba de los privilegios de la civilización, y en entender que era preciso ir a la raíz del problema social para que aquella situación cambiara y los privilegios de la minoría se extendieran a todos los guatemaltecos. La llave era la Reforma Agraria.

No se avergonzaba de decir que él había entendido por fin en qué país vivía —un país muy bello, con una riquísima historia, pero lleno de terribles injusticias— gracias a María Vilanova, esa mujer de la que se había enamorado nada más verla por primera vez por lo linda y elegante. Pero se enamoraría todavía más de ella al descubrir lo inteligente y sensible que era también esa joven de ojos vivarachos, silueta esbelta y nariz perfilada. Y porque, pese a ser miembro de una familia salvadoreña acomodada, había tomado conciencia desde joven de lo atrasados que eran los países centroamericanos, de la venda que él y tantos otros tenían sobre los ojos en lo relativo al problema social.

María Vilanova le hizo descubrir, antes todavía de que se recibiera de alférez en la Escuela Militar, todo lo que él no sabía, confinado como había estado hasta entonces en un mundo de armas, consignas, estrategias, códigos, héroes epónimos, batallas, al igual que sus compañeros, completamente al margen de esa sociedad cargada de prejuicios racistas que no sólo ignoraba sino además despreciaba a esos millones de indios mantenidos de espaldas de la civilización.

Gracias a María Vilanova se le había abierto un mundo que desconocía, de injusticias seculares, prejuicios y ceguera, racista, pero también de escondida pujanza, que, despertado y movilizado, podía revolucionar a Guatemala, El Salvador y a toda Centroamérica. Ella le contó cómo había aprendido, en los Estados Unidos, mientras estudiaba, lo rezagados que se habían quedado los países de América Latina, las enormes desigualdades sociales y económicas que separaban a las clases sociales, y las poquísimas —para no decir nulas— oportunidades que tenían aquí los pobres para salir de la pobreza y alcanzar una educación que les permitiera progresar en la vida. Ésa era la gran diferencia con una democracia moderna, como los Estados Unidos. Árbenz pudo, gracias a ella, superar esos acendrados prejuicios que normaban las conductas y las relaciones sociales en Guatemala, donde los blancos —los que se creían blancos— miraban a los indios como si fueran animales. Y, desde entonces, cuando todavía María y él eran novios, trató de superar su ignorancia, sacudirse los lugares comunes, y comenzó a estudiar sociología, teorías políticas y economía, y a desvelarse pensando qué se podía hacer para sacar a su país —a Centroamérica— del pozo en el que estaba hundido, a fin de transformarlo y que pudiera ser un día como esa democracia de Estados Unidos que había abierto los ojos y eliminado los prejuicios de María Cristina.

Desde aquellos años, los primeros de oficial del Ejército, Jacobo Árbenz, al igual que María Cristina y el grupo de amigos civiles que, gracias a ella, frecuentó, llegó a la conclusión de que la llave del cambio, el instrumento indispensable para comenzar la transformación de la sociedad guatemalteca, era la Reforma Agraria. Había que cambiar la estructura feudal que reinaba en el campo, donde la inmensa mayoría de guatemaltecos, los campesinos, carecían de tierras y trabajaban sólo para los hacendados ladinos y blancos, por sueldos miserables, en tanto que los grandes finqueros vivían como los encomenderos en la colonia, gozando de todos los beneficios de la modernidad.

¿Qué hacer con la United Fruit, la Frutera, el famoso Pulpo? Se trataba de una gigantesca compañía que, por supuesto, había conseguido, gracias a la corrupción de los gobiernos de Guatemala —los dictadores sobre todo—, unos contratos lesivos que ninguna democracia moderna aceptaría. Por ejemplo, que estuviera exonerada de pagar impuestos. A diferencia de muchos de sus amigos extremistas, Jacobo Árbenz estaba convencido de que el Pulpo de ninguna manera debería ser expulsado de Guatemala; por el contrario, había que poner a la Frutera dentro de la ley, hacerle pagar impuestos, respetar a los obreros, admitir que se formaran sindicatos. Y convertirla en un modelo a fin de atraer a otras empresas, norteamericanas y europeas, indispensables para el desarrollo industrial del país.

Árbenz recordaría siempre las interminables discusiones que tuvo con esos amigos que había hecho gracias a María Vilanova. Se reunían por lo menos una vez por semana, y a veces dos, en la casa de ellos, generalmente los sábados, o en las pensiones en las que vivían

Jacobo y María. Discutían y escuchaban charlas, comentaban libros o hechos políticos, mientras comían o tomaban unos tragos. Era gente de distintos oficios —periodistas, artistas, profesores, políticos— que Árbenz nunca había tratado antes. Ellos le revelaron aspectos desconocidos de la vida del país, los problemas sociales y políticos, lo nefastas que habían sido las guerras civiles y las dictaduras —como la actual del general Jorge Ubico Castañeda—, la idea de la democracia, de elecciones libres, de prensa independiente y crítica, del socialismo. Él discutía a muerte con ellos, oponiéndose al comunismo y defendiendo la democracia capitalista. «Como la de Estados Unidos», solía repetir. «Eso es lo que necesitamos aquí.»

Los pintores, músicos y poetas, pobretones y de vidas bohemias, por los que María tenía debilidad, a Árbenz no le interesaban tanto. Menos, en todo caso, que los periodistas y profesores universitarios, por ejemplo, con quienes discutía de política. Y, entre ellos, Carlos Manuel Pellecer y José Manuel Fortuny, de quienes llegó a ser amigo, si es que Jacobo Árbenz, con su manera de ser tan reservada y su mutismo pertinaz, consiguió alguna vez tener un amigo íntimo. Pero con Fortuny y Pellecer sentía afinidad, preocupaciones comunes; simpatizaba con su franqueza, su desapego a las cosas materiales, y, acaso, también, con su descuido y el desorden en que solían vivir ambos («Es cierto que los contrarios se atraen», pensó muchas veces). Árbenz nunca se consideró socialista y tomaba siempre con ironía los empeños de Fortuny de formarse intelectualmente leyendo a pensadores marxistas (libros que nunca encontraba en Guatemala y debía encargar a México, gastándose la plata que a duras penas le alcanzaba para comer) y de constituir en Guatemala, algún día, un partido comunista. Pero, la verdad, aunque discreparan en esto, los consejos, las ideas y la cultura política de Fortuny sobre todo, superior a la suya, le sirvieron mucho cuando ejerció el poder.

Conoció a Fortuny durante la Revolución de Octubre de 1944; éste, algo menor que él, tendría unos veinticinco años. Era entonces reportero del *Diario del aire*, un programa de radio que dirigía el escritor Miguel Ángel Asturias, y tenía fama de bohemio, inquieto, inteligente y valiente. Por lo visto, había entrado a la prestigiosa Escuela Normal a los doce años, pero no perseveró en el proyecto de ser profesor, y tampoco terminó sus estudios de abogado en la Facultad de Derecho de la Universidad de San Carlos, que había abandonado por el periodismo, más afín a su naturaleza un tanto disoluta. Escribía en varios periódicos y revistas y sus actividades políticas contra la dictadura de Ubico le habían traído problemas con el régimen, de manera que tuvo que exiliarse por un tiempo en la vecina San Salvador. Allí siguió ejerciendo el periodismo.

Pellecer, por su parte, que había sido su alumno en su paso por la Escuela Militar, estuvo exiliado en México. Al volver a Guatemala se dedicó a formar sindicatos y cooperativas, y colaboró mucho con el gobierno de Juan José Arévalo llevando programas de cultura a las regiones campesinas. Conocía muy bien el problema agrario y ayudó a Árbenz a familiarizarse con él. (Años después se volvería un anticomunista pertinaz y llegaría incluso a servir a dictaduras militares.)

Oyéndolos hablar a estos amigos, Jacobo Árbenz descubría todo lo que ignoraba. También Fortuny y Pellecer creían, como él, que la Reforma Agraria era el paso primero e indispensable para sacar a Guatemala de su marasmo y convertirla en una sociedad democrática. Así cesarían la discriminación y las violencias. Por la Reforma Agraria los campos se llenarían de escuelas y los niños y niñas indígenas aprenderían a leer, tendrían agua corriente, luz eléctrica, caminos, y, gracias a trabajos dignos y salarios decentes, comerían y se vestirían mejor. ¿Era un sueño imposible? No, no, se decía al principio de su gobierno: es perfectamente posible, con empeño, trabajo y voluntad. Dos años después, comenzaría a preguntarse si no había sido demasiado optimista.

A Árbenz le gustaba en Fortuny lo que no era él: su espíritu bohemio e indisciplinado, su brillantez, su mariposeo constante por todos los temas de la cultura, sus entusiasmos noveleros por autores, pensadores, películas y cantantes, y también su buen apetito y la alegría con que apuraba los tragos. Era como su otro yo, él que era tan ordenado, puntual, disciplinado y riguroso. Ambos tenían largas discusiones en las que a menudo —en especial cuando se acaloraban— intervenía María para calmar los ánimos. Con frecuencia disentían, sobre todo cuando Fortuny hablaba de socialismo y decía que, si había que elegir entre Estados Unidos y la Unión Soviética, él elegiría esta última. En cambio Jacobo y María se quedaban con Estados Unidos, porque, sostenían, con todos sus defectos, era un país libre y próspero, en tanto que la Unión Soviética era una dictadura, aunque hubiera estado al lado de los aliados en la guerra contra el nazismo hitleriano.

Cuando llegó la Revolución de Octubre y cayeron Ubico y el general que quiso dejar en su lugar, Federico Ponce Vaides, y subió al poder Juan José Arévalo y Árbenz fue su ministro de Defensa, Jacobo tuvo que interrumpir sus estudios de economía —sobre todo respecto a la Reforma Agraria— porque el cargo le tomaba todo su tiempo. Su labor esencial consistía en evitar que el Ejército se dividiera por razones políticas y se uniera a quienes conspiraban: la eterna historia centroamericana. Se reunía con sus colegas militares, visitaba los cuarteles, les explicaba la importancia esencial que tenían las reformas y medidas del Presidente Arévalo, y movía del mando de tropas a los oficiales que manifestaban síntomas de rebeldía. Pero incluso en esos años Fortuny y Pellecer le siguieron echando una mano desde el congreso, donde ambos habían sido elegidos diputados. En privado, aunque fuera por corto tiempo, cambiaban ideas, y además Fortuny le escribía los discursos y asesoraba sobre todos los asuntos candentes. Había asumido la dirección de los dos partidos que apoyaban a Arévalo, el Frente Popular Libertador y Renovación Nacional, cuando decidieron unirse en uno solo, el PAR.

Que Fortuny, pese a sus inclinaciones comunistas, era una persona realista y pragmática lo comprobó Árbenz durante la feroz polémica desatada por la Reforma Agraria. El periodista le prestó firme apoyo intelectual no sólo contra los abogados energúmenos de la AGA (Asociación General de Agricultores); también contra los extremistas de la izquierda que querían colectivizar todas las tierras, arrebatándolas a los propietarios por la fuerza, y repartirlas en granjas estatales como había hecho la Unión Soviética. Fortuny coincidió con Árbenz en que esto último era un disparate, pues provocaría una enorme oposición en el país y en el extranjero, sobre todo en Estados Unidos. Ni siquiera era seguro que funcionara. También habían estudiado juntos la reforma agraria que hizo en Bolivia el Presidente Paz Estenssoro, con la que Árbenz era muy crítico, precisamente porque le parecía que tendía a conceder al Estado, no a los campesinos, el protagonismo. En cambio, Árbenz se había interesado mucho en la solución al problema de la tierra de Taiwán, donde el régimen inaugurado por Chiang Kai-shek la había entregado en pequeños lotes, respetando el sistema capitalista que él también quería difundir entre los campesinos guatemaltecos.

Árbenz nunca habló tanto como en aquellas discusiones públicas en el Palacio de Gobierno, en abril de 1952. Quienes lo conocían de cerca y sabían de su manera de ser tan reservada, su acostumbrado mutismo, se asombraban de verlo defender con tanto brío su proyecto, explicando que se expropiarían sólo las tierras ociosas de los grandes propietarios agrícolas, las que serían entregadas en usufructo a los campesinos, no en propiedad, para que no pudieran venderlas a los finqueros. Y que, a la vez que les entregaba las tierras, el Estado ofrecería a los campesinos ayuda técnica y financiera de modo que pudieran adquirir maquinaria y poner en marcha la producción agrícola. Las tierras expropiadas serían pagadas a sus propietarios según la valoración que habían hecho de ellas en sus declaraciones de renta.

Fortuny lo ayudó mucho en el Congreso, durante la discusión de la ley, que finalmente se terminó por promulgar con algunas enmiendas el 17 de junio de 1952. Ese día hubo grandes celebraciones en todo el país, pero, aunque los amigos trataron de hacerlo brindar, Árbenz no rompió su promesa de no beber una gota de alcohol mientras estuviera en el poder y celebró la ocasión con jugos de fruta y vasos de agua.

Lo malo, lo insospechado por Jacobo Árbenz, fueron las tomas de tierras, las invasiones de fincas y terrenos, sobre todo de propiedades que la ley excluía porque estaban bien trabajadas por sus propietarios. La prensa, casi toda de oposición, en especial *La Hora* y *El Imparcial,* denunciaba estas invasiones de manera escandalosa, exagerando las violencias que solían producirse y acusando al gobierno, igual que la prensa norteamericana, de imitar el modelo y obedecer órdenes de la Unión Soviética. Los afectados recurrían a los tribunales, que a menudo fallaban en contra del gobierno, exigiéndole que sacara a la fuerza a los invasores y compensara económicamente a los perjudicados. En algunos casos, la violencia de las incursiones ilegales había causado muertos y heridos. Víctor Manuel Gutiérrez, secretario general de la Confederación de Sindicatos Obreros y Campesinos, le aseguraba que ni él ni nadie en la directiva de la institución alentaba esas invasiones, pero otros informes de la policía y de la inteligencia militar le confirmaban que eran los propios dirigentes de las organizaciones campesinas los que incitaban a los indios a invadir las fincas, sobre todo en las regiones muy pobladas, con pocas tierras ociosas y muchos campesinos pobres y sin trabajo, y que, incluso, los proveían de palos, lanzas y hasta armas de fuego. Los diarios y las radios hacían gran escándalo por todo ello, magnificando las ocurrencias y presentándolas como pruebas inequívocas del carácter comunista de aquella ley de Reforma Agraria, que estaba ya produciendo una violencia social que podía terminar en matanzas de propietarios y la desaparición de la propiedad privada. Árbenz habló muchas veces en la radio y en distintos lugares del país condenando las tomas de tierras y explicando que eran irresponsables y contraproducentes, que las reformas debían hacerse dentro de la legalidad, sin perjudicar a quienes cumplían con las leyes, e indicando que todos quienes participaran en las invasiones serían llevados a los tribunales y sancionados por los jueces. Pero las cosas no salían siempre así, y a veces las mejores intenciones se estrellaban contra una realidad más compleja.

Siempre recordaría Árbenz su estupefacción en mayo de 1951, cuando la oposición logró reunir a cerca de ochenta mil personas en una manifestación de protesta porque su gobierno decidió reemplazar por trabajadoras sociales y maestras a las «hermanitas de la caridad» que atendían el Hospicio Nacional de Huérfanos. Y, de otro lado, las acusaciones de que su gobierno estaba metiendo presa a gente de la oposición sin orden de los jueces, e incluso golpeando y torturando prisioneros, al principio lo sublevaban. Él había dado instrucciones muy precisas al mayor Jaime Rosemberg, jefe de la Policía Judicial, y a Rogelio Cruz Wer, jefe de la

Guardia Civil, de que no se cometieran atropellos ni se usara jamás la violencia contra prisionero alguno. Pero, a la larga, aquello había ocurrido, y, después, cuando la amenaza de una invasión de Castillo Armas apoyada por Estados Unidos apareció en el horizonte, los derechos humanos y la libertad de expresión y de crítica pasaron a ser en su conciencia preocupaciones menos importantes que la supervivencia de su gobierno.

Una noche, ya acostados, Jacobo y María Vilanova conversaban en la oscuridad. De pronto, aquél oyó decir a su mujer: «Cuando se echa a correr una bolita desde lo alto de la montaña, se puede desencadenar una avalancha».

Sí, era realmente así. Los indios habían despertado por fin, pero no tenían paciencia y querían que todas las reformas fueran hechas de inmediato. ¿Pero eran realmente los indios, la masa campesina, o pequeños grupos de agitadores urbanos los que provocaban aquellas invasiones? ¿O los propios finqueros y la Frutera estaban detrás de ellas para poder acusar luego al gobierno de extremista?

Sus amigos lo habían felicitado por la manera como defendió su proyecto en aquellas tres audiencias. Hasta la prensa adversaria reconoció el arrojo y la seriedad con que había respondido a los enemigos; pero *El Imparcial*, *La Hora* y demás periódicos seguían afirmando que aquella ley sería el comienzo de la revolución comunista en Guatemala.

Quizás la mayor de las sorpresas que tuvo Árbenz en aquellos días estimulantes, cuando, luego de aprobarlo con pequeñas enmiendas por el Congreso, comenzó a aplicarse el Decreto 900, como se lo llamaba popularmente, fueron los ataques de la prensa extranjera, de Estados Unidos sobre todo, acusando a su gobierno de estar entregado a la Unión Soviética y de conspirar con ésta para crear una quinta columna comunista en Centroamérica, desde la cual la Unión Soviética podría amenazar el Canal de Panamá, centro estratégico para la navegación y el comercio libre en el continente americano.

Su sorpresa estaba llena de preguntas sin respuesta: ¿cómo era posible? ¿No era una prensa libre la de este país? ¿Cómo podía toda ella coincidir de esa manera en la visión distorsionada y caricatural de lo que estaba haciendo su gobierno? ¿No era acaso el modelo de democracia estadounidense el que estaba tratando de poner en práctica? ¿Acaso existía el feudalismo en los Estados Unidos? ¿No eran el espíritu de empresa, la libre competencia y la propiedad privada lo que quería impulsar la ley de Reforma Agraria? Y él, ingenuo, que siempre creyó que de Estados Unidos le vendría el mejor apoyo para su política de modernizar y sacar de las cavernas a Guatemala.

Cuando se convenció de que no había nada que hacer, que de nada servían los desmentidos, las declaraciones que hacían él mismo y sus ministros, que aquella campaña publicitaria mentirosa se había impuesto a la realidad, Árbenz empezó a preocuparse con otro problema: el Ejército. Aquella propaganda tenía que servir para que los enemigos internos de la revolución comenzaran a tentar al Ejército, a socavar su lealtad con el gobierno, a conspirar para producir un golpe de Estado. ¿Iba a dirigirlo el pobre Cara de Hacha? Imposible. Nadie lo respetaba en las Fuerzas Armadas, siempre había sido un oficial borroso, sin prestigio, sin liderazgo, un alocado extremista al que los finqueros y el Pulpo utilizaban como un ariete contra su régimen. El coronel Carlos Enrique Díaz, jefe de las Fuerzas Armadas, un amigo en el que confiaba, le aseguró que el Ejército seguía siendo leal. Pero las cosas empezaron a cambiar entre sus colegas militares cuando un nuevo embajador de los Estados Unidos llegó a Guatemala como un ciclón avasallador a reemplazar al suave y educado Mr. Patterson y a Rudolf E. Schoenfeld. Se llamaba John Emil Peurifoy y venía —lo decía él mismo sin el menor embarazo— a acabar con la amenaza comunista que representaba para las Américas el gobierno de Jacobo Árbenz.

# X

A las siete menos cuarto, Ricardo Bonachea León lo dejó en la puerta de la catedral. Comenzaba a oscurecer y las desvaídas luces de los faroles del Parque Central acababan de encenderse. Había poca gente bajo los altos mangos, los jacarandás y las palmeras; los lustrabotas y vendedores ambulantes de comida y baratijas empezaban a retirarse del lugar.

El dominicano pensó que nunca había entrado en la catedral de Guatemala y, como estaba abierta, decidió aprovechar el cuarto de hora que tenía para visitarla. Era enorme e impersonal, y más grande pero menos cálida y próxima que la de Ciudad Trujillo. Sus muchos altares estaban mejor iluminados que el Parque Central. En una capillita vio la reproducción del Cristo Negro de Esquipulas que, como no quisieron prestarle el original, el arzobispo Mariano Rossell y Arellano mandó hacer y paseó por todo el país en su cruzada anticomunista contra el gobierno de Árbenz. Era un gran tipo ese arzobispo, se había ganado con justicia la condecoración pública que le impuso el Presidente Castillo Armas. ¿Sería cierto que éste también declaró «General del Ejército de la Liberación Nacional» al Cristo Negro de Esquipulas y que lo vistieron para la ocasión con uniformes militares? En este país ocurrían muchas cosas raras.

Había poca gente rezando en las bancas de la catedral. ¿A cuántos sacudones habría resistido esta iglesia? A muchos, sin duda, porque Guatemala estaba erupcionada de volcanes, temblores y sismos. Él recordaba que, a poco de venir, cuando estaba visitando esa joyita colonial que era Antigua, la primera capital del país que, por culpa de un terremoto, se había mudado a este lugar, había sentido un temblor. Recordó la súbita sensación de inseguridad al notar que sus pies resbalaban, que el suelo se movía y ese ruidito ronco y amenazador que subía de las entrañas de la tierra. A su alrededor la gente seguía conversando y caminando como si nada pasara. En efecto, el temblor duró muy poco y pronto volvió a sentir el suelo quieto bajo sus pies. Respiró más tranquilo. Se había llevado un gran susto. Creyó que reviviría aquí aquel terremoto que en 1946 destruyó media Ciudad Trujillo y provocó un maremoto que dejó a veinte mil dominicanos sin hogar. ¿Saldría bien lo de esta noche? Sí, estaba muy bien planeado, todo funcionaría a la perfección. Se sentía tranquilo. Sólo mucho después, cuando ya todo aquello hubo pasado, se dio cuenta de que se había orinado sin querer y tenía mojado el pantalón.

Recorrió todas las capillas, y en la última un grupo de gente arrodillada rezaba en alta voz; tenían las cabezas bajas y las caras tristes. Olía a incienso. Decididamente, comparado con la República Dominicana, Guatemala era un país bastante lúgubre.

Cuando volvió a la entrada de la catedral, Enrique estaba ya allí, de uniforme, esperándolo.

—Buenas noches, mi teniente coronel —lo saludó, burlándose, y llevando la mano derecha a la gorra de plato.

Cruzaron el Parque Central, ahora desierto del todo, sin cambiar palabra. Ahí estaba frente a ellos el enorme Palacio Nacional, mandado construir por el dictador Jorge Ubico en uno de sus peores delirios de grandeza. Tenía pesadas columnas, cientos de lámparas, caídas de agua, un mural dedicado a fray Bartolomé de las Casas y, pese a que allí funcionaban casi todos los ministerios y la Dirección General de Seguridad, quedaba todavía mucho espacio sin llenar.

—Supongo que no vamos a entrar por la puerta principal —intentó hacer una broma el dominicano, para descargar un poco la tensión que se había apoderado de ellos.

A medida que avanzaban, se iban ladeando hacia la izquierda para tomar la sexta avenida, lateral al Palacio, donde, pocos metros más allá, en la acera de la izquierda, se hallaba la embajada de México, una gran casona colonial ahora también a oscuras. A ambos les sorprendió que no hubiera soldados ni guardias a sus puertas. Continuaron caminando en silencio, en una oscuridad casi completa, hasta la esquina donde, volteando a la derecha, se llegaba a la entrada de la Casa Presidencial, la residencia de Castillo Armas, muy cerca del antiguo templo evangelista. Allí, Enrique se detuvo e hizo un gesto para que el dominicano se parara también. Sacó una llave de su bolsillo y aquél vio a su compañero tantear la pared con una mano, buscando una puertecita medio disimulada por la pintura verdosa del muro. Ahora, Enrique, siempre a ciegas, intentaba localizar la cerradura. Cuando la encontró, forcejeó un poco y la puerta se abrió. Estaban en un garaje. Enrique volvió a cerrar la puerta y le echó llave. Levantando una mano, indicó al otro que lo siguiera.

«Ya estamos adentro», pensó el dominicano. «Ya no hay vuelta atrás.» Estaba excitado y nervioso, como en otras ocasiones extremas, y, para sentirse más seguro, acarició la cacha del revólver que llevaba colgado del cinturón.

Enrique lo guio por unos pasillos solitarios y en penumbra, cruzaron un pequeño patio con una única acacia y un jardincillo contiguo. No encontraron a ninguna patrulla de guardia. La orden había funcionado, pues. De pronto, Enrique se detuvo y estiró un brazo para que el dominicano lo imitara.

—Por aquí debe estar el pobre soldadito —murmuró.

Lo de «pobre» le pareció al dominicano una broma de mal gusto.

# XI

Salió a escondidas, sin que la sintieran los sirvientes, envuelta en la manta que la cubría dándole una apariencia deforme. Y, por supuesto, sin llevarse ni siquiera un alfiler de la casa de la que huía y a la que se había jurado no volver. Tenía cierto remordimiento de abandonar así al niño, pero estaba decidida y procuraba no pensar en eso. Ya habría tiempo para ello.

Era noche cerrada. Como caía una lluviecita delgada, invisible pero persistente, no había casi nadie en las calles del centro de la ciudad de Guatemala. Sabía muy bien dónde quería llegar. Eran sólo doce manzanas las que separaban el barrio de San Sebastián del de San Francisco. Las hizo muy de prisa, envuelta en esa capa que le daba la forma de uno de esos fantasmones que, en los cuentos de las comunidades indias, poblaban las noches guatemaltecas. Los pocos transeúntes que encontró en el camino no la molestaron; por el contrario, esas siluetas o bultos se apartaban a su paso, asustados. Sólo un perro callejero se le plantó al frente, en la vereda, sin ladrar pero mostrándole los dientes.

Cuando llegó a la puerta con clavos de la casona colonial en la que no había timbre tocó decidida la aldaba de bronce, dos, tres veces, con fuerza. Demoraron, pero tuvo suerte pues la persona que le abrió fue Símula. Su antigua niñera la reconoció de inmediato. La hizo entrar en el gran zaguán de viejas piedras y artesonado profundo lleno de ecos, y, sin decirle una palabra, la abrazó y la besó. Martita sintió que las lágrimas de la criada le mojaban la cara. Mientras Símula la acariciaba en la mortecina luz del zaguán, Marta le iba diciendo, ahogada por la angustia:

—¿Está mi papá? Quiero verlo. Decile que le voy a pedir perdón de rodillas. Haré lo que él me mande, todo el tiempo que quiera. Que me escuche, por caridad, por compasión, por todos los santos. Decile que se lo imploro.

Símula movía la cabeza, tratando de disuadirla, pero, luego de un momento, viéndola tan desesperada, se puso muy seria y asintió, santiguándose.

—Está bien, niña, voy a avisarle. Siéntese aquí. Ojalá que Dios, que el Cristo Negro de Esquipulas, que la Virgen de Guadalupe hagan ese milagro.

Marta se sentó en el poyo que circundaba el zaguán y esperó, en estado febril, el regreso de Símula. Recordó que había abandonado a su hijo dormido y que probablemente nunca más volvería a verlo. ¿Qué sería de él en el futuro? ¿Qué suerte correría? Sintió un estremecimiento en todo el cuerpo, pero ya era tarde para arrepentirse. Divisaba en sombras el jardín con estatuas de su antigua casa, los jacarandás, las acacias, el grueso mango, y adivinaba, detrás de los cuartos de la servidumbre, la cocina, la lavandería, la jaula del perro que debía estar ya encerrado, la despensa cargada de provisiones. ¿La perdonaría su padre? ¿Volvería a vivir aquí? El corazón se le encogía de tristeza.

Símula volvió al fin. Su silencio, sus ojos llorosos, su cara descompuesta hicieron saber a Martita que la respuesta del doctor Arturo Borrero Lamas a sus súplicas había sido negativa.

—Me dijo que le dijera que él no tiene ya ninguna hija —balbuceó, con ronca voz—. Que la que tuvo se murió y que está enterrada junto a sus hermanitos. Que si no se iba pronto, haría que los criados la sacaran a palos. ¡Que la amparen todos los santos, niña Marta!

Símula dio un sollozo y se santiguó. Y, tomándola del brazo, la fue llevando hacia la puerta de calle. A la vez que abría el antiguo portón, balbuceó:

—Váyase, niña. Que el santo Cristo la ampare y también a su hijito, esa pobre criatura. Le prometo que iré a verlo de tanto en tanto.

Se santiguó de nuevo y trazó la señal de la cruz sobre la frente de Miss Guatemala.

Cuando el portón se cerró tras ella, Marta sintió que la lluvia era más densa; ahora caían sobre su cara unos goterones gruesos y oía truenos a lo lejos, sobre la cordillera. Estuvo inmóvil, mojándose, sin saber qué hacer, dónde ir. ¿Volvería a casa de su marido? No, nunca: sobre eso no tenía dudas. ¿Se mataría? Tampoco, ella jamás se sentiría derrotada. Apretó los puños. No había vuelta atrás. Siguiendo un súbito impulso, echó a caminar. Estaba empapada pero resuelta.

Quince minutos después, pasó delante del enorme Palacio Nacional, lo contorneó y se dirigió por la sexta avenida a la Casa Presidencial. Chorreaba agua de pies a cabeza y tiritaba al pasar frente a la iglesia evangelista. Pero, al llegar donde quería, recuperó la serenidad. Sin vacilar se acercó al retén de soldados que hacía guardia a la entrada de la vasta residencia, cercada por unas verjas detrás de las cuales se divisaba un alto muro lleno de ventanas en sombras. Se encaró con el puñado de soldados que tenían todos la vista clavada en ella:

—¿Quién es el jefe de ustedes?

Los soldados se miraban unos a otros y la examinaban de pies a cabeza.

—¿Qué se te ofrece? —preguntó uno de ellos al fin, con brusquedad—. ¿No sabés que aquí está prohibido pararse, vos?

—Necesito hablar con el Presidente de la República —repuso ella en alta voz. Oyó unas risitas y el soldado que le había hablado antes dio un paso hacia ella.

111

—Seguí tu camino, muchacha —su voz era ahora amenazante—. Andate a dormir, te podés resfriar con esta lluvia.

—Soy la hija del doctor Arturo Borrero Lamas y la mujer del doctor Efrén García Ardiles, dos amigos del Presidente. Andá y decile que quiero hablar con él. Y no me volvás a tutear porque te podría costar caro.

Las risitas desaparecieron por completo. Ahora, en la semipenumbra, los ojos de los soldados delataban preocupación y sorpresa. Se estarían preguntando si ella era lo que decía o estaba rematadamente loca.

—Espere aquí, señora —dijo por fin el soldado que la había tuteado—. Voy a llamar al jefe de guardia.

Pasó un tiempo interminable, escrutada siempre por los soldados del retén; algunos lo hacían con disimulo y otros con grosería. La lluvia se había espesado y traqueteaba de vez en cuando por la esquina algún viejo automóvil con las luces prendidas. Por fin, el soldado volvió con otro hombre; debía ser un oficial, pues tenía un uniforme distinto.

—Buenas noches —le dijo, acercándose a ella y llevándose una mano a la visera—. Qué se le ofrece por aquí.

—Hablar con el Presidente —dijo ella, con voz que mostraba una seguridad que no tenía—. Dígale que soy Marta Borrero Parra, hija de Arturo Borrero Lamas y esposa de su amigo Efrén García Ardiles. Ya sé que es tarde. No lo molestaría a estas horas si no fuera muy urgente.

El oficial permaneció un rato silencioso, examinándola.

—El Presidente no recibe nunca a nadie sin una cita previa —masculló al fin—. Pero, bueno, ya veremos. Voy a preguntar. Espere aquí.

Pasó un rato tan largo que Marta pensaba que el oficial no volvería nunca. El agua había empapado ya totalmente la manta que la envolvía. Sentía escalofríos.

Cuando el oficial por fin retornó, le indicó por señas que lo siguiera. Martita respiró, aliviada.

Entraron a un pasillo iluminado apenas por unas luces débiles. En un cuarto había un hombre de civil fumando, que la miró de arriba abajo. El oficial le indicó:

—Lo lamento, tengo que comprobar si no lleva armas.

Ella asintió. El oficial le pasó las manos por todo el cuerpo y se demoró, palpándola. El civil que fumaba, más indio que ladino, mantenía el cigarrillo en la boca mientras aspiraba y botaba el humo y tenía una sonrisita burlona y excitada en los ojos.

—Vení conmigo —dijo el oficial.

Fue otra caminata por salones desiertos, un pequeño patio con maceteros y enredaderas, donde vio deslizarse a un gato. Allí advirtió que, súbitamente, había dejado de llover. El oficial abrió una puerta, el cuarto estaba lleno de luz. Sentado en un escritorio divisó al coronel Carlos Castillo Armas. Al verla entrar se puso de pie y fue a su encuentro. Era un hombre no muy alto, con el pelo muy corto, unas enormes orejas puntiagudas y tan flaco que se le transparentaban los huesos de la cara y los brazos. Tenía unos ojitos de ratón y un bigotito mosca algo ridículo. Vestía un pantalón caqui y una camisa sin mangas que mostraba sus brazos lampiños. Marta sintió la mirada movediza con que la examinaba, deteniéndose un momento en la manta que la cubría.

—¿De veras sos la hija de Arturo y la mujer de Efrén? —le preguntó, parado a un metro de ella.

Martita asintió y, como respondiendo a una pregunta secreta, añadió, enseñándole el anillo que llevaba en el dedo anular:

—Nos casamos hace unos cinco años.

—¿Se puede saber qué hacés aquí a estas horas de la noche y sin haber pedido antes una cita?

—No sabía dónde ir —confesó Miss Guatemala. Sentía que se le saltaban las lágrimas, pero se dijo «no voy a llorar». No daría ese espectáculo de mujer débil y desamparada. Y, en efecto, no lo dio. Habló con voz vacilante al principio y luego resuelta, decidida a contarle todo—. Me he escapado de la casa de Efrén. Mi padre nos casó a la fuerza, porque Efrén me preñó. No aguanto más vivir con él. Me salí sin que nadie me viera. Fui a casa de mi padre, pero me rechazó. Me hizo decir que su única hija ya estaba muerta, que si no me mandaba mudar me haría echar a palos por el servicio. No sabía ni tenía dónde ir. Entonces, se me ocurrió venir aquí, a contarle a usted mi historia.

El coronel Castillo Armas estuvo mirándola un buen rato con sus movedizos ojitos de ratón. Parecía desconcertado, dudando sobre si había oído bien. Finalmente, dio un paso hacia ella y la tomó del brazo:

—Sentate, estarás cansada —dijo, con una entonación más cordial. Algo en él se había dulcificado. ¿Creía todo lo que ella le había dicho?—. Vení por aquí.

Le señaló un sofá. Martita se dejó caer sobre los almohadones, y sólo entonces comprendió que estaba exhausta y que si hubiera seguido de pie se habría desplomado. De tanto en tanto, tenía estremecimientos de frío. Castillo Armas se sentó a su lado. ¿Estaba vestido de civil o de militar? El pantalón caqui y los botines negros parecían los de un uniforme de faena, pero no la camisa color pardo sin mangas. Sus ojillos inquietos, grisáceos, la examinaban con curiosidad.

—Todavía no me has dicho por qué viniste aquí, por qué donde mí. Te llamas Marta, ¿no?

—Yo tampoco sé qué hago aquí —confesó ella y notó que balbuceaba—. Creí que mi padre me perdonaría. Cuando me mandó decir que estaba muerta para él, se me vino el mundo abajo. No voy a volver donde

Efrén. Nuestro matrimonio ha sido una mentira, sólo para darle gusto a mi padre y guardar las formas. Y, para mí, una pesadilla de cinco años. No sabía dónde ir y, de repente, se me ocurrió venir a verlo. Muchas veces le oí decir que usted y Efrén habían sido amigos.

El Presidente asintió.

—Jugábamos fútbol de chicos —dijo con una vocecita aguda, algo chillona—. Que yo recuerde, Efrén no era comunista entonces; muy católico, más bien. Igual que tu padre. Contámelo todo, desde el principio. Será lo mejor.

Y fue lo que Martita hizo, mucho rato, frotándose los brazos cuando le daban escalofríos, sin cesar de hablar. Le contó cómo, en aquellos fines de semana dedicados al rocambor, a los que su padre la dejaba asistir, sorprendida por la hostilidad que despertaban las creencias políticas de ese médico tan serio, el doctor Efrén García Ardiles, comenzó a intimar con él, haciéndole preguntas sobre política y advirtiendo al mismo tiempo cómo ese amigo de su papá, de ideas tan «recalcitrantes» (así decía el doctor Borrero), empezó a mirarla, de pronto, disimulando para que no lo notaran los otros señores del rocambor, ya no tanto como a una niña curiosa, sino como a una mujercita en embrión. Y cómo había ocurrido aquello que la dejó embarazada.

—Si querés, Martita, como sos tan inquieta, tan curiosa sobre la política, podrías venir a mi casa de tanto en tanto. A la salida del colegio, por ejemplo. Allí, mejor que aquí, te podría ir poniendo al tanto de todo lo que quisieras saber. Ya me he dado cuenta de que sos muy curiosa.

—Pero mi papá nunca me daría permiso para ir a su casa, doctor.

—No tenés para qué decírselo —bajó la voz Efrén hasta convertirla en un susurro, espiando en torno, inquieto—. Podrías venir después del colegio, diciéndole a Arturo que te vas a estudiar y hacer las tareas donde una compañera, por ejemplo. ¿Qué te parece?

Ella aceptó aquel jueguito, no tanto por la curiosidad política, sino por el riesgo que entrañaba, algo que le gustaba todavía más que la política, y que sería —aún no lo sabía— el santo y seña de su vida: correr riesgos.

Y lo hizo, pues. Cuando le contaba a Castillo Armas la mentira que había dicho a su padre, que se iba a hacer los deberes que les dejaban las monjas del Colegio Belga Guatemalteco a la casa de su amiga Dorotea Cifuentes, y se iba más bien al hogar del doctor Efrén García Ardiles, y cómo éste la hacía pasar a su consultorio, vio que en los ojillos del coronel se encendía una lucecita especial, una sonrisita curiosa, como si su historia hubiera despertado en él intensos deseos de saber más, de conocer en detalle todo aquello.

—Tratame de tú, Martita —le dijo Efrén una de esas tardes—. ¿O es que te parezco tan viejo?

Estaban en el pequeño escritorio atiborrado de libros y revistas del médico. Acababan de terminar una merienda con tazas de chocolate y pastelillos. En la alfombra había unas piedrecitas pintadas y García Ardiles le explicó que él mismo las desenterró, hacía años, en una expedición arqueológica a las selvas del Petén, y que las guardaba no tanto por razones históricas sino estéticas.

—No, doctor, nada de eso. Pero me da vergüenza. No le tengo tanta confianza todavía para tratarlo de tú.

—Qué cándida sos, Miss Guatemala —le respondió el doctor Efrén, acariciándole la cara y con la mirada azogada—. ¿Sabés lo que más me gusta de vos? Esa mirada fija y profunda que parece escarbarte la intimidad y arrebatarte los secretos.

En un momento de su larga confesión, Martita advirtió que Castillo Armas le sonreía con simpatía y hasta afecto. Y, en otro, que, como no queriendo la cosa, le

había puesto una mano en la rodilla, y había comenzado a sobársela, despacito. Entonces, Martita supo que
aquella apuesta temeraria que había hecho viniendo a la
residencia oficial del Jefe del Estado y pidiendo audaz-
mente a la guardia de la entrada que la dejaran hablar
con el Presidente, la había ganado.

# XII

De pronto, en las sombras de aquel pasillo, hubo un ruido: alguien bajaba las escaleras. Era un soldadito, con un fusil en la mano.

Enrique le salió al encuentro y, al ver su uniforme con los galones de teniente coronel, el soldado se cuadró y saludó, muy sorprendido.

—Quién es usted —lo interrogó Enrique, con energía.

—Soldado Romeo Vásquez Sánchez, presente —hizo sonar los tacos el muchacho. Estaba muy firme, mirando adelante.

Desde las sombras, el dominicano comprobó que se trataba de un hombre muy joven, un adolescente que debía raspar apenas la edad de la leva.

—Estoy de guardia aquí arriba, en la terraza, mi teniente coronel —dijo, intimidado, aunque ahora más tranquilo. Había reconocido a su superior y le explicó—: Bajaba a ver si habían llegado los otros soldados. No han venido todavía. Es muy raro, señor, el cambio de la guardia se hizo a las siete, como siempre. Pero no han venido y, salvo yo, no hay nadie más dentro de la residencia. Quiero decir, fuera de la cocinera y las criadas. Y el retén de la entrada, allá en la calle.

—Sí, muy raro, voy a averiguar de inmediato qué ha pasado —asintió Enrique—. La casa del Presidente no puede quedar desguarnecida ni un solo minuto.

—No ha ocurrido nunca antes, señor —añadió el soldadito, siempre en posición de atención—. Por eso bajé a ver.

119

—Yo me ocuparé —dijo Enrique—. Vuelva a su puesto y no se mueva de allí. Está en la terraza de arriba, ¿no?

—Sí, señor —y repitió, desconcertado—: Nunca había ocurrido hasta ahora, mi teniente coronel.

Hizo un saludo, dio media vuelta y comenzó a subir las escaleras, seguido por Enrique. El dominicano permaneció escondido en las sombras del pasadizo. Esforzó los oídos para escuchar lo que pasaba allá arriba, pero no alcanzó a oír nada. Sólo un rato después escuchó un golpe seco, como de alguien que caía al suelo. Siguió un largo silencio en el que a él le pareció escuchar los latidos de su corazón. Por fin, vio bajar las escaleras a Enrique, con el fusil del soldadito en las manos.

—Listo —lo oyó decir, alcanzándole el arma—. Ni se dio cuenta.

—No oí el tiro —susurró el dominicano.

—Mi pistola tiene silenciador —explicó el otro. Para mirar la hora en su reloj prendió su encendedor—. No creo que tarden ya mucho.

Luego, calmadamente, el dominicano lo vio encender un cigarrillo y arrojar el humo haciendo argollas. Parecía muy tranquilo.

# XIII

«No sólo Guatemala ha enloquecido», pensó el doctor Efrén García Ardiles. «No sólo yo y todos mis compatriotas estamos locos. El mundo entero se ha vuelto así. Estados Unidos, sobre todo.» Apagó la radio; acababa de terminar el desfile y, según el locutor, millares de norteamericanos habían ovacionado al coronel Carlos Castillo Armas que, conmovido, agradecía allá en Nueva York la lluvia de confetis y mistura, de pie en el coche descapotable en el que iba también su esposa, la fina matrona doña Odilia Palomo de Castillo Armas...

Era comienzos de noviembre de 1955 y hacía fresco en las noches; en el día soplaban ciertas tardes ventarrones que ahuyentaban a los pájaros que bajaban a beber en los riachuelos y charcos de la antigua ciudad de Guatemala. Pero no eran las inclemencias del tiempo las que tenían en ese estado de desmoralización al doctor García Ardiles, ni su situación familiar, ni que lo hubiera abandonado su mujer hacía ocho meses y fuera ahora la querida del Presidente Castillo Armas. Ni siquiera el llanto en el cuarto contiguo de esa criatura de apenas cinco años que llevaba su nombre y su apellido y que, según todos los indicios, era su hijo. Ni tampoco su biblioteca diezmada por los nuevos inquisidores; habían venido a purgarla tres policías, dos de civil y uno uniformado. Le explicaron que su nombre figuraba en una de las «listas negras» y tenían órdenes de revisar su casa. Los libros que se llevaron constituían una mezcla absurda que delataba la ignorancia de esa pobre gente y la estupidez de sus jefes. Lo que lo había hundido en el desánimo era el gran éxito de la gira del Presidente Castillo Armas por los Estados Unidos, según acababa de oír en la radio.

Al triunfo de la revolución liberacionista, a fines de 1954, el doctor García Ardiles había estado preso quince días en un cuartel, y, antes, dos en un campo de internamiento donde, por puro milagro (¿o por órdenes del propio Castillo Armas?), se libró de ser pateado y sometido a las descargas de electricidad con las que los liberacionistas hacían chillar o electrocutaban a dirigentes sindicales y a campesinos analfabetos que no entendían nada de lo que les ocurría. En el Fuerte de San José de Buena Vista no se torturaba, sólo se fusilaba. En las dos semanas que pasó allí, Efrén contó por lo menos media docena de ejecuciones. ¿O eran simulacros para aterrorizar a los presos políticos? Su mujer, Marta, apenas lo saludó cuando él volvió a casa. ¿Estaba ya planeando la huida que haría meses más tarde?

En sólo dos semanas, Guatemala había mudado de piel. Todo rastro del régimen de Jacobo Árbenz parecía desaparecido y, en su reemplazo, había surgido un país en estado frenético en el que la caza a los comunistas reales o supuestos era la obsesión nacional. ¿Cuántas personas se habían asilado en las embajadas latinoamericanas? Cientos, acaso miles. Y durante cerca de tres meses el gobierno, se decía que exigido por la CIA, se negó a dar salvoconductos a los asilados con el argumento de que eran «asesinos y agentes comunistas que podían llevarse consigo documentos comprometedores que probaban las intenciones de la Unión Soviética de hacer un satélite de Guatemala». Día tras día, semana tras semana, las vendedoras del mercado, lideradas por Concha Estévez, que había sido arbencista y era ahora una fanática partidaria de Castillo Armas, se habían manifestado frente a las embajadas de México, Chile y Brasil exigiendo que éstas entregaran a la policía a los centenares de asilados para que fueran juzgados por sus crímenes en Guatemala. La Nunciatura Apostólica informó de que iba a entregar a sus asilados pero, al parecer, renunció a hacerlo por las protestas de los embajadores de México, Brasil, Chile y Uruguay. Se decía también que cientos o miles de personas habían huido a campo traviesa o andaban escondidas en casas de amigos o en el monte, esperando que amainara esta histeria. El *Diario de Centroamérica* informó el 24 de junio que habían sido asesinados varios miembros de los Comités Agrarios en Chiquimula, Zacapa e Izabal, y el Comité Nacional de Defensa contra el Comunismo publicó a fines de 1954 una lista de setenta y dos mil individuos que, aseguraba, trabajaban en Guatemala para la Unión Soviética; anunciaba que la lista podría aumentar hasta bordear las doscientas mil personas. El embajador de México, Primo Villa Michel, elevó una protesta porque, cuando fue a reclamar por algunos exiliados, el flamante ministro de Educación del gobierno del coronel Castillo Armas, Jorge del Valle Matheu, le dijo con insolencia: «Somos una dictadura y hacemos lo que nos da la gana».

Había toda clase de rumores inverificables, como que el gobierno había repartido ametralladoras entre los finqueros para que hicieran justicia con su mano si los campesinos seguían ocupando las tierras de la Reforma Agraria, pese a haberse abolido todas las expropiaciones y repartos. ¿Qué se habían hecho esos miles de guatemaltecos que, hacía sólo unas pocas semanas, llenaban el Parque Central vitoreando a Jacobo Árbenz y la Revolución de Octubre? ¿Cómo podía mudar de esa manera el sentir de todo un pueblo? García Ardiles no lo entendía.

A poco de subir al poder, el coronel Castillo Armas había creado el Comité Nacional de Defensa contra el Comunismo y puesto como su director a José Bernabé Linares, asesino y torturador que dirigió la policía secreta los trece años de la dictadura del general Jorge Ubico Castañeda, un personaje cuyo solo nombre provocaba escalofríos a los guatemaltecos de cierta edad. Aquel Comité inició las quemas de libros en la calle, una costumbre que se extendió como una epidemia por todo el país. Parecía resucitar la colonia, cuando la Inquisición velaba por la ortodoxia religiosa a sangre y fuego. Todas las bibliotecas públicas y algunas particulares, como la suya, habían sido purgadas de manuales marxistas, libros anticatólicos y pornográficos (a él le habían decomisado todas sus novelas en francés, por si acaso), además de poemas de Rubén Darío y las historias de Miguel Ángel Asturias y de Vargas Vila. En el Fuerte de San José de Buena Vista, día y noche García Ardiles fue interrogado por jóvenes oficiales que querían saber qué contactos había tenido con el comunismo ateo y con Rusia. «No he conocido a un comunista en mi vida», repitió decenas de veces en esas dos semanas. «Y, al menos que yo recuerde, tampoco a ningún ruso.» Terminaron por creerle; o tal vez no, pero lo soltaron, acaso por órdenes de arriba. ¿Las daría el propio Castillo Armas, su antiguo compañero del fútbol? El anticomunismo que se había apoderado del país se parecía a una de esas plagas que enloquecían de pavor a las ciudades europeas en la Edad Media. Todavía había aumentado cuando Efrén salió del cuartel.

El nuevo gobierno ya había devuelto a la United Fruit todas las tierras ociosas que le nacionalizó la ley de Reforma Agraria durante el gobierno de Árbenz y abolido el impuesto a los propietarios de latifundios, nacionales o extranjeros. La policía y el Ejército recuperaban, a la fuerza donde hacía falta, las fincas que se habían entregado a medio millón de campesinos, y se suprimieron las cooperativas agrícolas, las ligas campesinas y —lo que era un absurdo— hasta buen número de cofradías encargadas del cuidado de los santos patronos de los pueblos, creadas en los últimos diez años. Se había condecorado al arzobispo Mariano Rossell y Arellano por su apoyo a la revolución liberacionista y proclamado al Cristo de Esquipulas «General del Ejército de la Liberación Nacional» con los entorchados correspondientes. En Guatemala la historia retrocedía a toda carrera hacia la tribu y el ridículo. «¿Se restablecerá pronto la esclavitud?», se preguntó el doctor Efrén García Ardiles. Pero la humorada no le hizo gracia alguna. La persecución de quienes habían colaborado de una manera u otra con los gobiernos de Juan José Arévalo y de Jacobo Árbenz seguía a toda máquina, pese a que aquél, en los meses siguientes, discretamente se iría apartando cada vez más de éste. En el extranjero, por instrucciones de Estados Unidos, el acoso a los exiliados guatemaltecos, empezando por el ex Presidente Jacobo Árbenz, había ido en aumento. Muchos gobiernos se negaban a permitir que los expatriados fueran autorizados a trabajar y, de otro lado, el gobierno de Castillo Armas multiplicaba los pedidos de repatriación de los exiliados a los que acusaba de crímenes y robos.

El doctor García Ardiles había perdido su puesto en el Hospital General San Juan de Dios y su consultorio privado se había quedado sin clientes. Ya tenía mala fama antes por sus ideas, pero después de haber estado preso su desprestigio fue total. No volvió a ser invitado a las casas de las buenas familias guatemaltecas. ¿O era su matrimonio a las carreras y a escondidas con Marta, la hijita del doctor Borrero Lamas, lo que había hecho de él un apestado? Ambas cosas, sin duda. Intentó trabajar en el flamante Hospital Roosevelt, pero sin éxito. Hacía un año que sólo practicaba la medicina gratuita, para pobres e insolventes. Vivía de sus ahorros, vendiendo las pocas cosas de valor que todavía quedaban en su casa. Menos mal que su madre se encontraba en un estado mental que no le permitía ya darse cuenta de lo que ocurría a su alrededor.

Efrén había sido de joven un católico practicante y hecho varios retiros en el seminario de los hermanos maristas. Pero, desde hacía un año y unos meses, exactamente desde el 18 de junio de 1954, día en que las fuerzas del Ejército Liberacionista de Castillo Armas invadieron Guatemala cruzando la frontera hondureña y atacando las pequeñas guarniciones del oriente, a la vez que los «sulfatos», los aviones del Ejército de Liberación procedentes de Nicaragua, bombardeaban tropas y la ciudad de Guatemala, Efrén había dejado de confesarse y comulgar. Y desde que su joven esposa lo abandonó había dejado también de creer en Dios. Estaba asqueado por la manera feroz y truculenta como la Iglesia católica, y sobre todo el arzobispo Rossell y Arellano apoyaron aquella cruzada en sus publicaciones y en los sermones de todas las parroquias. Lo había espantado lo que había hecho el arzobispo con el Cristo Negro de Esquipulas. Y, por supuesto, la Iglesia celebró que el gobierno de Castillo Armas cerrara con un gran despliegue militar la Gran Logia Masónica de Guatemala. Ahora, Efrén ya ni siquiera sabía si creía o no creía en algo. En sus horas libres, en vez de leer a san Agustín y a santo Tomás de Aquino como antaño, se enfrascaba en Nietzsche, uno de los autores que misteriosamente se habían salvado de la quema. «Estamos todos locos», se repetía de tanto en tanto. ¿Cómo era posible que los gobiernos de Juan José Arévalo y Jacobo Árbenz Guzmán, empeñados en acabar con el feudalismo en Guatemala y convertir al país en una democracia liberal y capitalista, hubieran provocado semejante histeria en la United Fruit y en los Estados Unidos? Que desataran la indignación entre los finqueros guatemaltecos lo podía entender, eran gentes congeladas en el pasado; también comprendía a la Frutera, por supuesto, que nunca antes había pagado impuestos. ¡Pero en Washington! ¿Era ésa la democracia que querían los gringos para América Latina? ¿Ésa la democracia que había postulado Roosevelt con sus discursos de «buena vecindad» con América Latina? ¿Una dictadura militar al servicio de un puñado de latifundistas codiciosos y racistas y de una gran corporación yanqui? ¿Para eso habían bombardeado los sulfatos la ciudad de Guatemala, matando e hiriendo a decenas de inocentes?

Todo aquello había hecho pedazos su vida, barrido sus ilusiones y su fe. ¿O comenzó antes, por su malhadada aventura con la hijita de su compañero de estudios y amigo entrañable? Sí, ése había sido el principio del fin. ¿Había tenido él la culpa, o fue más bien una víctima de la inconsciente lascivia de esa criatura que lo sacó de sus casillas? ¿Era Miss Guatemala una niñita inocente o un ser diabólico? A ratos se avergonzaba de sí mismo por buscarse esas excusas para lo que había sido pura y simplemente el atropello de un adulto lujurioso contra una niña. Entonces lo comían los remordimientos. No había vuelto a ver al doctor Arturo Borrero Lamas desde aquel matrimonio de payasada en la finca de Chichicastenango. Pero sabía que su ex amigo se había encerrado a piedra y lodo e, incluso, clausurado su bufete profesional. Sólo continuaba con sus clases de Derecho en la Universidad de San Carlos. Casi no se lo veía en actos sociales y, desde luego, puso fin a aquellas reuniones con rocambor que llenaban su casa de amigos la tarde de los sábados. Hasta que Marta huyó, abandonándolos a él y al niño, Efrén y su mujer dormían en cuartos separados y no habían hecho el amor ni una sola vez desde que los casó el padre Ulloa. ¿Era eso un matrimonio?

El estado de malhumor y descorazonamiento se había ahondado estos últimos días por el viaje oficial que hacía en este momento el Presidente de la República, coronel Carlos Castillo Armas, a los Estados Unidos. La prensa y la radio locales transmitían mañana y tarde aquella gira como un acontecimiento mundial. ¿Eso lo había hundido en la desesperación? ¿Por qué? ¿Qué nervio había tocado en su alma ese hecho preciso? ¿Acaso no había otros mil veces más graves en el mundo? Había seguido por la radio y los periódicos el extraordinario recibimiento. No sólo Guatemala había enloquecido, Estados Unidos también. ¿O era él únicamente quien había perdido el juicio y no entendía ya lo que pasaba, igual que ese medio millón de indios a los que Árbenz les dio tierras y a quienes ahora se las quitaban a balazos? Como el Presidente Eisenhower había tenido un infarto y estaba en el hospital, fue el Vicepresidente Richard Nixon quien recibió a Castillo Armas y a su esposa en el aeropuerto de Washington, rodeado de dignatarios del gobierno norteamericano. El mandatario guatemalteco había sido homenajeado con los veintiún cañonazos de rigor y un concurrido desfile militar. Tanto en los discursos como en los diarios —¡el propio *The New York Times*!— se hablaba de Castillo Armas como de un héroe, salvador de la libertad en Centroamérica, un ejemplo para el mundo. Lo decían todos los discursos de bienvenida en el gran país del norte. En sus salidas a la calle, Castillo Armas era aplaudido, le pedían autógrafos, le tomaban fotografías, la gente común y corriente le daba las gracias por haber liberado a su patria. ¿De qué, de quién? Una especie de vértigo obligó a cerrar los ojos al doctor García Ardiles. ¿Cómo era posible que ese hombrecillo insignificante y su supuesta revolución liberacionista impresionaran de tal modo a los Estados Unidos? No era sólo el gobierno; acababan de hacerlo doctor *honoris causa* universidades prestigiosas como Fordham y Columbia y, en estas dos semanas de visita oficial, lo habían llevado a Colorado para que, en el Hospital Fitzsimons del Ejército, el propio Presidente Eisenhower lo abrazara y felicitara por haber arrancado a Guatemala de las garras del oso ruso. ¿Cuántos comunistas había en Guatemala fuera de los cuatro gatos del Partido Guatemalteco del Trabajo en ese Congreso, que contaba con sesenta y que había sido cerrado al triunfar la contrarrevolución? Muy pocos; él no sabía cuántos, pero sólo podía ser una minoría insignificante. El doctor García Ardiles tenía recortado el discurso, en la cena oficial en que Richard Nixon saludó «al valeroso soldado» que encabezó el alzamiento de su país contra «una dictadura comunista falsaria y corrupta». ¿Cuál alzamiento? ¿Qué pueblo se había alzado? Castillo Armas había sido recibido en el Congreso de Washington y aplaudido con estruendo por los senadores y representantes estadounidenses reunidos en sesión conjunta.

¿Era la historia esa fantástica tergiversación de la realidad? ¿La conversión en mito y ficción de los hechos reales y concretos? ¿Era ésa la historia que leíamos y estudiábamos? ¿Los héroes que admirábamos? ¿Un amasijo de mentiras convertidas en verdades por gigantescas conspiraciones de los poderosos contra los pobres diablos como él y como Cara de Hacha? ¿Ese circo de farsantes eran los héroes que los pueblos reverenciaban? Sentía una especie de vértigo y su cabeza parecía a punto de reventar. «Tal vez eres injusto con Castillo Armas», recapacitó, entre nieblas. «Si fue él mismo quien te salvó la vida y te sacó de ese cuartel donde hubieras podido dejar tus huesos, eres un ingrato. Te vengas de tus fracasos en la vida, de tus frustraciones profesionales y familiares, insultando a tu viejo compinche del fútbol de los sábados. ¿Será que le tienes envidia?» No, no era envidia. Porque entre sus defectos, muchos sin duda, no había figurado nunca la envidia por los triunfos ajenos.

El doctor Efrén García Ardiles sintió de nuevo llorar en el cuarto contiguo a ese niño que llevaba su nombre. ¿Era su hijo? Oficialmente, sí. Por su apellido y porque era también hijo de Martita Borrero Parra, ahora Marta de García Ardiles, aquella niña con la que se había acostado cuando no debía hacerlo, una barbaridad por la que estaba seguro pagaría las consecuencias el resto de su vida. ¿Pero había sido él, realmente él, el culpable? Otra vez esa maldita manera de buscarse pretextos responsabilizando a esa pobre niña de sus propias faltas. Había reconocido a ese patojo porque él era un hombre decente, aunque haber embarazado a una niña de quince años dijera lo contrario y lo mostrara al mundo como un ser abusivo y vil, un despreciable pedófilo. ¿Todo en su vida era también una farsa parecida a la de Castillo Armas? Tenía ganas de llorar, igual que esa criatura a la que la sirvienta trataba de hacer callar en el cuarto de al lado. Era un niño bastante normal, que pronto cumpliría seis años. Traía buenas notas de la escuelita de párvulos y se divertía jugando solo, sobre todo al palitroque y haciendo bailar su trompo. Ni siquiera lo habían hecho bautizar. Lo había inscrito en el ayuntamiento con el nombre de Efrén, pero Símula, que venía a verlo de tanto en tanto, lo llamaba siempre Trencito.

El pequeño escritorio donde pasaba buena parte del día estaba lleno de libros, pese a la purga de los liberacionistas. No sólo de medicina, también de filosofía, una pasión paralela desde sus años de estudiante. Ahora apenas podía leer. Lo intentaba, pero no tenía la concentración suficiente ni las ilusiones de antaño, cuando creía que la lectura de buenos libros, además de un placer, enriquecería sus conocimientos, su sensibilidad, y haría de él un hombre más completo. El viaje oficial de Castillo Armas a Estados Unidos lo había hundido todavía más en la neurosis en que había derivado su vida desde que, para desgracia suya, comenzó a responder las preguntas sobre política de la bella Miss Guatemala en esos fines de semana con partidas de rocambor en casa de su ex amigo Arturo. Que ella lo abandonara no le importaba. Nunca la había querido. «Ni ella a mí», pensó. Pero lo ocurrido, tuviera él la culpa o no, había sido el comienzo de su ruina, la caída en el abismo del que —estaba seguro— ya no saldría nunca.

Él y Carlos Castillo Armas debían ser de la misma edad o, en todo caso, de la misma generación. Efrén lo había conocido cuando estaban todavía en el colegio, aunque no en el mismo. Porque él y Arturo estudiaban en los maristas, el Colegio San José de los Infantes, y éste, como todos los colegios católicos donde iban los hijos de las familias decentes de Guatemala, no admitía niños nacidos fuera del matrimonio, es decir, bastardos, como aquel muchachito esmirriado, flaco y tristón que, los sábados y domingos, merodeaba por los alrededores de la cancha de fútbol de los hermanos maristas. El propio Carlos le había contado su historia, explicándole que su padre y su madre no estaban casados; aquél tenía otra familia, una de verdad, él y su madre eran sólo «protegidos». Su padre había tratado de matricularlo en los maristas y éstos lo rechazaron por ser un hijo del pecado. Por eso estudiaba en un colegio fiscal. Decía todo aquello con naturalidad, sin complejos ni rencor. Efrén le cogió simpatía y consiguió que sus compañeros lo dejaran jugar al fútbol con ellos en esos fines de semana dedicados a los deportes. «Gracias a aquella buena acción estoy vivo, tal vez», pensó. «He ahí la prueba; no eras, pues, tan canalla como la gente creía, sobre todo Arturo.»

Ese Carlos de entonces parecía buena persona, recordó Efrén. Le daba pena verlo discriminado por una sociedad injusta, que, por el pecado de sus padres («mira quién habla, Efrén»), tuviera que ser siempre un segundón, un marginal, sin derecho a heredar las tierras de la familia, que irían todas a manos de sus hermanos legítimos. Por su cuerpo enclenque y sus maneras tan poco deportivas parecía alguien incompatible con la carrera militar. Efrén, que lo veía en la calle —se iban a los cines Lux, Capitol o Variedades a ver películas mexicanas de charros o de María Félix, Elsa Aguirre o Libertad Lamarque, y a los partidos del campeonato nacional de fútbol—, se quedó sorprendido cuando Carlos le anunció que iba a presentarse a la Politécnica. ¿Caballero cadete, él? Lo habría decidido por razones prácticas. En esa beata y prejuiciosa sociedad guatemalteca, jamás hubiera podido abrirse paso y tener éxito siendo marginado por todas las familias de dinero por ser un hijo ilegítimo. Se le habrían cerrado todos los caminos. En la Escuela Militar fue compañero de Jacobo Árbenz, nada menos que el Presidente al que derrocó y al que, luego de tenerlo refugiado cerca de tres meses en la embajada de México, le había infligido la humillación de hacerlo desnudar en el aeropuerto y fotografiarlo así cuando salía al exilio, «para comprobar que no se llevaba nada de valor», como dijo la prensa gobiernista que ahora era la de todo el país. Y luego le había expropiado todos sus bienes, incluida la finca El Cajón y hasta sus cuentas de ahorros.

Mientras era cadete, Carlos y él se vieron poco. De tanto en tanto, en sus días de salida llamaba a Efrén, a quien los estudios de Medicina tenían muy ocupado, y se juntaban a tomar una cerveza y conversar en el bar Granada si llevaban dinero y, si no, en un barcito vecino al Mercado Central. Mantenían una amistad distanciada y ocasional. Efrén sabía que Carlos había hecho una carrera más bien mediocre en el Ejército. Lo invitó a su graduación y ese día Efrén conoció a la madre de Carlos, Josefina Castillo, una humilde mujer vestida con un huipil que llevaba bordado un quetzal y una falda larga sujeta con una faja campesina, que lloró cuando le entregaron a su hijo la espada de subteniente. Su padre no asistió a la ceremonia, por supuesto.

Dejaron de verse y Efrén supo, mucho después, que Carlos, en la época de la Revolución de Octubre de

1944 que terminó con las primeras elecciones libres en Guatemala, y cuando el profesor Juan José Arévalo subió al poder, estuvo ocho meses en los Estados Unidos, en la U.S. Army Command and General Staff College, en Fort Leavenworth, Kansas, aprendiendo tácticas de lucha antisubversiva. Lo volvería a ver cuando llevaba ya un buen tiempo de vuelta en Guatemala y lo habían nombrado director de la Escuela Politécnica. Desde entonces se veían a veces en reuniones sociales; se saludaban, se contaban rápidamente sus vidas, se hacían alguna broma y prometían llamarse, pero nunca lo hacían. Cuando Carlos se casó con Odilia, Efrén recibió parte e invitación y les envió un bello regalo. ¿Qué clase de trayectoria había tenido Carlos en el Ejército? Bastante oscura, cambiando de cuartel a cuartel por todo el país y ascendiendo poco a poco por tiempo de servicios, sin demasiado brillo; muy distinta carrera a la de sus compañeros de promoción, como Jacobo Árbenz o Francisco Javier Arana, de quienes se hablaba ya entonces como de líderes de la institución y futuros presidenciables.

Efrén volvió a saber de Carlos cuando éste, en la pelea entre Árbenz y Arana, tomó partido abiertamente por este último, que lo había protegido en el Ejército. Y cuando asesinaron al coronel Francisco Javier Arana en esa extraña refriega del 18 de julio de 1949 en el Puente de la Gloria, Carlos, que era ya teniente coronel y jefe de la guarnición de Mazatenango, acusó al gobierno, y sobre todo a Jacobo Árbenz, de complicidad con los asesinos. Tiempo después vivió un fugaz estrellato al encabezar un asalto a la guarnición de La Aurora el 5 de noviembre de 1950. La intentona fracasó, hubo muertos y el caudillo quedó malherido. Se salvó de ser enterrado vivo de milagro. Creyéndolo cadáver, iban a tirarlo a un pozo ya cavado y lleno de muertos cuando Castillo Armas lanzó un quejido que reveló a los soldados que estaba vivo. («Mejor hubiera sido que lo enterraran», pensó el doctor García Ardiles. Pero rectificó de inmediato: «Entonces probablemente estarías ya muerto o seguirías preso sabe Dios por cuánto tiempo».) Lo salvaron, pero el gobierno de Juan José Arévalo lo expulsó del Ejército y los jueces lo condenaron a muerte, una condena diferida varias veces. Su fuga, el 11 de junio de 1951, de la Penitenciaría, lo hizo célebre en todo el país. Había dos versiones sobre ella. Sus partidarios decían que él y sus compañeros habían vivido poco menos que la aventura del Conde de Montecristo, cavando un largo y secreto túnel que los llevó a la libertad. Sus enemigos sostenían que los prófugos habían comprado con quetzales a los carceleros y que salieron por las puertas de la prisión sin correr riesgo alguno. Se refugió en Colombia y luego pasó a Honduras, donde se dedicó en cuerpo y alma a conspirar contra el gobierno de Jacobo Árbenz. Allí fundó el llamado Movimiento de Liberación Nacional e hizo el triple pacto con el general Ydígoras Fuentes y un civil con muchos sesos, el doctor Córdova Cerna, antiguo abogado de la Frutera y colaborador y ministro de Arévalo que, se decía, cambió de ideología por el dolor que le produjo la desgraciada muerte de su hijo en una manifestación política de oposición. Al parecer, Estados Unidos, mejor dicho, el secretario de Estado del Presidente Eisenhower, John Foster Dulles, y su hermano Allen, el jefe de la CIA, habían elegido a Castillo Armas para dirigir la contrarrevolución por no ser tan aristocrático como Ydígoras Fuentes y porque al que tenía cabeza, ideas y prestigio, Córdova Cerna, se le descubrió en aquellos días un cáncer en la garganta. Y también, quizás, porque creían que era el más dócil y manejable del trío, además de lucir en el color de su piel y los rasgos de su cara más como un indio que como un ladino. ¿A esos méritos debía ser Presidente de la República de Guatemala y héroe del mundo libre? Y estar ahora en Estados Unidos recibiendo condecoraciones, aplausos y ser llamado, por los periódicos más prestigiosos, un ejemplo para el resto de América Latina.

El niño se había calmado por fin y reinaba ahora una insólita paz en la desabrida casita del barrio de San Francisco donde el doctor Efrén García Ardiles cebaba su pesimismo y su neurosis. Cogiendo un abrigo y su paraguas, salió a dar un paseo por el centro de la ciudad. Volvería cansado, empapado y acaso más tranquilo.

# XIV

El pasillo seguía oscuro y desierto, con la excepción de aquella lucecita del fondo, donde, según había explicado Enrique al dominicano, estaban la cocina y el comedor.

—Tardan un poco —dijo Enrique, consultando de nuevo su reloj con ayuda del encendedor.

El dominicano no le respondió. Estaba sudando, pese a que no hacía mucho calor. No había vuelto a estar en ese estado de efervescencia y expectativa, de exacerbamiento nervioso, desde los años de México, cuando tuvo que participar en alguno de aquellos asesinatos disfrazados de accidentes ordenados por el Generalísimo Trujillo. Pero tenía la absoluta seguridad de que esto era mucho más importante que todo lo que había hecho hasta ahora para complacer al Jefe. Menos mal que la colaboración de Enrique había sido decisiva. ¿Saldrían las cosas como éste soñaba? Era enormemente ambicioso y pensaba que, en el vacío que se crearía, su sueño, alcanzar la Presidencia de la República, se haría realidad. Él tenía sus dudas, y Mike Laporta también. Pero, en fin, nada era imposible en esta vida. ¿Sería cierto que el Presidente Castillo Armas le había puesto ese sobrenombre horrible: el Jayán?

—Ahí están —oyó susurrar a Enrique.

Efectivamente, a su derecha se acababa de abrir una puerta, un chorro de luz iluminó el jardincito con aquella acacia solitaria, y había salido una pareja que, andando despacio, venía ahora hacia ellos. Si iban al comedor, tendrían que pasar delante de los dos, casi tocándolos.

—Dame el fusil —oyó decir a Enrique.

—Lo haré yo —repuso el dominicano al instante, pensando que así cumpliría mejor con el Generalísimo. Y repitió, como para darse ánimos—: Yo.

—Quítale el seguro, entonces —dijo Enrique, inclinándose para hacerlo él mismo—. Ya está.

La pareja atravesaba ahora el minúsculo jardincito y el dominicano oyó a la mujer, exclamando con una sorpresa mezclada de indignación:

—¿Por qué no han prendido las luces? ¿Y dónde están los sirvientes?

—¿Y la guardia? —exclamó él.

Se habían parado en seco. Miraban a todos lados. Él se había dado la vuelta y parecía decidido a correr de nuevo hacia el interior de la casa de la que habían salido. Desde la oscuridad, el dominicano le apuntó y disparó. El tiro sonó muy fuerte y retumbó en el pasadizo. Disparó por segunda vez y al instante estalló el grito y el llanto histérico de la mujer, que se había dejado caer en el suelo, junto al hombre tendido.

—Vamos, vamos, rápido —dijo Enrique, cogiendo a su compañero del brazo y arrastrándolo. Éste dejó el fusil en el suelo y se dejó llevar. A pasos muy rápidos, casi corriendo, deshicieron el trayecto que habían hecho para entrar a la Casa Presidencial. Cuando Enrique abrió la puertecita disimulada en el muro en aquella esquina de la sexta avenida, vieron que allí estaba el auto negro que conducía el cubano Ricardo Bonachea León.

—Ahí tienes tu carro —dijo Enrique—. Te doy una hora para que saques a la doña de aquí. Ni un minuto más. Dentro de una hora en punto la mandaré arrestar.

# XV

El nuevo agregado militar dominicano en Guatemala, el flamante teniente coronel Johnny Abbes García, llegó a este país casi clandestinamente. No había prevenido al embajador de su llegada. Tomó un taxi en el aeropuerto de La Aurora y ordenó al chofer que lo llevara a la sexta avenida, a La Mansión de San Francisco, un hotelito de medio pelo que él convertiría pronto en su centro de operaciones. Preguntó al encargado del registro si aquí en la ciudad había algún templo rosacruz y como aquél lo miró desconcertado, sin comprender, le dijo: «No se preocupe, olvídese».

Luego de sacar las pocas ropas que llevaba en la maleta y colgarlas en el viejo ropero de su habitación, llamó por teléfono a Carlos Gacel Castro, temiendo que la única persona que conocía en el país ya no estuviera allí. Pero tuvo suerte. Aquel mismo contestó el teléfono. Se sorprendió mucho de que Abbes García estuviera en Guatemala y de inmediato aceptó su invitación para que cenaran juntos. Pasaría a recogerlo a La Mansión de San Francisco a las ocho de la noche.

Carlos Gacel Castro no era guatemalteco sino cubano. Abbes García lo había conocido en México, cuando, becado por Trujillo, estudiaba aquellos cursos policiales y espiaba para el Generalísimo a los exiliados dominicanos en el país azteca. Gacel Castro, exiliado también, conocía y frecuentaba a aquéllos.

Como Carlos se jactaba de ser el hombre más feo del mundo, a Abbes García le había caído bien desde el primer día: comparado con ese engendro, cualquiera, incluso él, resultaba presentable. Gacel era alto, fornido, blancón, con una cara grandota y desproporcionada llena de marcas de viruela, orejas, nariz y boca desmedidas y unas manazas y patas de orangután, que, añadidas a su llamativa vestimenta tropical, hacían de él un personaje vistoso y repelente. Lo peor de todo eran sus ojos helados y amarillentos, que escudriñaban a las personas, sobre todo a las mujeres, con agresiva impertinencia. Caminaba con matonería, luciendo su fuerza física, y usaba unos pantalones ajustados que le hacían resaltar el trasero. Había sido pandillero en La Habana y, como tenía las manos manchadas de sangre, debió huir de su país para no ir de nuevo a la cárcel, donde había pasado ya algunos meses. Pero Abbes García no había querido enterarse de mucho más cuando lo conoció en México y empezó a utilizarlo. Como andaba siempre en apuros económicos, consiguió que Trujillo le pasara una pequeña mensualidad, más un regalo especial cuando, además de informar, actuaba en acciones violentas y sin dejar huellas contra algún exiliado. Luego había tenido que escapar también de México, porque el gobierno estuvo a punto de extraditarlo a Cuba, donde lo reclamaba la justicia. Por eso Johnny Abbes tenía su teléfono. Gacel se había conseguido un trabajito aquí, de matón y soplón, en la Seguridad del Estado que dirigía el teniente coronel Enrique Trinidad Oliva.

Gacel vino a recogerlo puntualmente a las ocho, fueron a cenar a una pequeña fonda donde, antes de las tortillas y el pollito al horno con chili, se tomaron varias cervezas. Cuando el cubano supo que su amigo era ahora teniente coronel e iba a ser agregado militar de su país en Guatemala se le encendieron los ojos. Le dio un abrazo de felicitación.

—Si te puedo servir en algo, estoy a tus órdenes, chico —le dijo.

—Claro que puedes —le respondió Johnny Abbes—. Te pasaré doscientos dólares mensuales, salvo trabajos especiales, por los que te pagaré más. Y, ahora, vamos a donde se toma mejor el pulso a los países.

—No has perdido la costumbre, compadre —acotó Gacel—. Pero no te hagas ilusiones. Las casas de putas de aquí son de velorio.

Los burdeles eran la gran debilidad del antiguo periodista hípico. Los visitaba con frecuencia y allí recogía muchas informaciones y se hacía una idea de cómo andaban las cosas en la ciudad. Se sentía bien, cómodo y a gusto en esos antros llenos de humo, apestando a alcohol y sudor, entre hombres medio borrachos y agresivos y mujeres con las que no tenía que fingir, sino ordenar: «Abre las piernas, préstame el ojete y déjame gozar, putilla». No era muy fácil que las putas le chuparan el pito, había que negociarlo cada vez, y a menudo no querían. En cambio, ninguna hacía ascos a que él les chupara la raja. Era su vicio. Un vicio peligroso, por supuesto, se lo habían advertido muchas veces: «Te pueden contagiar una sífilis o cualquier otra infección. Casi todas estas putillas están quemadas». Pero a él no le importaba. Le gustaba el riesgo, todos los riesgos y sobre todo éste, que lo hacía gozar.

Gacel conocía los burdeles de la ciudad de Guatemala al dedillo, que andaban la mayoría esparcidos por el barrio promiscuo de Gerona. No eran tan animados y violentos como los de México, y estaban a años luz de los de Ciudad Trujillo, con sus alegres merengues, su música atronadora y las lenguas sueltas, atrevidas y risueñas de las putas dominicanas. Las de aquí eran más hoscas, ajenas, y había entre ellas algunas inditas que hablaban en sus dialectos y apenas chapurreaban español. Gacel llevó a Abbes a un bar-prostíbulo, en una callejuela de Gerona, que regentaba una señora llamada Miriam, con su larga cabellera teñida de pelirrojo o de rubio platinado, según la ocasión. Él se llevó a la cama a una negrita de Belice que mezclaba el español con un inglés muy masticado. Encantada le abrió las piernas y permitió que metiera su lengua en esa cavidad rojiza y húmeda, que apestaba riquísimo.

Cuando, al amanecer, Gacel lo dejó en La Mansión de San Francisco, Abbes García había aprendido dos cosas sobre Guatemala: todo el mundo hablaba mal del Presidente Castillo Armas y, entre los muchos chismes políticos que corrían, nadie apostaba un quetzal por su vida. También que, aunque las putas guatemaltecas dejaran mucho que desear, el ron de Zacapa era tan bueno como el dominicano.

Todavía tardó un par de días en presentarse a su embajada. Pero en esas cuarenta y ocho horas no perdió el tiempo. Estuvo trabajando, tomando el pulso a esa ciudad desconocida y a su gente. Leía todos los periódicos de cabo a rabo, desde *El Imparcial* hasta el *Diario de Centro América* pasando por *Prensa Libre* y *La Hora,* escuchaba las noticias en Radio Nacional, la TGW y Radio Morse, y caminaba sin cesar por calles, plazas, parques, hundiéndose de tanto en tanto en los cafés y cantinas que encontraba al paso. Metía conversación a la gente y, aunque no era fácil —muchos lo miraban con desconfianza al escuchar su acento forastero—, les sacaba algunos datos. Regresaba al anochecer a su hotel, rendido de cansancio y convencido de algo que había ya advertido la primera noche, en sus conversaciones con Carlos Gacel Castro: Castillo Armas no era querido por nadie, muchos pensaban que era un hombrecillo desprovisto de carácter y autoridad, una mediocridad sin atenuantes al que sólo un puñadito de íntimos —generalmente oportunistas y comemierdas— respetaba. Sus convicciones anticomunistas ni siquiera eran tan firmes porque ahora, al parecer, hasta hablaba de devolver algunas de las tierras arrebatadas a los indios; no lo había hecho todavía, pero el rumor era creciente, sin duda propalado por sus enemigos. Y todo el mundo decía que estaba embelesado con su querida y que era Marta la que hacía y deshacía, incluso en las altas decisiones de gobierno. ¡Qué diferencia con el Generalísimo Trujillo! ¡Quién se atrevería en la República Dominicana a hablar mal de él como hacía aquí la gente, incluso en las cantinas, contra Castillo Armas! Por eso había tanto desorden, tanta incertidumbre en la ciudad de Guatemala, por eso nadie parecía pensar que las cosas pudieran continuar así por tiempo indefinido.

Al tercer día se presentó en la embajada dominicana. Su presencia sorprendió a todo el mundo, empezando por el embajador Gilberto Morillo Soto, un psiquiatra de renombre en su país, que conocía ya su nombramiento. Estaban esperándolo, habrían ido a recogerlo al aeropuerto si hubieran sabido la hora de su llegada.

—No se preocupe, embajador —le respondió Abbes García—. Quería echar un vistazo a la ciudad, tomar algunos contactos, antes de ponerme a trabajar.

Morillo Soto le mostró el despacho que le había preparado en el local de la embajada. Él se lo agradeció, advirtiéndole al mismo tiempo que no vendría aquí con frecuencia, pues la misión que le habían encargado lo tendría mucho tiempo en la calle o viajando por el interior del país. Y, de inmediato, Abbes García pidió que le consiguieran entrevistas con dos altos funcionarios del gobierno guatemalteco a quienes quería saludar personalmente: Carlos Lemus, jefe civil de la seguridad ciudadana, y el teniente coronel Enrique Trinidad Oliva, encargado de todos los organismos de orden público y la salvaguarda del régimen.

Ambos funcionarios le dieron cita casi de inmediato. En tanto que su entrevista con Carlos Lemus lo dejó decepcionado —le pareció un burócrata incapaz de pensar por sí mismo, tan cauteloso que no se atrevía a dar una opinión personal sobre nada y sólo respondía a sus preguntas con lugares comunes y vaguedades—, Abbes García quedó encantado con el teniente coronel Enrique Trinidad Oliva. Era un hombre flaco y alargado, de piel bastante oscura y una boca enorme de cocodrilo, en el que en el acto se reconocía un hombre de acción, un ambicioso resuelto que respondía con claridad pues tenía un pensamiento propio y, como el mismo Abbes García, se atrevía a hablar sin tapujos y a arriesgarse.

Le había llevado una botella de ron dominicano —«Para que vea usted que es tan bueno como el mejor ron de Zacapa, teniente coronel»— y él le hizo abrir la botella de inmediato. Pese a no ser aún mediodía brindaron y se tomaron en el curso de la conversación dos o tres copas cada uno. Después, Trinidad Oliva lo invitó a almorzar a El Lagar, un restaurante de platos típicos guatemaltecos.

Trinidad Oliva era un gran admirador del Generalísimo Trujillo y reconocía, porque había estado allá, que había convertido la República Dominicana en un país moderno y próspero, con las mejores Fuerzas Armadas de todo el Caribe. «Porque su jefe es un hombre de carácter —afirmó—. Un gran patriota. Y, además, tiene unos huevos de elefante». Hizo una pausa y, bajando algo la voz, añadió: «Algo que falta por acá». Abbes García se rio y Trinidad Oliva también se rio y quedó claro desde ese momento que se habían hecho amigos, acaso cómplices.

Se vieron la siguiente semana y luego la subsiguiente y, muy pronto, además de tomar tragos y comer juntos, se fueron de putas, a burdeles bastante mejores que aquellos que frecuentaba Carlos Gacel Castro. De todas esas salidas conjuntas, Abbes García sacó algunas conclusiones que hizo saber al Generalísimo en informes minuciosos: el teniente coronel Trinidad Oliva era un hombre que picaba alto. Se sentía injustamente postergado por el gobierno. Había estado preso en tiempos de Jacobo Árbenz por conspirar contra el régimen y no tenía la menor simpatía por Castillo Armas, de modo que podía ser una pieza clave para el proyecto. De otro lado, era difícil saber cuál era su ascendiente dentro de las Fuerzas Armadas, una institución que por lo visto estaba aquí muy dividida, en grupos que conspiraban unos contra otros. Esto hacía que el gobierno de Castillo Armas fuera inestable, sostenido con alfileres, y que pudiera derrumbarse en cualquier momento por acción exterior o por descomposición interna. Otro dato importante: quien poseía un enorme poder sobre Castillo Armas era, en efecto, su querida, Marta Borrero Parra, apodada Miss Guatemala, una mujercita joven y muy bella que, al parecer, tenía hechizado al Presidente. Éste le había puesto una casa y, decían, le consultaba sobre todo, incluso los asuntos de gobierno. De modo que Abbes García procuraría conocerla pronto y establecer con ella una relación provechosa para su gestión diplomática en Guatemala. Por lo demás era un hecho que la principal división que existía en el gobierno era —¡cosa increíble!— entre los partidarios de la esposa legítima, doña Odilia Palomo, y la amante. Tal vez esta rivalidad creara unas condiciones favorables para el asunto. Johnny Abbes mandaba todos sus informes al Generalísimo en mensajes cifrados.

En sus correrías por la ciudad y su constante averiguación de informaciones, el teniente coronel descubrió que otro de los temas de actualidad era el debate sobre la apertura de casinos que había anunciado el gobierno, con el argumento de promover el turismo, y la posición contraria que había tomado a este respecto la Iglesia católica. El propio arzobispo Mariano Rossell y Arellano se había pronunciado en contra de esa práctica que, según él, podía extender la corrupción, el vicio y el delito atrayendo a Guatemala, como lo había hecho en

La Habana, a gánsters y mafiosos, pues Cuba, ese país hermano, desde que había casinos se había convertido en un inmenso prostíbulo y guarida de delincuentes y forajidos norteamericanos.

Estaba Abbes García en estos trajines cuando Gacel Castro le anunció que el cubano Ricardo Bonachea León había llegado a Guatemala, huyendo de México, y que necesitaba su ayuda, pues había entrado a este país a ocultas. Bonachea León era un pistolero exiliado en México, donde había colaborado de tanto en tanto con Abbes García y Gacel Castro espiando a los exiliados dominicanos. Por órdenes de Trujillo, aquél le había encargado que liquidara a uno de ellos, Tancredo Martínez, antiguo cónsul dominicano en Miami, quien se fugó a México y pidió asilo. Bonachea León lo había hecho muy mal; fue a buscarlo a la compañía de seguros donde trabajaba y le disparó un balazo en la cara; se la destrozó pero no lo mató. Por eso había escapado a Guatemala y pedía ahora que le echaran una mano. Abbes García habló con el teniente coronel Trinidad Oliva y éste, además de arreglarle los papeles, dijo que podía darle al cubano trabajitos especiales que le permitieran vivir, como los que realizaba Carlos Gacel Castro.

En uno de esos almuerzos semanales que tenían, el dominicano hizo al guatemalteco una propuesta audaz: que abrieran un casino. El oscuro y afilado oficial se lo quedó mirando desconcertado.

—Tú y yo a medias —explicó Abbes García—. Estoy seguro que es un negocio redondo, en el que se gana buena platita.

—¿Has visto la polémica que hay en Guatemala sobre el tema de los casinos? —dijo Trinidad Oliva, midiendo sus palabras—. Castillo Armas mandó cerrar el Beach and Tennis Club y expulsó a sus dueños, un par de gringos, del país. Y el arzobispo se opone a muerte a que haya otros casinos.

—Esa noticia me dio la idea —asintió Abbes García—. En último caso, podrían ser casinos sólo para extranjeros, si eso tranquiliza al arzobispo. Que se vayan al infierno los turistas, no los nacionales: así razonan muchos curas. ¿De quién dependen los permisos para abrir un casino? De ti, ¿no es cierto?

—Es demasiado delicado —se puso muy serio Trinidad Oliva—. Tendría que consultarlo con el Presidente.

—Consúltaselo, no hay problema. Además, aunque seamos los dueños, no tendríamos que figurar ni tú ni yo. ¿No conoces a alguien que pudiera servirnos de testaferro?

El teniente coronel reflexionó un momento.

—Tengo a alguien perfecto para eso —dijo Trinidad Oliva—. Ahmed Kurony, el Turco. Se ocupa de joyas, piedras preciosas y asuntos turbios. Se dice que es contrabandista y medio gánster, por supuesto.

—Pues ya está, parece el hombre que necesitamos.

Sin embargo, la operación no salió y más bien sirvió para ahondar la enemistad entre Castillo Armas y Enrique Trinidad Oliva. Cuando el Jayán le dijo al Presidente que iba a autorizar un casino para el comerciante Ahmed Kurony, el Turco, aquél prohibió de manera resuelta la autorización. Tenía ya bastantes problemas con la Iglesia católica, le explicó, por los casinos y otras cosas —instigados por el arzobispo, muchos curas habían predicado en los púlpitos contra «los hombres que se dicen católicos y tienen barraganas»—, y acababa de enterarse que en la catedral se iniciaría pronto una semana de oraciones para que el diablo no se apoderara de la ciudad por medio de los casinos, de modo que él no admitiría que se abriera otra casa de juegos y menos si al frente de ella iba a estar un conocido contrabandista y ladrón como ese turco. ¿No tenía Ahmed Kurony una reputación siniestra? Así que el teniente coronel Trinidad Oliva advirtió a Abbes García:

—Olvidémonos del proyecto por ahora. Ya se verá más adelante.

No le fue tan fácil al dominicano llegar hasta donde Miss Guatemala. La famosa Marta no salía casi a la calle, y menos a las reuniones y cócteles de sociedad; se veía sólo con amigas de confianza y a esas citas Abbes García no era invitado. Hasta que un día, en una merienda en la embajada de Colombia, tuvo la suerte de coincidir con ella. Desde que la vio, estuvo seguro de que la intuición del Generalísimo Trujillo era certera: esta mujer sería clave para lo que él venía a hacer en Guatemala.

Por otra parte, el teniente coronel, viéndola, sintió que ésta era una mujer con la que le hubiera gustado emparejarse. Era más bella todavía de lo que decían las leyendas que corrían sobre la amante del Jefe del Estado. Y muy joven, parecía apenas salida de la adolescencia. No muy alta pero maravillosamente proporcionada, con una coquetería natural en su forma de vestirse —llevaba una falda sinuosa que mostraba sus torneadas piernas y tobillos, unas sandalias y una blusa que delataba sus pechos redondos—, y al caminar movía los hombros con sabiduría, acompasando la marcha con los pequeños movimientos de sus nalgas y sus pechos. Pero lo que más atraía en ella era esa manera de mirar quieta y extraña que obligaba a bajar la vista a sus interlocutores, como si resistiendo la suave insolencia de esos ojos verdegrises tan penetrantes fueran a perder las fuerzas y sentirse derrotados. Abbes García hizo lo imposible para caerle simpático e iniciar con ella una amistad. La felicitó, la halagó, le preguntó si podría visitarla; ella dijo que sí, e incluso puso fecha: el próximo jueves en la tarde, a eso de las cinco, la hora de la merienda. Esa noche, en el burdel, Abbes García, mientras se excitaba y eyaculaba con una putilla del montón, mantenía los ojos cerrados y soñaba que desnudaba y disponía de Miss Guatemala.

Esa primera visita del teniente coronel a la casa que Castillo Armas le había puesto a su amante, no lejos de la Casa Presidencial, selló la amistad de Miss Guatemala con Johnny Abbes García. Una extraña corriente de simpatía recíproca se estableció entre Marta y el dominicano. Éste le llevó regalos, le mandó flores, agradeciéndole mucho que lo hubiera recibido. Le dijo que, desde que había llegado a Guatemala, por todas partes le habían dicho que ella tenía mucho ascendiente sobre el Presidente y que a sus consejos se debían las mejores cosas que había hecho por su país el coronel Castillo Armas. Mientras tomaban el té, le habló de las maravillas que había llevado a cabo Trujillo en la República Dominicana y la invitó a que fuera a conocerlas de cerca, cuando quisiera: era invitada permanente del Generalísimo. Gozaría con sus playas, su música, su tranquilidad y, cuando aprendiera a bailarlo, descubriría que el merengue era la música más alegre del mundo.

Luego de esta visita escribió un informe detallado a su Jefe sobre sus relaciones con Miss Guatemala, que incluía una descripción entusiasta de sus encantos físicos. Al mismo tiempo le decía: «Pero no sólo es ésa la atracción de su figura; pese a ser tan joven, tiene una clara inteligencia y mucha curiosidad e intuición por la política». En su respuesta, el Generalísimo Trujillo le dijo que aquella relación era muy oportuna y debía ser mantenida. Pero que, ahora, necesitaba entrar en contacto con el hombre de la CIA en Guatemala. Era un gringo que se hacía llamar Mike y estaba asociado de alguna manera a la embajada yanqui. Que lo buscara allá o le dejara saber su nombre y su dirección.

Abbes García seguía viviendo en La Mansión de San Francisco, el mismo hotelito mediocre al que llegó. Comía y cenaba en la calle y en las noches, si no tenía otro compromiso, se iba a algún burdel con Gacel y Bonachea León. Una vida rutinaria, en apariencia, pero, en el fondo, todas sus energías y actividades no tenían otra meta que aquello que le había encargado Trujillo.

Cuando Abbes García se preguntaba cómo haría para contactar al gringo que probablemente no se llamaba Mike, recibió (no a través de la embajada dominicana sino del hotelito en que vivía y cuya dirección sólo conocía Gacel) una invitación a almorzar en el Hotel Panamerican para dos días después, de un señor cuya tarjeta decía: «Mike Laporta. Especialista en climas, biogeografía y medio ambiente. Embajada de los Estados Unidos, Guatemala». ¿Cómo diablos se había enterado de su dirección? Una prueba, sin duda, de que la CIA funcionaba como era debido.

Mike Laporta no podía ser más gringo en su apariencia, pese a que hablaba muy bien el español, con un ligero deje mexicano. Debía de andar entre los cuarenta y los cincuenta años y era rubio, algo calvito, grueso, fornido, de vellos pelirrojos en los brazos y en el pecho. Llevaba unos anteojos para una miopía que llenaba su mirada de vaguedad. Era natural, simpático, y parecía saberlo todo sobre Guatemala y, en general, Centroamérica. Pero no se jactaba de ello y adoptaba más bien un airecillo tímido y discreto. Abbes García le preguntó cuántos años llevaba por esta tierra y él se limitó a decir, a la vez que hacía un amplio movimiento con un brazo: «Bastantes».

Bebieron cerveza helada mientras almorzaban y, luego del postre y el café, brindaron con una copita de ron añejo.

Mike confirmó lo que Abbes García conocía a grandes líneas, pero le dio muchos detalles novedosos sobre las diversas facciones en que estaba dividido el Ejército, en el que, en efecto, había varias conspiraciones en marcha. Sin embargo, lo sorprendió diciéndole que quien probablemente tenía más chance, entre los presuntos sucesores de Castillo Armas, era el general Miguel Ydígoras Fuentes. Vivía ahora en el extranjero, se decía que impedido de volver por instrucciones de Castillo Armas, que le temía. Pese a estar retirado, conservaba muchos partidarios entre oficiales y soldados, y el pueblo guatemalteco le reconocía la impetuosidad, su energía y la firmeza de su carácter. Por eso, Castillo Armas no lo dejaba volver al país.

—Es decir, tiene todo lo que le falta a este Presidente —concluyó Mike—. El Generalísimo Trujillo estará contento, me imagino.

—En efecto, tiene muy buena impresión del general Ydígoras Fuentes, son amigos —asintió Abbes García—. Pero, en todo caso, lo que le interesa a Trujillo es lo que convenga más a los guatemaltecos.

—Por supuesto —dijo Mike, con una risita algo burlona—. Y me consta que el general Ydígoras tiene también mucha admiración por Trujillo. Lo considera su modelo.

Estuvieron conversando de varias cosas, y el dominicano confesándole al gringo que, pese a llevar ya varios meses en Guatemala, todavía no había podido conseguir una entrevista a solas con el Presidente Castillo Armas, cuando Mike, de pronto, como recordando algo, dijo a Abbes García que quería pedirle un gran favor. ¿Cuál? Que le presentara a Martita, Miss Guatemala, la querida del Presidente.

—Sí, claro, con mucho gusto —dijo el dominicano—. Qué raro que usted no la haya conocido todavía.

—No es nada fácil —le explicó Mike—. El Presidente es muy celoso y no la deja salir sola. Siempre con él, a recepciones y cenas, lo que, al parecer, ocurre muy rara vez. O, como dicen acá, a la muerte de un obispo.

—O sea, que el verdadero poder lo tiene ella —dijo Abbes—. No doña Odilia Palomo.

—Desde luego —afirmó Mike. Pero añadió de inmediato—: Es por lo menos lo que dice la gente.

—Se la presentaré con mucho gusto —dijo Abbes—. Podemos ir a visitarla una de estas tardes. Es muy bella, ya lo verá.

—Ojalá nos reciba —musitó Mike—. Hasta ahora, todos mis intentos han fracasado.

Los recibió, en efecto, en su casa, y les ofreció una taza de té con dulces hechos por las monjas clarisas. Martita se sorprendió un poco al leer la tarjeta de Mike, y éste dio una explicación de su profesión y sus funciones en la embajada: asesoraba al Servicio de Meteorología Nacional sobre los últimos avances para pronosticar el tiempo y también en la política más adecuada para proteger a las ciudades contra los movimientos sísmicos, tan frecuentes en esta tierra volcánica.

Al despedirse, Mike preguntó a Miss Guatemala si él podía también volver a visitarla.

—Muy de cuando en cuando —repuso ella, con franqueza—. Carlos es muy celoso y hecho a la antigua. No le gusta que reciba a hombres, ni siquiera acompañados por sus mujeres, cuando él no está.

Ellos se rieron y ella añadió con aquella sonrisa llena de coquetería:

—Si vienen juntos a visitarme, sería mejor.

Así lo hicieron. Cada dos o tres semanas Johnny Abbes García y el hombre que no se llamaba Mike ni era probablemente meteorólogo venían a la casa de la amante del Presidente, con ramos de flores y cajas de chocolates, a tomar el té con los pastelitos de las clarisas. Las conversaciones, anodinas al principio, se fueron volviendo poco a poco más políticas.

Abbes García advirtió que Mike, como quien no quiere la cosa, en cada visita y de manera un tanto sutil iba sacando informaciones de la bella joven. ¿Se daba ella cuenta? Pues sí que se daba. Abbes García lo descubrió una tarde, en el momento en que Mike los dejó solos un instante mientras iba al baño. Bajando mucho la voz y señalando al que se alejaba, Marta le dijo:

—Este gringo es de la CIA, ¿no es cierto?

—No se lo he preguntado —dijo Abbes—. En todo caso, si lo fuera nunca lo reconocerá.

—Trata de sonsacarme cosas, como si yo fuera idiota y no me diera cuenta —dijo Martita.

Al salir de la casa de Miss Guatemala, Abbes García pensó que debía prevenir a Mike y le comentó aquello que le había dicho Marta. El gringo asintió.

—Claro que se ha dado cuenta para quién trabajo —dijo, con otra risita—. Y me ha pedido dinero por las informaciones que me da. Ella y yo hemos hecho un pacto. Pero tal vez sería bueno que por el momento tú y yo no hablemos de esos asuntos delicados.

—Entendido —dijo Abbes García. Y se hizo la señal de la cruz sobre la boca.

Fueron a ver una película de cowboys al Cine Variedades, que al gringo le encantaban. Era lenta, con la bella Ava Gardner, y repleta de tiroteos. Al salir fueron a cenar a un pequeño restaurante italiano. Tomaron una copa de ron, y mientras lo hacían Abbes García cometió la imprudencia de proponerle a Mike terminar la noche en un burdel.

La cara de Mike se volvió color púrpura. Lo miró con severidad.

—Yo no voy nunca a esos lugares, lo siento —afirmó, con disgusto, haciendo muecas—. Yo soy fiel a mi esposa y a mi religión.

# XVI

—Tengo que llamar por teléfono —dijo el dominicano—. Vamos primero al Hotel Panamerican.

Estaba muy cerca y Ricardo Bonachea León dio una pequeña vuelta por las solitarias calles del centro antes de detener el auto frente al bar del principal hotel de la ciudad de Guatemala. Todo estaba muy tranquilo en las calles y el dominicano imaginó el gran estrépito que estallaría apenas se destapara la noticia, los telefonazos, la comidilla, las patrullas militares que saldrían a las calles, haciendo detenciones por doquier. La oficina de Enrique en el Palacio de Gobierno sería el centro de toda esa febril agitación. Ojalá le funcionaran las cosas como quería; sentía verdadero aprecio por el guatemalteco, aunque algo secreto le decía que era muy difícil que llegara a Presidente.

El interior del bar estaba casi vacío, con sólo dos mesas ocupadas y un hombre sentado en la barra, fumando y tomándose una cerveza. En la radio sonaba una marimba. El dominicano indicó al barman que le diera una ficha telefónica y le sirviera una copa de ron. Se encerró en la cabina y llamó. Estaba ocupado. Cortó, esperó y llamó de nuevo. Seguía ocupado. Llamó otras dos veces y siempre ocupado. Ahora no sólo le sudaban las manos, también la frente y el cuello, y sentía en la espalda que el sudor le había humedecido la camisa. Volvió a llamar por quinta vez, pensando «Sólo falta que esté descompuesto su teléfono». Pero ahora, al segundo timbrazo, escuchó la voz de Mike.

—Está hecho —le dijo, tratando de hablar con naturalidad, sin conseguirlo—. Te ruego que llames a Marta cuanto antes. Tiene que tomar el auto de inmediato. Ya debe estar Gacel en la puerta de su casa.

Hubo un largo silencio.

—¿Todo pasó bien? —preguntó al fin Mike.

—Sí, muy bien. Haz esa llamada de una vez.

—¿Seguro que le han retirado las escoltas?

—Seguro —se impacientó el dominicano—. Dentro de tres cuartos de hora Enrique dará la orden de arrestarla. Así que tiene que partir ahora mismo, si no quiere terminar presa. Díselo.

—Hablé con ella por teléfono esta tarde y la tengo preparada —dijo Mike—. No te preocupes. Buena suerte.

El dominicano salió de la cabina y se detuvo en la barra para tomarse de un trago la copa de ron. El barman lo miraba, como dudando entre decirle algo y callarse. Pero al fin se animó:

—Perdone, señor —dijo. Y bajó mucho la voz, señalándole la bragueta—: Tiene usted mojado el pantalón.

—Ah, sí, ya veo —balbuceó él, desconcertado, mirando la mancha—. Gracias.

Pagó y salió a la calle.

—Listo, Ricardito —dijo, entrando al auto que lo esperaba estacionado en la puerta del Hotel Panamerican—. Aprieta el fierro a fondo y no pares hasta San Salvador.

# XVII

Miss Guatemala se retorció deliciosamente bajo las sábanas de hilo de su gran cama colonial y con sólo un ojo observó a través de la gasa blanca del mosquitero el reloj del velador: las siete de la mañana. Por lo general se despertaba a las seis, pero anoche Carlos había irrumpido tardísimo en la alcoba, después de una jornada de intenso trabajo, y la despertó, sobreexcitado, para hacerle el amor. Luego habían retozado un buen rato, acariciándose, mientras ella lo escuchaba quejarse y protestar con palabrotas («Esos hijos de perra pulguienta, fijate vos») de las intrigas y emboscadas que creía descubrir a cada momento entre los que suponía sus más íntimos y leales colaboradores. Ahora, hasta tenía sospechas del teniente coronel Enrique Trinidad Oliva (el Jayán), su director general de Seguridad.

Martita volvió a revolverse en la cama, sumida en una modorra deliciosa. No había vuelto a ponerse el camisón y estaba desnuda; el roce de las sábanas de hilo le dejaba en el cuerpo una sensación fresca y súbitas ráfagas de electricidad. ¿Cómo haría el amor esa blandura con hinchazones que era el agregado militar dominicano? Nunca había visto un ser humano tan poco apuesto como Johnny Abbes García, pero, aun así, o tal vez por eso, el personaje la tenía intrigada; desde que lo había conocido pensaba en él con frecuencia. ¿Por qué? ¿Qué había en ese dominicano que mereciera la curiosidad que despertaba en ella? ¿Su fealdad física? «¿No serás una pervertida?», se preguntó. «Tiene mala fama, por lo que he oído», le había dicho Carlos el día que consiguió que le diera esta audiencia. «Está haciendo negocios medio turbios con Trinidad Oliva. El Jayán me pidió permiso para abrir un casino, con el cuento de incrementar el turismo. Yo se lo negué, y ahora resulta que de todas maneras lo abrió él mismo, con el agregado militar dominicano como socio, valiéndose de un testaferro de muy mala fama, Ahmed Kurony, un turco contrabandista. Vaya cabritos. No se saldrán con la suya, te aseguro.»

¿Negocios turbios con casinos? ¿Socio y compinche de Trinidad Oliva, el jefe de la Seguridad de Carlos? ¿Qué podía significar todo eso? Abbes García era un tipo misterioso, acariciaba un plan oculto, algo feo guiaba sus pasos, iniciativas, actos: Martita estaba segura al menos de eso. ¿Pero, qué quería exactamente? ¿De qué índole eran aquellas intenciones oscuras? ¿Políticas, económicas? ¿Sería él también de la CIA, como Mike? ¿Había logrado acercársele y hacerse amigo de ella sólo para que le consiguiera la cita con el Presidente que tendría esta misma mañana? No, no podía ser sólo por eso. Tal vez la explicación de todas esas visitas que le hacía y de los regalitos —flores, perfumes, objetos folclóricos— que le traía en las últimas semanas significaba simplemente que ella le gustaba, que soñaba con hacerle el amor. ¿No les pasaba a muchos de los que mariposeaban a su alrededor? ¡Pese a los celos de Carlos! Miss Guatemala se tocó allá abajo, entre las piernas, y comprobó que estaba mojadita. ¿El recuerdo de ese horror de hombre la excitaba? Se rio un rato de sí misma, en silencio. Tenía tiempo. Abbes García vendría a las nueve y media de la mañana, pues la cita con el Presidente era a las diez; ella en persona lo llevaría al despacho de Carlos. El Palacio de Gobierno estaba apenas a diez minutos andando de la casita que Castillo Armas le había puesto desde aquella noche en que ella, en un gesto audaz dictado por la desesperación, fue a pedirle socorro y él la hizo su querida.

La verdad, el mandatario se había portado bien con ella, Marta no podía quejarse. Por lo pronto, la había divorciado de su marido. A Efrén García Ardiles no lo había vuelto a ver, sólo sabía que andaba medio escondido y deprimido, sin trabajo y desmoralizado después de haber sido abandonado y por la muerte de su madre, sin ejercer la medicina, cuidándose de que el gobierno no lo metiera otra vez en la cárcel. Símula le contó que Efrén daba ahora clases en un colegio y que se había encariñado con Trencito, el niño que llevaba su nombre. El hijo de ambos. A Martita no le gustaba recordar a esa criatura que había abandonado. Poco a poco había ido apartándola de su mente; y cuando, pese a todo, se le metía en la conciencia, no pensaba en él como hijo suyo, sólo como en el hijo de su ex marido. Sonrió, recordando la cara de sorpresa del ministro de Justicia cuando recibió la orden del Presidente de «divorciar a esta señora en el término de la distancia», liberarla de ese matrimonio abusivo que había infligido a Marta su padre, el orgulloso Arturo Borrero Lamas, otro que se había amustiado y desvanecido de la vida pública. Así lo había hecho el ministro sin que ella tuviera que movilizarse, ni ver a jueces, ni notarios, ni abogados. En menos de una semana el juez había disuelto el vínculo, regresándola a la soltería. Así de rápido. ¿Le había dado Carlos aquellas órdenes porque pensaba casarse con ella? Martita estaba segura de que sí, siempre que consiguiera divorciarse de su mujer. Pero no sería fácil. Odilia Palomo de Castillo Armas posaba de muy católica y tenía el apoyo del arzobispo y los curas, que ahora lo controlaban todo. La tal Odilia era una fierecilla. Defendía con uñas y dientes los que creía sus derechos. Martita se rio con la cara pegada contra la almohada de plumas. Había una guerra civil por aquello en Guatemala entre los partidarios de la esposa, Odilia Palomo, y los partidarios de Martita Borrero, la amante. ¿Quién ganaría? Ahora sí que Miss Guatemala se puso seria: claro que ella. Se miró las uñas: le hubiera gustado clavárselas en la garganta a su rival. Estaba ya despierta del todo y era hora de levantarse. Llamó a Símula —se la había traído a trabajar con ella y su padre no había puesto obstáculo para dejarla partir— y le pidió el desayuno y que le preparara su baño caliente con espuma.

Media hora después, ya desayunada, bañada y vestida, examinó los periódicos del día. Siempre le había interesado la política, ¿no había sido eso lo que la acercó a su ex marido cuando era todavía una niña?, pero, desde que estaba con Castillo Armas, mucho más. Todos llevaban en la primera página la proclama nacional de la revolución libertadora: «Dios, Patria y Libertad». La política había pasado a ser ahora el centro mismo de su vida. Era muy consciente que de ella dependía su estatus económico y social. Gracias a la política había alcanzado el poder de que gozaba. Y la política decidiría si aquello duraba o se desvanecía como un espejismo. Ahora le bastaba con llamar por teléfono a un ministro o a un coronel para que sus recomendaciones fueran aceptadas de inmediato. Tanto que —la nube de los adulones se lo había venido a chismear— ya se decía por allí, y no sólo por boca de los comunistas y los liberacionistas, que Castillo Armas era nada más que un mamarracho enamorado y que el verdadero poder detrás del trono era su amante. Que Miss Guatemala tomaba todas las decisiones importantes por el poder que había alcanzado gracias a las porquerías y perversiones que le hacía al coronelito por las noches en la cama. Ella lo tenía dominado, con su sensualidad y sus malas artes de brujería. En el fondo de su corazón, le gustaban esos rumores y murmuraciones, aunque no fuera verdad aquello de la mujer resabida y fatal.

¿Y si fuera cierto que tenía tanto poder sobre Carlos? Si no, tal vez el agregado militar de la República Dominicana, Abbes García, no se hubiera valido de ella para obtener esa cita con el Presidente. Hubiera utilizado al Jayán, al teniente coronel Enrique Trinidad Oliva, el encargado de la Seguridad. ¿No era su amigo? Carlos decía que eran cómplices y que ese casino que tenían juntos les hacía ganar mucho dinero. Sin embargo, para esta cita no se había servido de él, sino de ella. Si era cierto que tenía tanto poder, debía valerse de eso para asegurarse su futuro. Era un tema que la angustiaba, pese a lo mucho que confiaba en sí misma. No tenía el futuro asegurado, esa seguridad sólo la daba el dinero y ella no lo tenía, por más que Carlos fuera generoso y la hiciera vivir bien. Pero si la relación con Castillo Armas se terminaba, se quedaría sólo con su ridícula cuentecita de ahorros en el banco. Y los modestos sobrecitos de Mike tampoco la sacarían de pobre.

A la hora precisa, las nueve y media, Símula vino a decirle que el agregado militar de la embajada dominicana estaba en la puerta. Lo hizo pasar.

—Qué puntualidad —lo saludó, tendiéndole una mano con la coquetería de costumbre.

Abbes García se había quitado el quepis, su cabeza alargada brillaba con la gomina y se inclinó a besarle la mano, algo que a ella le chocaba pues nadie besaba la mano de las señoras en Guatemala.

—No se hace esperar a una dama —le sonrió el teniente coronel—. Y menos todavía a un Presidente de la República. No sabe cuánto le agradezco que me haya conseguido esa cita, doña Marta.

—Soy muy joven para que me diga doña —le sonrió ella, pestañeando—. Puede llamarme Marta nomás, ya se lo he dicho.

El teniente coronel había contratado una limousine con chofer uniformado para que los llevara al Palacio de Gobierno, pese a estar tan cerca que el trayecto podía hacerse caminando. Martita indicó a los dos guardaespaldas que la cuidaban que la esperaran a las puertas de Palacio. Cuando llegaron allá, Martita vio que habían reemplazado por una pancarta más grande la que había antes; ésta decía también «Dios, Patria y Libertad», como los innumerables carteles que desde el triunfo de la revolución liberacionista aparecían por toda la ciudad. El teniente coronel recordó que esa divisa del Movimiento de Liberación Nacional de Castillo Armas era también la que había adoptado la República Dominicana cuando, bajo el liderazgo de Juan Pablo Duarte, luchaba por emanciparse de la ocupación haitiana.

El retén de guardia, al reconocerla, los hizo pasar de inmediato, sin someterlos al registro habitual. En el interior, el edecán, un joven teniente, los saludó haciendo chocar los tacos y llevándose la mano a la gorra de plato. Los guio hasta el despacho presidencial. Él mismo les abrió la puerta.

Castillo Armas se levantó de su escritorio apenas los vio entrar.

—Bueno —dijo Martita—. Aquí los dejo, para que puedan conversar.

—No, no te vayás, quedate nomás —atajó el Presidente a Miss Guatemala—. Entre vos y yo no tenemos secretos, ¿verdad?

Se volvió a dar la mano a Abbes García:

—Mucho gusto, teniente coronel. Hasta ahora no hemos podido vernos. Ya se imaginará usted lo atareado que me tiene siempre este despacho.

—Le traigo un saludo muy afectuoso del Generalísimo Trujillo, Excelencia —dijo Abbes García extendiendo su mano carnosa y blanda y haciendo una reverencia cortesana al mandatario guatemalteco.

Éste guio a los dos visitantes hasta unos sillones de terciopelo rojo que ocupaban toda una esquina de su despacho. Había entrado un mozo de chaqueta blanca y Castillo Armas les ofreció café, refrescos, agua con hielo.

—Cómo está Su Excelencia, el Generalísimo —preguntó Castillo Armas—. Yo le tengo mucha admiración, como usted sabrá. Trujillo es el maestro y el ejemplo de todos nosotros en América Latina. No sólo porque ha sabido derrotar tantas conspiraciones comunistas para derrocarlo. Más que todo, porque él ha puesto orden y desarrollado de manera tan notable la República Dominicana.

—La admiración es recíproca, Excelencia —dijo Abbes García, haciendo otra reverencia—. El Generalísimo aprecia mucho su cruzada libertadora. Usted salvó a Guatemala de convertirse en una colonia soviética.

Martita comenzaba a aburrirse con las galanterías que intercambiaban los dos oficiales. «Parecen japoneses», pensó. ¿Para esto le había insistido tanto Abbes García en que le consiguiera esta cita? ¿Para cambiar cumplidos con Carlos?

Como si hubiese adivinado su pensamiento, el teniente coronel dominicano se puso muy serio e, inclinándose un poco hacia el Presidente, murmuró:

—Ya sé que es usted un hombre muy ocupado, Excelencia, y no quiero hacerle perder el tiempo. Le he pedido esta cita porque tengo que transmitirle un mensaje del Generalísimo Trujillo. Como es un asunto muy grave, me pidió que fuera de viva voz y en persona.

Marta, que había estado observando un cuadro con pirámides mayas alrededor de un lago, se quedó muy quieta. Tenía toda su atención puesta en lo que iba a decir el dominicano. Castillo Armas, muy serio, adelantó algo el cuerpo hacia su invitado:

—Sí, sí, puede hablar con toda confianza. No se preocupe por Marta. Ella es como si fuera yo mismo. Se vuelve una tumba cuando hace falta.

Abbes García asintió. Cuando comenzó a hablar había bajado tanto la voz que parecía estar cuchicheando. En sus ojos había mucha zozobra y se le había hinchado una venita que le partía en dos la frente:

—El Servicio de Inteligencia del Generalísimo ha detectado una conspiración para matarlo, Excelencia. Se viene cuajando hace algún tiempo, con instrucciones y dinero de Moscú.

Martita vio que la cara de Castillo Armas no se inmutaba, ni siquiera palidecía.

—¿Otra más? —murmuró, esbozando una sonrisa—. Todos los días el Jayán, quiero decir el teniente coronel Trinidad Oliva, que es su amigo, ¿no?, del Servicio de Inteligencia, me detecta alguna.

—Una conspiración internacional —continuó Abbes García, como si no lo hubiera oído—. Dirigen la operación, como es natural, los ex presidentes Arévalo y Árbenz. Pero el diseño del complot y probablemente los ejecutantes han sido elegidos por los mismos rusos. Cuentan con el apoyo del comunismo internacional. Y con el oro de Moscú.

Hubo una pausa en la que Castillo Armas sorbió, despacio, un traguito de agua.

—¿Hay pruebas de eso? —preguntó.

—Por supuesto, Excelencia. Trujillo jamás le enviaría una información así si no estuviera verificada hasta la saciedad. Nuestro Servicio de Inteligencia sigue día a día todos los pasos de esa conjura, como es lógico.

—Sé de sobra que quieren matarme, y desde hace tiempo —se encogió de hombros Castillo Armas—. Les quitamos el poder y eso los rojos no lo perdonan fácilmente. Sólo que todavía está por verse quién acabará con quién.

—Precisamente —lo interrumpió Abbes García, alzando las manos—. El Generalísimo le manda decir, también, algo más. Que él tiene los medios para poner fin de inmediato a este asunto.

—¿Se puede saber cómo? —preguntó el mandatario guatemalteco, sorprendido.

—Cortando el problema de raíz —dijo Abbes García. Hizo una pequeña pausa y añadió, mirando fijamente al Presidente—: Liquidando a Arévalo y Árbenz antes de que ellos lo liquiden a usted.

Ahora sí, el corazón de Miss Guatemala dio un vuelco y ella creyó que se le había parado. Sus manos habían empezado a sudar. No tanto por lo que el teniente coronel Abbes García había dicho, sino por la manera glacial y cortante como había hablado, la mirada fija y viciosa de sus ojos saltados fijos en el mandatario guatemalteco.

—Trujillo comprende que para usted sea muy difícil tomar una medida tan radical —el dominicano había comenzado a mover la mano derecha en círculos, remachando sus palabras—. Allá, en Ciudad Trujillo, todo está preparado para este tipo de operaciones. Usted no tendrá que intervenir para nada, Excelencia. No volveríamos a hablar de este asunto. Ni siquiera estará informado de los preparativos y la ejecución del plan. Si es necesario, no me volverá a ver luego de este día. Sólo tiene que darnos su visto bueno y olvidarse.

Un largo silencio se apoderó del despacho cuando Abbes García calló. Marta sentía que el corazón le latía cada vez más rápido. En el escritorio de Castillo Armas, lleno de papeles, había un pequeño cartel enmarcado en vidrio con el emblema inicial de la revolución liberacionista —Dios, Patria y Familia— que, se decía, había inventado el propio arzobispo Mariano Rossell y Arellano, con los colores de la bandera guatemalteca. Luego, alguien había cambiado «Familia» por «Libertad». Martita estaba ahora tan atenta que creía oír la respiración de los tres. El Presidente tenía la cabeza baja, reflexionando. Por fin, después de unos segundos que parecieron siglos, lo vio sonreír un instante antes de murmurar:

—Agradézcale mucho a Su Excelencia este ofrecimiento, teniente coronel —hablaba como si estuviera contando las sílabas de las palabras—. Él es un hombre generoso, lo sé muy bien. Su ayuda fue decisiva para la cruzada que tuve el honor de liderar.

—No tiene usted que darme una respuesta de inmediato —adelantó otra vez el cuerpo Abbes García—. Si quiere darle vueltas, reflexionar, no hay ningún problema, Excelencia.

—No, no, prefiero darle una respuesta ahora mismo —dijo el mandatario de una manera cortante—. Mi respuesta es no. Es mejor que ese par estén vivos antes que muertos. Tengo mis razones, y alguna vez se las explicaré.

Pareció que iba a añadir algo, pero volvió a cerrar los labios que había entreabierto. No dijo una palabra más. Su mirada se había extraviado en algún punto del espacio.

—Perfectamente, Excelencia —dijo Abbes García—. Haré saber de inmediato al Generalísimo su respuesta. Y, de más está decírselo, le haré llegar todos los informes sobre ese plan de Arévalo y Árbenz, coordinado por Moscú.

—Se lo agradezco. No se olvide de encarecerle mi gratitud a Trujillo por su ofrecimiento —añadió Castillo Armas, poniéndose de pie de una manera que daba por terminada la audiencia—. Sé que él es un buen amigo en el que puedo confiar. Le deseo una buena estancia en mi país.

Abbes García y Miss Guatemala se habían puesto también de pie. Castillo Armas le dio la mano al visitante.

—Le deseo una buena gestión en Guatemala —repitió. Y, volviéndose a Marta, añadió menos formal—: Trataré de ir a almorzar a la casa. Pero no me esperes. Ya sabes que no soy dueño de mi tiempo.

Ella y el teniente coronel salieron en silencio del Palacio de Gobierno. Ya en la calle, antes de subir al auto, Abbes García le susurró:

—No sé si ha sido bueno que usted oyera esta conversación, señora. Pero no tenía más remedio, tal vez iba a ser la única ocasión de comunicarle de viva voz este mensaje del Generalísimo Trujillo al Presidente.

—No he oído nada y tampoco me acuerdo de nada —dijo ella, muy seria—. No se preocupe por eso.

Estuvieron callados mientras el auto volvía a la casa de Miss Guatemala. El teniente coronel se bajó primero para abrirle la puerta. Martita notó al despedirse que Abbes García tenía la mano caliente y húmeda, que se la retenía más tiempo del prudente y que la miraba fijamente de una manera atrevida, casi obscena. Sintió un escalofrío.

# XVIII

El teniente coronel Enrique Trinidad Oliva entró a su despacho como una tromba y, desde la puerta, exclamó:

—¡Un atentado contra el Presidente! Se activan de inmediato las medidas de excepción. ¡Cierre de fronteras! ¡Patrullas en todos los puntos estratégicos! ¡Orden de inamovilidad en los cuarteles! ¡No hay excepciones!

Vio que el desconcierto paralizaba un momento a la docena de hombres, civiles y militares, que lo miraban sin atinar a hacer nada —algunos se habían puesto de pie—, asombrados, asustados, desde sus escritorios. Un instante después, todos habían cogido los teléfonos y comenzaban a transmitir las órdenes al resto del país.

—Parece que ha sido un soldadito de la escolta —explicó el teniente coronel—. Necesito hablar de inmediato con el jefe de la Guardia Presidencial.

—Sí, señor, ahora mismo —se apresuró a marcar el teléfono y a pasárselo uno de sus secretarios, un hombre de civil, bastante joven y de anteojos, que llevaba un lápiz en la oreja.

—Soy el teniente coronel Enrique Trinidad Oliva, director de Seguridad —dijo éste apenas le pasaron el teléfono, en voz muy alta, de modo que lo oyera toda la oficina—. ¿Con quién hablo?

—Mayor Adalberto Brito García —respondió la voz en el teléfono—. Se confirma la noticia, señor. Un soldadito de la Guardia sería el autor. Parece haberse suicidado. Según el médico legista, que llegó hace un momento, el Presidente recibió dos balazos en el cuerpo y uno de ellos mortal.

—¿Hay algún sospechoso detenido? —preguntó el teniente coronel.

—Todavía no, señor. Estamos revisando el Palacio, cuarto por cuarto. He ordenado que no se permita salir a nadie, hasta nuevo aviso. El nombre del soldado muerto es Romeo Vásquez Sánchez. Se suicidó inmediatamente después de cometer el crimen, parece. Casi todos los ministros están acá. Acaba de llegar también el presidente del Congreso, el señor Estrada de la Hoz.

—Iré para allá luego de tomar algunas medidas de urgencia —dijo Trinidad Oliva—. Infórmeme cualquier novedad. Ah, espere, ¿cómo está la señora Odilia?

—El médico le ha dado unos tranquilizantes. Tiene todo su vestido manchado de sangre. Descuide, le iré informando.

Enrique Trinidad Oliva se dirigió a su segundo, el comandante Ernesto Eléspuru, quien, al verlo venir, se puso de pie. Estaba muy pálido y le habló en voz baja:

—¿Un atentado de los comunistas? En fin, me imagino.

—Si no de ellos, de quién va a ser —dijo su jefe—. En todo caso, hay que empezar las detenciones de sospechosos de inmediato. Tú te encargas. Aquí tienes una lista. Que no se escape ninguno. Tú me respondes, vos.

—Sí, no te preocupes, ahora mismo doy las órdenes.

El teniente coronel Trinidad Oliva, que ya se iba, dio media vuelta y regresó:

—Que detengan también a Marta Borrero, la querida del Presidente —ordenó a su segundo—. En el acto.

El comandante Eléspuru se lo quedó mirando, asombrado.

# XIX

Para Martita el 26 de julio de 1957 no comenzó mal, sino muy mal. Había dormido poco, con pesadillas, y lo primero que vio cuando abrió los ojos al amanecer fue un gato negro en el alféizar de la ventana, mirándola con unos ojos verdes diabólicos. Se estremeció de pies a cabeza, pero de inmediato reaccionó. Apartando el mosquitero, cogió una de las zapatillas y se la arrojó al gato furiosa; el animal salió corriendo al sentir el golpe contra el vidrio de la ventana.

Enfurruñada, con el cuerpo cortado por las pesadillas y la mala noche, se levantó y fue al baño, apoyándose en el velador. Sintió que su mano resbalaba sobre el pequeño espejo que tenía allí y éste cayó sobre la loseta, estallando en mil pedazos. Ahora sí se despertó del todo. «Un gato negro, un espejo roto», pensó, con un escalofrío. Un día marcado por la mala suerte. Un día para no salir de la casa porque cualquier cosa mala podría ocurrirle, desde un terremoto hasta una revolución, pasando por toda clase de catástrofes: los diablos andaban sueltos y podían hacer lo que querían.

Se puso la bata y pidió a Símula que le preparara el desayuno y el baño de agua tibia. Mientras tomaba el jugo de frutas y la taza de té con una tortilla y un poco de fríjoles, hojeaba los periódicos del día. En eso sonó el teléfono. Margarita Levalle, esposa del ministro de Justicia, que se había hecho muy amiga suya, la llamaba para preguntarle si podían ir juntas a la fiesta que daba esa noche el ministro de Defensa, coronel Juan Francisco Oliva, para festejar su cumpleaños.

—Carlos no me ha dicho nada de esa fiesta —le respondió Marta—. Siempre se olvida de estas cosas. ¿O será que la invitada oficial es Odilia?

—No, no —le aseguró Margarita—. Acabo de hablar con Olinda, tú sabes que ella es partidaria tuya y me dijo que la invitada eres tú, no esa mujer.

—Si es así, encantada, vayamos juntas —dijo Miss Guatemala—. Carlos seguramente vendrá a almorzar. No sé si querrá que salgamos de aquí o irá él desde el Palacio de Gobierno. En todo caso, podemos ir juntas, por supuesto.

La guerra entre Martita y Odilia Palomo, la esposa del coronel Castillo Armas, había tomado unas proporciones que ya inquietaban a Miss Guatemala. Ahora, también las esposas de los ministros intervenían en ella; Margarita, la mujer del ministro de Justicia, era resuelta partidaria suya, y, por lo visto, la del ministro de Defensa (¿se llamaba Olinda? Marta sólo recordaba de ella su enorme trasero bamboleante) también era de su bando. Aunque en el fondo esta guerrilla satisfacía su vanidad, todo aquello comenzaba a parecerle peligroso. Hasta Mike, el gringo raro que no se llamaba Mike, le había dicho: «Esa guerrita entre usted y la señora Odilia Palomo se está poniendo muy fea. Me parece que no conviene a nadie. ¿A usted no?».

Martita se rio recordando al gringo. ¿Se llamaba Mike? «Digamos que se llama Mike», se había sonreído Abbes García el día que se lo presentó. Y añadió, sin más explicaciones: «Es un nombre falso, por supuesto». Todo era misterioso en él; pero, la verdad, ella ya no tenía la menor duda de que fuera de la CIA. Nunca le preguntaba sobre grandes secretos (que ella no hubiera podido en ningún caso revelárselos), sólo sobre chismografías, frivolidades, tonterías. Un día ella le había bromeado que sólo seguiría dándole tantas informaciones si luego le pasaba una factura. Ante su gran sorpresa, la próxima vez que

172

se vieron Mike le alcanzó un sobrecito, explicándole que, ya que le quitaba tanto tiempo, era justo que la recompensara. «Yo nunca he sabido hacer regalos a las mujeres», añadió, «ni siquiera a la mía. Prefiero que ellas mismas se los compren». Estuvo dudando entre echarlo de su casa o aceptar ese regalo, que fue lo que finalmente hizo. Era un juego peligroso, lo sabía, pero a ella le gustaba el peligro y, después de todo, estos sobrecitos le permitían tener algo de dinero propio. ¿No era raro? Rarísimo, claro que sí. La verdad, su vida se había vuelto muy extraña últimamente, en gran parte por culpa del teniente coronel dominicano y ese gringo que no se llamaba Mike.

Al mediodía Carlos vino a almorzar, presa de un humor insoportable. Cuando ella le contó que había llamado Margarita para preguntar si podían ir juntas a la fiesta de la noche, él se limitó a decir «¿Qué fiesta es ésa?» y siguió hablando pestes del Jayán: no hacía nada, no sabía nada, era un zángano y, lo peor, le ocultaba cosas; sería potencialmente un traidor, igual que tantos otros. En vez de hacerlo feliz, a Marta le parecía que a Carlos la Presidencia de Guatemala le había amargado la vida. Siempre andaba irritado, angustiado y sospechando intrigas y conspiraciones de todos quienes lo rodeaban.

Minutos después, mientras almorzaba un picadillo de carne con arroz, se volvió hacia ella y le preguntó de nuevo, siempre malhumorado:

—¿Y qué fiesta es ésa?

—La da el ministro de Defensa en su casa, para celebrar su cumpleaños. Una fiesta por todo lo alto, dice Margarita. Están invitados todos los ministros y sus esposas.

—Salvo yo. ¿No te parece una grosería? —murmuró Castillo Armas, encogiendo los hombros—. Una fiesta con todos los ministros y al Presidente de la República lo excluyen. ¿Otro traidor en el gabinete? Hasta ahora yo creía que Juan Francisco Oliva era uno de los más leales. Pero puedo equivocarme, por supuesto. Además, es hermano de Trinidad y eso lo explicaría todo.

—Rarísimo, tienes razón —asintió ella—. Margarita me dijo que tampoco estaba invitada tu mujer. Por lo visto, Olinda, la esposa del ministro de Defensa, es partidaria mía.

Pero Castillo Armas ya no parecía oírla: se había quedado pensativo, con la cara fruncida.

—Cada día ocurren las cosas más inesperadas —le oyó decir—. Sí, creo que Oliva no está en el cargo que debería. Es demasiado importante para confiárselo a un inútil como el Jayán. Y menos a un posible traidor.

—¿Vas a despedir a tu director de Seguridad?

—Ya no confío en él —Carlos estaba algo pálido y, en vez de comer, revolvía en una dirección y en otra el picadillo con arroz—. Hace rato que le descubro cosas sospechosas. No me juega limpio, me tiene celos, hace babosadas. Un resentido es siempre peligroso.

—¿Se puede saber por qué desconfías de él ahora? Antes era tu amigo —dijo Marta. Pero se dio cuenta que Castillo Armas se había distraído de nuevo. No la escuchaba ni veía. Estaba carcomido por una preocupación creciente que lo absorbía día y noche. ¿Qué había descubierto? ¿Qué lo tenía en este estado? De pronto, lo vio levantarse bruscamente, antes de que le trajeran el café cargado que nunca dejaba de tomar al final del almuerzo.

—Me voy —dijo, inclinándose a besarla en la cabeza de manera maquinal. Y, de inmediato, se puso la chaqueta que había dejado tirada sobre un sillón y se alejó dando trancazos hacia la puerta de calle.

¿Qué diablos estaba pasando en Guatemala? Marta tuvo, no el presentimiento, sino la absoluta seguridad de que el gato negro y el espejo roto del amanecer habían sido el anuncio de algo grave, que podía tener efectos devastadores en su vida. ¿La partida súbita al extranjero de Abbes García era también una advertencia de que algo andaba mal? ¿Cuál era esa maldita cosa que estaba por ocurrir?

El agregado militar dominicano se había presentado dos días atrás en casa de Marta sin cita previa, a las tres de la tarde, cuando ella acababa de despertar de la corta siesta que solía hacer después del almuerzo.

—Mil perdones por caerle así, de improviso —se disculpó el teniente coronel, dándole la mano en la salita de la entrada—. Vengo a despedirme.

Estaba de civil, con corbata y saco, y llevaba un abultado maletín en la mano.

—Un encargo de mi gobierno —le explicó—. Voy a México por unos pocos días.

—¿Un viaje de trabajo, entonces?

—Sí —se apresuró a decir él, revolviendo sus ojos saltones y pasándose la lengua por los labios resecos—. Volveré en dos o tres días a lo más. ¿No se le antoja nada de México?

—Qué amable venir a despedirse —dijo Martita, moviendo y cerrando los ojazos—. Le deseo buen viaje. Y éxito en la misión que le han encargado.

Abbes García seguía de pie cuando ella le indicó que tomara asiento, pero él le respondió que tenía mucha prisa. Estaba muy serio y su cara se agravó todavía más al añadir, bajando un poco la voz:

—Ya sabe usted, Marta, el aprecio que le tengo.

—Es recíproco, teniente coronel —le sonrió ella.

Pero Abbes García no se rio. Echó una mirada alrededor como para verificar que nadie podía oírlos.

—Se lo digo porque, si en mi ausencia ocurriera algo, quisiera que sepa que siempre podrá contar conmigo. Como un amigo fiel y leal. Para cualquier cosa.

—¿Y qué podría ocurrir, teniente coronel? —se preocupó Martita.

—En estos países nuestros siempre suceden imprevistos —añadió Abbes García, con una sonrisa que parecía una mueca—. No quiero inquietarla ni muchísimo menos. Sólo decirle que durante mi ausencia, si necesitara algún tipo de ayuda, puede llamar a Mike o a Gacel. Le he apuntado los teléfonos de los dos en este papelito. No lo pierda. Los puede llamar a cualquier hora del día o de la noche. Hasta pronto, amiga.

Le entregó el papelito, le besó la mano y se fue. Marta no había dado mucha importancia a lo que creyó la mera galantería de un admirador. Pero ahora, en este día de cosas tan extrañas, la despedida del teniente coronel dominicano cobraba una significación un tanto lúgubre. ¿Qué había detrás de esa súbita partida, de esos teléfonos que le dejó? Revisó el cajón de su velador y ahí estaban ambos números. Tenía todavía el papelito en la mano cuando Símula vino a decirle que el señor Mike quería verla.

Estaba vestido como siempre, con pantalones vaqueros y camisa sport de cuadros, que llevaba remangada sobre sus brazos velludos. Hablaba un español corrido, casi perfecto. Abbes García le había dicho que era un técnico en meteorología asociado a la embajada de los Estados Unidos y que quería conocerla a ella para que le informara sobre la situación social y política de Guatemala. A Marta le seguía incomodando que Mike, cada vez que conversaban, mezclando las puras chismografías sociales con preguntas políticas, le entregara, con absoluta naturalidad, aquellos sobrecitos con dólares. Pero se justificaba pensando que, al menos, éste era un ingreso propio. Ella no tenía nada de dinero, salvo el que le daba Carlos para los gastos de la casa, y se lo daba muy justo. Pero esta vez Mike no venía a hacerle preguntas chismosas y políticas, sino a prevenirla. Lo hizo de esa manera directa y algo destemplada que era la suya.

—Vengo a alertarla, Martita —le dijo, mirándola con cierta alarma en sus ojos claros—. Como sabe de sobra, usted tiene muchos enemigos. Por su situación, quiero decir, sus relaciones con el Presidente. Y podría verse en un momento difícil, excepcional.

—¿Qué significa todo eso, Mike? —lo interrumpió Marta. No quería parecer asustada, pero lo estaba.

—Prepare una maletita con las cosas indispensables —dijo Mike, bajando algo la voz y sin quitarle la vista—. Esté lista para partir, en caso necesario. En cualquier momento. No puedo decirle más. No diga una palabra de esto a nadie. Y menos que a nadie, al coronel Castillo Armas.

—A Carlos yo no le oculto nada —reaccionó ella, desconcertada.

—Pues esto sí, guárdeselo para usted —dijo él, ahora de manera tajante—. La llamaré o vendré a buscarla si es necesario. No salga de esta casa por ningún motivo. No reciba a nadie, tampoco. Vendré yo mismo o vendrá de mi parte el señor Carlos Gacel Castro. Ya lo ha conocido, ¿no es cierto? Ese hombre que todos recuerdan por su fealdad. Esto que le digo es por su bien, Marta, créame. Tengo que irme. Hasta luego.

El gringo partió sin estrecharle la mano. Ella quedó asombrada y muda. Ni siquiera llegó a preguntarle qué significaban esas órdenes que acababa de recibir. Además, ¿cómo se atrevía a darle órdenes? ¿Se había vuelto loco este gringo? ¿Qué pasaba en Guatemala? Inmediatamente pensó que el Presidente estaba en peligro y que tenía la obligación de prevenirlo. Esto era ya demasiado serio, y, sin la menor duda, se trataba de una conspiración en marcha. De un posible golpe de Estado. ¿Cómo es que Abbes García y Mike estaban enterados? Cogió el teléfono pero, antes de llamar, vaciló. ¿Y si era ya tarde para avisarlo? Además, Carlos no estaba al tanto de las periódicas visitas de Abbes García y Mike. Querría precisiones, datos concretos, entraría en sospecha por sus eternos celos. Se vería ella misma en un lío. Estaba en un mar de dudas y la angustia le había secado la boca.

Todo el resto de la tarde estuvo llena de vacilaciones. ¿Llamaba o no llamaba a Carlos? De pronto, en un momento, sin tomar conciencia clara de lo que estaba haciendo, sin decirle nada a Símula ni decidiéndose a llamar a Carlos a Palacio, comenzó a llenar el maletín de mano con las cosas indispensables para un viaje improvisado. Metió también los sobrecitos con dólares que le daba Mike. Su cabeza era un remolino, el corazón se le salía por la boca. ¿Podía ser éste el último día de su vida? ¿Sería cierto que había gentes que la querían matar? Era eso lo que le había sugerido el gringo; sí, eso mismo. Y asoció todo aquello con la misteriosa despedida de Abbes García y su viaje a México, dos días atrás. El miedo no la abandonó un instante el resto de esa tarde, hasta el anochecer.

A eso de las cinco Símula vino a preguntarle si quería que le sirviera el té con galletas; la vio tan pálida que se extrañó. ¿Se sentía mal, niña? Ella negó con la cabeza. Pero estaba tan fuera de sí que no se atrevió a decirle nada por el temor de que Símula advirtiera su turbación y el sobresalto que tenía.

Poco después recibió una llamada de Carlos desde su despacho de Palacio.

—¿Estás segura que Margarita te dijo que había una fiesta donde el ministro de Defensa? —le preguntó.

—¿Crees que estoy loca para inventarme una cosa así? Estoy segurísima —le repuso ella—. ¿Por qué me preguntas eso?

—Acabo de hablar con él y me lo ha negado —dijo Carlos—. ¿De veras Margarita te dijo...?

—Me lo dijo tal como te lo conté —se enojó ella—. Que si podíamos ir juntas a esa cena. Y que Odilia no estaba invitada. ¿Para qué me inventaría una idiotez así?

178

—No serás tú, pero alguien se ha inventado ese cuento, por lo visto —dijo Carlos en el teléfono.

—Podría ser que su mujer, ¿se llama Olinda, no, la del enorme trasero?, le haya preparado una sorpresa por su cumpleaños y él no esté enterado —añadió Marta.

—Podría ser —dijo Carlos—. En todo caso, Juan Francisco parecía sorprendido de verdad. Si fuera así, ya le jodimos la sorpresa a Olinda.

—Esta mañana vi un gato negro nada más abrir los ojos —dijo Martita de pronto—. Y poco después, al ir al baño, rompí un espejo.

—¿Y eso qué significa? —se rio el Presidente con una risita forzada.

—Siete años de mala suerte, nada menos —dijo Martita—. Ya sé que tú no crees en esas cosas, que te parecen tonterías.

—Por supuesto que son tonterías —respondió Castillo Armas—. En fin, no te preocupes.

—Yo tampoco creo, pero, aunque no crea, tengo miedo —reconoció Marta—. ¿Vendrás esta noche?

—Querría ir, pero no, no puedo —dijo Carlos—. Trabajaré mucho, toda la tarde. Y tengo una reunión con los empresarios en Palacio. Para animarlos a invertir en el país. Te veré mañana. Hay muchos líos aquí, ya te contaré.

Cuando Martita colgó el auricular estaba temblando como si tuviera un ataque de paludismo. Los ojos se le habían llenado de lágrimas. «Tenés que calmarte», se ordenó a sí misma. «Tenés que tener la cabeza muy fría si no querés que te maten.»

Llamó a Margarita, pero no estaba en casa. ¿O se hacía negar? La llamó varias veces más y los sirvientes le daban excusas diferentes. ¿Cómo era posible que Margarita la llamara para ir juntas a la fiesta del ministro de Defensa y que Juan Francisco le dijera al Presidente que no había tal fiesta? ¿Tenía relación todo aquello con la visita de Mike y sus increíbles instrucciones? Hacer una «maletita» con las cosas más urgentes. ¿Había hecho bien ocultándole todo aquello al propio Carlos? Que vendría tal vez a buscarla ese cubano con cara de forajido llamado Carlos Gacel Castro que trabajaba con el teniente coronel Trinidad Oliva y era chofer de Abbes García. ¿Para llevarla adónde? Ahora sí, llamaría inmediatamente a Palacio y le contaría todo a Carlos. Era su obligación. Pero, apenas levantó el auricular, dudó de nuevo y no lo hizo. Mike había dicho que *sobre todo* no revelara una palabra al propio Presidente. ¿Por qué se tomaba esas libertades con ella el gringo que no se llamaba Mike? ¿Por qué le daba dinero? ¿Había hecho mal haciendo negocio con esas chismografías que le contaba?

En este estado de angustia se encontraba cuando Símula entró a su cuarto a preguntarle si le servía ya la cena. Miró su reloj: las ocho de la noche. Le dijo que sí, pero, cuando le trajeron la comida, no probó bocado. Se lavó los dientes, se puso el camisón y se metió en la cama. Le dolía el cuerpo y sentía una gran fatiga, como si hubiera caminado muchas horas. Se estaba quedando dormida cuando Símula volvió a su cuarto con los ojos asustados a decirle que la llamaba por teléfono el gringo ese. Le había dicho que la despertara, que era muy urgente. Esa brevísima conversación que tuvo con Mike no la olvidaría el resto de su vida.

—¿Qué pasa, qué pasa, Mike?

—Gacel está yendo a recogerla. Llegará dentro de tres o cuatro minutos. Espérelo en la puerta. No hay escolta, se la han quitado.

Hablaba con aparente seguridad, pero Martita intuyó que estaba haciendo un gran esfuerzo para no delatar su nerviosismo.

—¿Adónde me va a llevar? Yo no confío en ese tipo tan feo.

—Su vida depende de él ahora, Marta.

—Voy a llamar a Carlos a contarle todo esto —dijo ella.

—Ha habido un atentado contra el Presidente y no se sabe si está muerto o malherido —dijo Mike secamente—. El teniente coronel Trinidad Oliva podría dar orden de arrestarla por complicidad en el crimen, Marta. Si es así, lo más probable no la detengan, sino la maten. De usted depende si quiere salvarse o morir. Le han quitado el retén de soldados de la puerta desde esta tarde, y eso es un mal síntoma. Salga y súbase al auto de Gacel, Marta.

Y cortó. Ella no vaciló un segundo. Se vistió a la carrera. Sacó su maletín y, seguida por Símula, que se persignaba una y otra vez, cruzó la sala, sorprendida de no ver a los escoltas que día y noche estaban allí, cuidando la casa. Entreabrió la puerta de calle y, por supuesto, los soldaditos que hacían guardia también habían desaparecido, como le había dicho Mike; la caseta estaba vacía. ¿Por qué le habían quitado los escoltas? Pero había un auto negro, parqueado junto a su casa. Una de sus puertas se abrió y vio asomar la horrible cara de Gacel. Parecía también muy nervioso. Sin decirle siquiera buenas noches, cogió su pequeño maletín y se apresuró a meterlo a la maletera del coche. Luego abrió la puerta de atrás para que ella entrara.

—Rápido, señora, rápido —le oyó decir.

Cuando el auto partió, Marta advirtió que se había olvidado de despedirse de Símula. El automóvil circulaba por las calles desiertas del centro de la ciudad con los faros sin encender. Todo parecía tranquilo.

En los días y años futuros, Marta recordaría muchas veces ese auto que, con los faros apagados, recorría a una imprudente velocidad las oscuras calles del barrio de San Francisco, el más antiguo de la ciudad de Guatemala. No sabía que nunca volvería a pisar esa ciudad, ni ese país que abandonaba de manera aturdida, sin comprender gran cosa de lo que ocurría a su alrededor. No olvidaría que, acaso por primera y última vez en su vida, conoció el miedo. Un miedo pánico, un terror que le calaba los huesos, que humedecía toda su piel. Su corazón parecía un bombo y tenía la sensación de que en cualquier momento se le saldría por la boca. ¿Sería cierto que habían atentado contra Carlos? ¿Por qué no? ¿No estaba la historia de Guatemala llena de asesinatos de políticos y de presidentes? ¿Cuántos jefes de Estado habían muerto asesinados? ¿Y no era increíble que el teniente coronel Trinidad Oliva pudiera dar la orden de arrestarla? ¡Por complicidad con el crimen! ¡A ella! ¡Dios mío, Dios mío! Esto tenía que ser una intriga de Odilia, por supuesto. Ella era una cómplice del director de Seguridad, ya le habían dicho que el Jayán tenía debilidad por la mujer de Carlos. ¿O Mike estaba tratando de alejarla metiéndole miedo? Nunca había sido muy creyente, pero, ahora, rogó a Dios con un fervor inusitado que se apiadara de esta mujercita desvalida que era ella: se había quedado sola en el mundo, estaba huyendo sin saber adónde. ¿Y si ésta fuera la verdadera emboscada y el forajido que conducía el carro a esa absurda velocidad el encargado de matarla? Era posible, todo era posible. La llevaría a un descampado, le pegaría cuatro tiros y dejaría su cadáver tirado allí para que se lo comieran los perros, los buitres y las ratas.

—¿Qué es eso, qué es eso? —preguntó, aterrada.

—Una patrulla —dijo Gacel—. No se mueva ni diga nada, señora. Déjeme a mí.

Había una barrera que cortaba la calle y soldados con cascos y fusiles. Vio que un oficial con una linterna encendida se acercaba al coche; tenía también un revólver en la mano. Gacel bajó el vidrio de la ventanilla y le mostró unos papeles. El oficial los examinó a la luz de la linterna y se acercó a la ventanilla trasera y la miró

182

a ella echándole el chorro de luz en la cara. Luego, sin decir palabra, le devolvió los papeles a Gacel y dio una orden a los soldados. Éstos retiraron la barrera para que el coche pudiera pasar.

—Menos mal, menos mal —balbuceó Miss Guatemala—. ¿Qué papeles le ha mostrado?

—De la Dirección de Seguridad —dijo Gacel, con su inconfundible cantito cubano—. Aquí en la ciudad no creo que haya problema, porque el teniente coronel Trinidad Oliva manda. El peligro está en la frontera. Ruéguele a Dios que podamos pasar.

—¿En la frontera? —dijo ella—. ¿Me puede decir adónde me está llevando?

—A San Salvador —respondió escuetamente Gacel. Y repitió—: Ruéguele a Dios que podamos pasar, si cree en él.

¿A San Salvador? Ella nunca había tenido un pasaporte porque nunca había salido de Guatemala. ¿Cómo iba a entrar a San Salvador? ¿Y qué iba a hacer allá? El único dinero que tenía era el de los sobres que le alcanzaba Mike. Los llevaba en el maletín de mano, pero era muy poco, para sobrevivir apenas un tiempito. ¿Qué iba a hacer ella en San Salvador sin tener un solo papel de identidad? ¿Por qué la protegía ese gringo sin nombre? Todo se había vuelto misterio, peligro, confusión.

—Después que pasemos la frontera podrá dormir un poco, señora —dijo la voz de Gacel—. Espero que Abbes García la haya cruzado ya. Mientras, recemos para que nos dejen pasar. Aunque yo tampoco creo mucho en el más allá.

«Tengo tanto miedo que no puedo rezar», se dijo Marta. Y, sin embargo, debió de quedarse dormida casi de inmediato. Tuvo un sueño con pesadillas en que la rondaba la muerte en forma de abismos, fieras o trampas que se abrían ante ella cuando no le quedaba otra alternativa que sumergirse en ese oscuro agujero. Una pregunta volvía a su cabeza una y otra vez: ¿por qué había dicho eso Gacel? ¿Abbes García no había partido a México hacía dos días? ¿Cómo podía preguntarse si habría pasado ahora mismo la frontera a El Salvador?

—Aquí viene lo más serio, señora —oyó decir al chofer—. Quédese quieta.

Se despertó en el acto. Vio luces, una larga fila de camiones y autobuses y un puesto militar con gente uniformada y de civil. Gacel parqueó el auto y bajó con un alto de papeles en la mano. Se alejó, sin decirle una palabra, en dirección a una caseta de madera donde había una larga fila de conductores de los camiones y buses estacionados al lado de la pista. Aquella espera le pareció interminable. Era noche espesa, sin estrellas, y de pronto se puso a llover. El ruido desacompasado de las gotas en el capote del vehículo la estremecía. Por fin, reapareció Gacel acompañado de un oficial que llevaba puesto un impermeable de plástico. Tenía en la mano una linterna encendida. Gacel abrió la maletera y el oficial la inspeccionó, inclinándose y metiendo la cabeza. ¿Vendría luego a interrogarla? No, el oficial se fue sin echar siquiera una mirada al asiento del auto. Gacel volvió y arrancó el coche, dando un suspiro de alivio. Muy despacio cruzaron un puente. La lluvia arreciaba y sonaban como balazos los impactos del agua en el carro. Éste trepaba un alto cerro.

—Ahora puede dormir tranquila, señora —dijo Gacel, sin disimular su alegría—. El peligro ya pasó.

Pero Marta no volvió a pegar los ojos. La carretera estaba llena de agujeros y su cuerpo se golpeaba contra el espaldar del asiento a cada bache. Cuando entraron a esa ciudad grande, ¿cuántas horas habían pasado? No tenía la menor idea, había perdido la noción del tiempo. ¿Tres, cuatro, cinco? Seguía siendo noche cerrada.

Gacel debía conocer muy bien la ciudad de San Salvador, porque no se paró ni una sola vez a preguntar la dirección a los muy escasos transeúntes que circulaban en las calles como sombras. Comenzaban a apuntar las primeras lucecitas del amanecer en el horizonte. Había dejado de llover.

Finalmente, el auto se detuvo en la puerta de un hotel. Gacel bajó a sacar su maletín y la ayudó a salir del coche. Nada más entrar al local Marta vio al teniente coronel Abbes García, siempre en ropa de civil, sentado en uno de los sillones de la entrada. Daba la impresión de que acabara también de llegar. Al verla se levantó y fue hacia ella. La cogió del brazo y, en vez de llevarla hacia el mostrador donde había una solitaria mujer observándolos, la arrastró hacia el pasillo. Se despidió de Gacel con una palmada en el brazo y, luego de recorrer aquel pasadizo a media luz, abrió una puerta. Marta vio una cama y un ropero entreabierto, con una serie de colgadores vacíos. Había una maleta de viaje sin abrir. Sí, era evidente: Abbes García también acababa de llegar.

—¿No voy a tener un cuarto para mí sola? —preguntó.

—Claro que no —repuso Abbes García, con aquella sonrisa que deformaba en mueca la cara gordiflona—. Con una cama basta y sobra para dos personas que se quieren bien. Como nosotros.

—Necesito que alguien me explique lo que está pasando en Guatemala —dijo ella—. Lo que va a pasar.

—Estás viva, y eso es lo que importa por ahora —dijo Abbes García, cambiando de voz—. Lo que va a pasar es esto. Te voy a romper el culo y te voy a hacer chillar como una verraca, Miss Guatemala.

Ella advirtió, más todavía que las palabrotas que por primera vez le oía al dominicano, que por fin el teniente coronel se había puesto a tratarla de tú.

# XX

—¡Yo estuve preso por anticomunista en el gobierno de Árbenz! —chilló el teniente coronel Enrique Trinidad Oliva. Y levantó las manos, mostrando las esposas—. Ahora me tienen preso y así. ¿Qué monstruosidad es ésta? Le ruego que me explique.

El jefe de la Justicia Militar, coronel Pedro Castañino Gamarra, abogado asimilado al Ejército, no le hizo caso. Siguió examinando unos papeles como si estuviera solo en el despacho. Era un hombre casi calvo pero con unos grandes bigotes de charro mexicano. Vestía de uniforme y tenía unos gruesos anteojos de miope. Una luz oblicua entraba por los amplios ventanales que daban al cuartel de la Guardia de Honor y se veía un cielo encapotado. A lo lejos, en el patio, había algunos soldados en formación.

—¡Y, encima, acusado de participar en el complot del magnicidio! —gritó el teniente coronel, sintiendo que unas gotas de sudor le bajaban por la cara—. Exijo más respeto con mi cargo y mis galones. Yo estuve en las discusiones del Tratado de Paz en San Salvador. Formé parte de la Junta Transitoria. El Presidente me nombró director de Seguridad del régimen. Exijo respeto y consideración. ¿Por qué no me dejan hablar con mi hermano, el coronel Juan Francisco Oliva, que ha sido ministro de Defensa de Castillo Armas? ¿Por qué no me dejan ver a mi familia? ¿O están todos ellos presos también?

Ahora, el coronel Castañino Gamarra había levantado la cabeza, se había sacado las gafas y lo miraba sin inmutarse lo más mínimo. Sólo habló cuando el teniente coronel se calló.

—Usted no está detenido por participar en ningún complot —dijo, secamente—. No haga caso a las habladurías de la gente. Y su familia está muy tranquila, haciendo la vida de todos los días. Así que cálmese. Usted está arrestado por aprovechar el magnicidio para atribuirse funciones que no le correspondían. Por cambiar de mando a jefes militares, por deponer y poner autoridades y por mandar detener a gente honorable sin ningún fundamento. Y por declarar el estado de sitio sin consultar con sus superiores. ¿Qué bicho le picó? ¿La muerte del Presidente Castillo Armas lo trastornó?

—¡Sólo cumplí con mis obligaciones! —chilló el reo otra vez, furibundo—. Tenía que encontrar a los asesinos del Presidente. Era mi deber, ¿no lo entiende?

—Usted se extralimitó —repitió el jefe de la Justicia Militar; tenía una voz monótona, como si relatara un texto aprendido de memoria—. Se creyó el nuevo Presidente de la República y cometió toda clase de atropellos, sin justificación alguna. Por eso está aquí.

—¡Exijo que se respeten mi cargo y mis galones! —gritó una vez más el teniente coronel, mostrando de nuevo sus esposas. Estaba fuera de sí—. Esta humillación es intolerable. Absurda. ¡Ni siquiera me han permitido reunirme con mis abogados!

Estaban solos en la habitación. Castañino Gamarra había hecho que la guardia que trajo al prisionero se retirara luego de obligarlo a sentarse frente al escritorio donde se hallaba. Allá, tras las ventanas, los soldados en formación habían comenzado a desfilar. El suboficial que los guiaba se había puesto a la cabeza y marchaba con mucha convicción; movía la boca pero hasta esta sala no llegaban sus gritos.

—Cálmese un poco —dijo el coronel, por fin, de manera algo más amable—. Esto no es un interrogatorio policial. No hay actas ni taquígrafos. ¿No lo está viendo? Es una conversación privada, que no saldrá en la prensa y de la que no quedará huella. Tranquilícese.

—¿Una conversación privada? —ironizó Trinidad Oliva, mostrando una vez más las esposas.

—El Ejército quiere darle una oportunidad —el coronel había bajado un poco la voz. Miró en rededor como para asegurarse de que no había nadie más que ellos en la habitación—. Cálmese y escúcheme bien. Le advierto que esta propuesta no se repetirá, de modo que si la rechaza deberá atenerse a las consecuencias.

—¿Cuál es la propuesta?

—Presente usted su pedido de baja del Ejército, dando un pretexto cualquiera. Puede alegar fatiga, pesar por lo ocurrido al Jefe del Estado, cualquier cosa. Y acepte los cargos de extralimitación de funciones y abuso de su cargo de director de Seguridad, con nombramientos y arrestos ilícitos.

El coronel hizo una pausa, midiendo el efecto de sus palabras. Trinidad Oliva había palidecido. En los pocos días que llevaba preso había enflaquecido, tenía las facciones chupadas y la frente llena de arrugas. El sudor le empapaba las sienes y las mejillas.

—Habrá un pequeño juicio, muy discreto, evitando toda trascendencia pública. Sin ninguna publicidad, quiero decir —prosiguió el coronel, despacio. Iba escudriñando el efecto que hacían en el reo—. Cumplirá sólo un par de años de pena en una cárcel militar, donde será tratado de acuerdo a su rango. Y conservará su pensión.

—¿Cree usted que puedo aceptar semejante infamia? —chilló, enardecido una vez más el teniente coronel—. ¡Dos años de cárcel! ¿Por qué delito? ¿Por haber cumplido con las funciones de director de la Seguridad que me encomendó en persona el Presidente de la República?

El jefe de la Justicia Militar lo miraba ahora de una manera vagamente burlona. Había ironía y algo de desprecio en su voz cuando le respondió:

—Le aseguro que no le conviene nada un juicio abierto y con periodistas, teniente coronel. El Ejército le está haciendo un gran favor con esta propuesta. Piense en su futuro y no sea tan insensato de rechazarla.

—¡He sido víctima de un atropello y quiero, exijo, excusas, explicaciones! —chilló Trinidad Oliva, fuera de sí, mostrando siempre las esposas al jefe de la Justicia Militar.

Éste había perdido la paciencia, y cuando volvió a hablar lo hizo en términos muy severos, incluso agresivos:

—Si rechaza esta oferta, será juzgado de verdad, por un tribunal militar. Su participación en el magnicidio saldrá a la luz pública. Se conocerán muchas de sus mentiras. Por ejemplo, que el asesino, el soldado cuyo supuesto diario usted encontró, asesinó a Castillo Armas para vengar a su padre comunista. Vásquez Sánchez no tenía padre. Quiero decir, nunca conoció a su padre porque era hijo de madre soltera. Y, además, ese diario que usted dio a publicidad, donde el soldado explica por qué se suicidaría después de cometer el magnicidio, es falso de principio a fin. Lo han examinado los peritos del Ejército, dos calígrafos. Ambos coinciden en que es una burda falsificación. El soldado ni siquiera lo pudo escribir porque era prácticamente analfabeto. ¿Le conviene que todas esas patrañas que inventó se ventilen en un juicio público? Pida su baja y acepte dos años en una cárcel militar, mil veces preferible a una cárcel común. En caso contrario, podría pasarse el resto de su vida entre rejas. Dicho sea de paso, ¿sabía usted que el difunto Presidente lo llamaba el Jayán? ¿Por qué sería?

# XXI

El coronel Carlos Castillo Armas abrió los ojos sin necesidad del despertador a las cinco y media en punto de la mañana, como todos los días. Aunque se hubiera acostado muy tarde —algo a lo que su cargo de Presidente de la República lo obligaba muchos días—, su cuerpo se había acostumbrado a levantarse con las primeras luces desde que era caballero cadete de la Escuela Politécnica. Para no despertar a Odilia, se fue en puntas de pie al baño a afeitarse y ducharse. Al ver en el espejo su cara enflaquecida y con ojeras, y el pijama que se le escurría en las hombreras y en la cintura, advirtió que había perdido peso otra vez. No era para menos. Con los dolores de cabeza que le daba cada día, desde hacía tres años, la banda de inútiles y de traidores de que estaba rodeado, no era extraño que siguiera escurriéndose. La comida no había sido nunca muy atractiva para él; el trago, en cambio, sí. Pero, últimamente, los alimentos le producían incluso disgusto y tenía que forzarse para comer un poco de fruta en el desayuno y, cuando no tenía almuerzos oficiales, la tortilla con fríjoles y chile que era su menú habitual. En las noches se imponía comer un plato al menos y, eso sí, tomarse uno o dos tragos de ron para relajarse un poco y olvidar el amargo sabor que de un tiempo a esta parte le dejaban las frustraciones y rabietas cotidianas.

Mientras se afeitaba y se duchaba se preguntó una vez más cuándo había empezado a desmoronarse todo a su alrededor. No había sido así al principio, tres años atrás. Por supuesto que no. Recordaba su llegada a la ciudad de Guatemala procedente de El Salvador luego de las negociaciones de paz con las Fuerzas Armadas, del brazo del embajador John Emil Peurifoy, ese gringo enorme de quien tanto había desconfiado al principio y que, a la postre, se portó tan bien con él. El pobre había muerto en un choque, que podía haber sido un atentado, allá en su nuevo puesto de embajador en Tailandia, con un hijo que lo acompañaba en el carro. ¡Que la compasión de Dios los tuviera a ambos en el cielo! Recordaba el gentío que lo recibió en el aeropuerto de La Aurora con aplausos, maquinitas y vítores. ¡Como a un rey! Así lo habían reconocido militares y civiles, amigos y enemigos, y la prensa entera de Guatemala. Y todos se habían puesto a adularlo de inmediato, a darle gusto en todo, a lamerle los zapatos y a mendigarle nombramientos, ministerios, ascensos y contratos. ¡Traidores! ¡Canallas! Pero, tal vez, desde ese mismo día del gran recibimiento habían empezado a ir mal las cosas. ¿Acaso no ocurrió allí el primer choque entre los caballeros cadetes de la Escuela Politécnica y los voluntarios del Ejército Liberacionista, esos pulguientos? Sólo que, en medio de la muchedumbre, aquel incidente pasó desapercibido para muchos, incluido él.

Tres años después todos conspiraban contra el gobierno a sus espaldas. Lo sabía muy bien. Querían eliminarlo, incluso. Por supuesto. Hasta su propio director general de Seguridad, el Jayán, a quien él había confiado todos los cuerpos especializados del país, los policiales y los militares, convencido de que le guardaría las espaldas mejor que nadie. Ahora estaba seguro: también conspiraba contra él; el hermano de Enrique, Juan Francisco, ministro de Defensa, se lo había reconocido («No sé en qué demonios anda metido Enrique, ya sabés que siempre fue un poco tronado. La verdad es que apenas nos vemos ya»). O sea que el teniente coronel Enrique Trinidad Oliva tenía también los cuchillos listos para clavárselos en la espalda cuando encontrara una ocasión propicia. Pero él no se la daría. Y, más bien, muy pronto lo aplastaría como a la cucaracha que era. Muy pronto, apenas tuviera un buen reemplazante para su cargo. Le haría tragarse su traición y humillarse, pidiéndole perdón de rodillas. No habría excusas para los traidores. Para ninguno de ellos. ¡Lo juraba por Dios!

Mientras se vestía repasó los compromisos del día. La delegación de indígenas del Petén no le tomaría mucho tiempo. A las diez de la mañana vendría el embajador de los Estados Unidos. Sabía muy bien a qué: a pedirle moderación y prudencia. ¡Vaya paradoja! Ahora moderación y prudencia y, antes, mano dura, acabar con los comunistas reales y supuestos, con los tontos útiles y los compañeros de viaje, los sindicalistas y dirigentes de ligas campesinas, los intelectuales vendidos y los artistas apátridas, los militantes y cooperativistas, los terroristas, los masones y hasta los líderes de cofradías. Sobre todo, nada de dar permisos de salida a los que se habían refugiado en las embajadas, empezando por el Mudo Árbenz. ¡Que fueran presos! Y, si no había suficientes comunistas, fabricarlos, inventarlos, para dar gusto a esos patanes puritanos.

En la ceremonia en la embajada de México sólo permanecería para leer un discurso de diez minutos. Ojalá el texto de Mario Efraín Nájera Farfán, su asesor para cuestiones jurídicas, diplomáticas y de cultura, no tuviera demasiadas palabrejas incomprensibles o de difícil pronunciación. Luego recibiría despachos e informaciones hasta la hora del almuerzo. ¿Iría a casa de Miss Guatemala? Sí. Extrañaba la tranquilidad que le daban los almuerzos con Marta, solos los dos, charlando de cosas alejadas de la actualidad, y poder dormir luego una siesta de quince minutos sentado en el cómodo sillón de mimbre junto al ventilador, tomando fuerzas antes de emprender las obligaciones de la tarde y la noche. En la tarde recibiría a varios ministros para despachar asuntos pendientes y a la delegación de damas de la Acción Católica, mandadas por el arzobispo Mariano Rossell y Arellano, quien había sido antes su amigo y colaborador. Pero, por supuesto, desde que estaba con Marta se había vuelto su enemigo número uno. Vendrían con la cantilena de costumbre: alertarlo, pues los evangélicos estaban penetrando demasiado en la sociedad guatemalteca, sobre todo entre los indios incultos y pobres. Las dejaría hablar y quejarse unos quince minutos y luego las despacharía dándoles las seguridades del caso: «A esos evangélicos les cerraremos las puertas de Guatemala, qué se han creído, no faltaba más». Ya al anochecer, tenía una reunión con los empresarios más importantes del país en el Palacio de Gobierno. Y, mientras tanto, Odilia lo representaría en un encuentro dedicado a la educación. Era urgente convencer a los guatemaltecos de fortuna; debían aumentar sus inversiones en Guatemala, traer aquí la plata que tenían escondida en los Estados Unidos. También habría que leer un discurso, preparado por Mario Efraín Nájera Farfán. ¿Iría luego a dormir donde Miss Guatemala? Calculó que no le hacía el amor desde al menos una semana. ¿O eran ya dos? Su cabeza no daba para recordar incluso esas cosas importantes. Dependería de si estaba muy cansado o no, ya lo decidiría.

Cuando se aprestaba a salir, oyó la voz de su mujer, que, entre sueños, le preguntaba si vendría a almorzar. Sin acercarse a darle los buenos días, le dijo que no, tenía un compromiso oficial. Apuró el paso para evitar hablar con Odilia. La relación con su esposa había alcanzado un nivel crítico desde que, hacía de esto un par de semanas, se había enterado que Odilia asistió a una reunión con jefes militares en el Casino Militar de la que ella no le había dicho una sola palabra. Cuando la interrogó vio que su mujer se ponía muy nerviosa, vacilaba, le negaba que fuera cierto. Pero cuando lo oyó levantarle la voz, terminó confesándole que sí: la habían invitado a asistir porque se trataba de algo «delicado y urgente».

—¿Y a vos te parece bien reunirte con militares conspiradores a mis espaldas? —le alzó todavía más la voz él.

—No había ninguna conspiración —dijo Odilia, sin retroceder, ahora desafiándolo con su postura y con los ojos—. Esos militares son tus amigos, leales a ti, y están preocupados por la situación.

—¿Qué situación? —Castillo Armas sentía que la cólera lo estaba cegando y trataba de contenerse para no tener que abofetearla.

—¡La querida que te has echado encima y que es el escándalo de Guatemala! —gritó ella—. No sólo los militares están alarmados con este asunto. También la Iglesia y todas las personas decentes del país.

Él se quedó mudo. Odilia nunca se había atrevido hasta ahora a mencionar a Miss Guatemala en sus peleas. Dudó unos segundos antes de contestarle.

—¡No tengo que dar cuentas a nadie de mi vida privada! —gritó desaforado—. Enterate, carajo, no faltaba más.

—A mí sí tenés que darme cuentas, pues soy tu esposa ante Dios y ante la ley —los ojos de Odilia echaban centellas, lo mismo que su voz—. El escándalo en el que vivís con esa puta te podría costar caro. Por eso me reuní con los militares. Están preocupados y dicen que esta situación no te hace bien a ti ni al gobierno ni al país.

—¡Te prohíbo que vuelvas a asistir a ninguna reunión de traidores! —gritó él. Quería poner fin cuanto antes a todo aquello—. Y, si no, te lo advierto, cargarás con las consecuencias —y salió dando un portazo.

«¡Vete a la mierda!», oyó gritar a Odilia cuando se alejaba del dormitorio. Y, entonces, Castillo Armas pensó por primera vez en dejar a su mujer. Pagaría lo que hiciera falta para que se disolviera el vínculo del matrimonio católico y se iría a vivir y se casaría con Marta. Con ella era feliz, después de todo. Con Miss Guatemala había vuelto a tener deseos, a ser un hombre en la cama. ¿Quiénes serían los militares con los que se reunió Odilia? Ni ruegos ni amenazas habían servido para que le diera nombres. Él conocía a algunos, pero no estaba seguro del resto. Y el imbécil del Jayán se lo había ocultado. Claro que sí, aquella reunión había sido una conspiración en regla. Esos pendejos estaban planeando un golpe de Estado. Por supuesto.

El encuentro con los indígenas del Petén fue mejor de lo que esperaba. Creía que vendrían a protestar por las tierras que les habían quitado, por los muertos y heridos que tuvieron en los choques con la policía y los finqueros. Nada de eso, sólo querían que el gobierno restaurara la iglesita que había ardido en un incendio provocado por un rayo y una subvención para la cofradía y dos hermandades de la región. El Presidente, sorprendido, les prometió todo lo que le pidieron.

En cambio, la reunión con el embajador de los Estados Unidos fue más delicada. Se trataba —¡como siempre!— de la United Fruit. Estados Unidos reconocía los esfuerzos que estaba haciendo el gobierno para compensar a la compañía por lo mucho que se había visto perjudicada con los gobiernos de Arévalo y Árbenz, y lo bueno que era para Guatemala que los tribunales y el Congreso hubieran suprimido las leyes lesivas y se hubieran resucitado los viejos acuerdos. ¿Pero y los gastos que significaban para la compañía la reconstrucción de los locales y maquinarias destruidos, los incurridos en acciones legales, en el pago de multas injustas, los gravámenes arbitrariamente impuestos, etcétera, etcétera? La compañía no pretendía que el Estado se comprometiera a pagar la suma total de todo aquello,

196

pero, por lo menos, lo justo sería compartir de forma equitativa aquellas expensas de acuerdo a una evaluación hecha por una firma neutral y de prestigio, aceptada por ambas partes. Castillo Armas, de una manera un tanto áspera, recordó al embajador que todo aquello estaba en manos de los jueces y que su gobierno acataría el fallo judicial asumiendo el coste que los tribunales dictaminaran.

La ceremonia en la embajada de México demoró sólo una media hora, como él había pedido. Leyó un discurso, y, también esta vez, Mario Efraín Nájera Farfán había dado rienda suelta a su barroquismo expositivo, de tal manera que, en el curso de la lectura, él se enredó un par de ocasiones por las palabrejas que le gustaban a este señor, pese a que le había dicho que él prefería siempre los textos sencillos y claros que no le crearan problemas al leer palabras que no sabía siquiera lo que significaban. (Se dijo una vez más que debía llamarle la atención e, incluso, amenazarlo con prescindir de él si seguía haciéndole pasar malos ratos con los discursos que le escribía.)

Luego estuvo dictando cartas hasta la hora del almuerzo. Llegó cerca de la una y media a la casa de Marta, pero, a diferencia de otras veces, no gozó del descanso físico y emocional que experimentaba almorzando donde su amante. Se sintió disgustado al saber que el jefe de las Fuerzas Armadas había organizado una cena para celebrar su cumpleaños y que él no había sido invitado, y sí, en cambio, todos los ministros de su gobierno.

En la tarde, al volver a Palacio, llamó por teléfono al ministro de Defensa, coronel Juan Francisco Oliva, y, medio en broma medio en serio, le reprochó que no lo hubiera invitado a la fiesta. El coronel Juan Francisco Oliva dijo que se trataba de un error, y su sorpresa parecía sincera. Era verdad, el 26 de julio era su cumpleaños, pero absolutamente falso que estuviera dando una fiesta. Por el contrario, él y su mujer iban a cenar en familia, con sus hijos, sin ningún invitado. ¿Qué chisme era ése? ¿De dónde había salido esa fantasía?

El Presidente llamó a Marta y ésta, muy sorprendida, le aseguró que Margarita Levalle, la esposa del ministro de Justicia, le había pedido que fueran juntas a aquella cena y que si alguien se inventaba cosas no era ella. Castillo Armas dedujo, en un primer momento, que el coronel Juan Francisco Oliva sí había organizado aquella fiesta y que, al descubrir que el Presidente había sido excluido, desconvocaría la cena. Ahora él y su mujer estaban sin duda llamando a los ministros para explicarles la cancelación. O sea que Juan Francisco, al sentirse en falta, se quedaría sin fiesta de cumpleaños. ¡Bien hecho! Pero, después, algo raro le empezó a dar vueltas en la cabeza, como si aquella explicación no fuera convincente. Todo esto lo dejó el resto del día con un mal sabor en la boca y le confirmó las sospechas de que estaba rodeado de gentes en las que no podía confiar.

El trabajo de la tarde fue más pesado. En la reunión de expertos económicos, junto con el ministro del ramo, por más esfuerzos que hizo no consiguió concentrarse. Le ocurría con frecuencia en las últimas semanas. La cabeza se le escapaba, pese a su empeño en desentrañar esas reuniones en las que los técnicos hablaban de empréstitos, del ranking en el que el Fondo Internacional, el Banco Mundial, la Cepal, tenían a Guatemala, y de otros asuntos en los que él estaba en Babia y, por lo demás, los malditos expertos no hacían ningún esfuerzo para que pudiera entender de qué demonios estaban hablando. Menos mal que el ministro de Economía parecía moverse con facilidad entre esas cifras y tecnicismos que a él, además de no comprenderlos, le aburrían. Se limitaba a poner una cara muy seria, clavaba la vista en el expositor, aparentaba una concentración total y sólo muy de vez en cuando se atrevía a hacer un comentario o formular una pregunta, procurando que fuera muy general para no meter la pata. Aun así, a veces veía en los expertos unas caras de burla y sorpresa que le indicaban que no había dado en el blanco con su intervención.

¿Se había arrepentido? No, claro que no. Si surgiera otra situación parecida a la que vivió su país, volvería a levantarse en armas, combatir, jugarse la vida contra los comunistas y sus aliados, los asesinos del coronel Francisco Javier Arana, su amigo y mentor. Pero algunos, como los gringos, se estaban olvidando muy rápido de lo que él había arriesgado, por ejemplo, para salvarle la vida a la United Fruit, a la que el Mudo Árbenz se la tenía jurada. Y ahora los gringos todavía le exigían «moderación» contra los mismos izquierdistas que antes los tenían tan asustados. Sí, el coronel Carlos Castillo Armas tenía razones de sobra para estar decepcionado. Sobre todo, con sus colegas militares. Ya no creía en ninguno de ellos. Y menos que en nadie en el Jayán, ese traidor en el que se había confiado. Seguro que era uno de los jefes militares que se habían reunido con Odilia para hablar sobre Miss Guatemala. ¿Su hermano Juan Francisco también habría estado ahí? Habían encontrado el pretexto perfecto para sacarlo del poder. Pero como todos eran tan hambrientos, no se ponían de acuerdo en quién encabezaría la conspiración. Que todos quisieran ser presidente, por el momento, lo salvaba. ¡Qué insolencia! Meterse con su vida privada, no faltaba más. Como si casi todos ellos no tuvieran queridas, y a costa del Estado, por supuesto.

Cuando terminó la reunión de los expertos en economía, tuvo todavía que presidir una de parlamentarios que venían a exponerle los últimos proyectos de ley que iban a votar en el Congreso. Entre ellos no se sentía tan despistado como entre los economistas. Pero tampoco con los parlamentarios pudo concentrarse y dar opiniones fundadas sobre las materias que venían a consultarle. Su mente no lograba permanecer atenta a lo que decían salvo por breves lapsos, interrumpidos por el recuerdo de la misteriosa cena de cumpleaños del ministro de Defensa que no iba a tener lugar. ¿Por qué habría hecho Margarita Levalle esa llamada a Marta? ¿Para conseguir que el Presidente le arruinara el pastel a Juan Francisco Oliva llamándolo y preguntándole por qué no lo había invitado? ¿Qué había pasado realmente? Era una estupidez poco importante, sin duda, pero algo, algo había en ese enredo que le hubiera gustado averiguar. ¿Un intento tal vez de comprometer a Miss Guatemala? ¿De secuestrarla para someterlo a él a un chantaje y obligarlo a renunciar? El temor de que la secuestraran lo había atormentado desde el primer momento, y por eso había puesto un retén permanente de guardia en su casa y prohibido que Marta saliera a la calle sola.

Cuando la delegación parlamentaria se fue (sin recibir mayores indicaciones de él) entraron los dos secretarios con un alto de correspondencia. Pedidos, siempre pedidos, de toda índole y procedentes de todo el país y, por lo común, de gente humilde, miserable, que rogaba ayuda y pedía dinero sin el menor pudor. Estuvo dictando cartas y acusando recibo de informes otro par de horas. A las siete y media de la noche tuvo ganas de suspender todo el resto de la agenda y volver a su casa. Estaba disgustado, frustrado, muerto de cansancio. Aunque la perspectiva de ver a su mujer le deprimía, evitaría una discusión con ella y se metería en la cama temprano. Para poder dormir se tomaría la pastilla de costumbre. El médico le había dicho que no tomara más de dos o tres nembutales a la semana, aunque él se empujaba uno cada noche porque sin ellos no pegaba los ojos.

Pero todavía no pudo partir. Ahí estaban, haciendo antesala, las señoras de la Acción Católica, que, por supuesto, había enviado el arzobispo, otro adversario que quería acabar con él de cualquier modo. Las recibió predispuesto a cortarles en seco la palabra si se atrevían a tocar, aunque fuera indirectamente, el tema de Miss Guatemala. Pero las damas católicas no mencionaron el asunto. Venían a transmitirle la preocupación de la «Guatemala católica», la inmensa mayoría del país, por la penetración sistemática de sectas protestantes, de supuestos «misioneros» que, cargados de dólares, venían a construir iglesias, a adoctrinar a los indígenas, a levantar templos, que más parecían circos que iglesias, donde montar esos espectáculos de cantos y bailes grotescos de negros africanos con que pretendían seducir al pueblo ignorante, para luego hacer propaganda a favor del divorcio y mil prácticas anticatólicas, incluso hasta el aborto. Si el gobierno no ponía fin a esta agresión contra la Iglesia católica, que era la religión del noventa y nueve por ciento de la población, Guatemala sería pronto un país protestante.

El Presidente las escuchó con atención, tomó notas mientras ellas hablaban y, por fin, les aseguró que al día siguiente encargaría a los ministros del ramo que tomaran cartas en el asunto. Un asunto que, en efecto, como ellas decían, era muy grave. Él compartía sus preocupaciones y desde luego que había que poner un freno al ingreso de pastores evangélicos. Guatemala era ahora un país libre; se había emancipado del comunismo y no podía caer en otra forma de barbarie semipagana. Al final las señoras de la Acción Católica partieron y él estuvo seguro de que todas llevaban el nombre de Miss Guatemala en la cabeza aunque no se hubieran atrevido a nombrarla. Él sabía muy bien que, en sus conversaciones privadas, esas gentes llamaban a Marta con las palabrejas que habían inventado los curas para desprestigiarla:

«la barragana de Palacio». Había consultado el diccionario y con indignación descubrió que barragana era sinónimo de puta.

Finalmente, cerró la jornada con la reunión con los empresarios, en el gran salón de Palacio. Los había hecho convocar él mismo y se sorprendió de que asistieran tantos: había allí más de cien, acaso ciento cincuenta personas. El discurso fue mucho más claro y enjundioso que el de la embajada de México. Explicaba con detalle los progresos económicos que estaba haciendo el país y exhortaba a comerciantes, finqueros e industriales a arriesgarse, a invertir con patriotismo para acelerar la recuperación de Guatemala.

Cuando entró a la Casa Presidencial, su mujer, que acababa de volver de aquella reunión sobre educación, estaba encerrada en el baño con la pedicurista y manicurista. Se sentía tan cansado que, quitándose sólo el saco y los zapatos, se tendió en la cama. Se quedó dormido de inmediato. Tuvo un sueño extraño, en el que, mientras caía despacio en un pozo oscuro, iba conversando con un personaje oculto bajo una manta que lo cubría de la cabeza a los pies y una máscara de un animal con cuernos. Le decía que tenía que poner un poco de orden en su vida y recuperar la alegría perdida. Él trataba de reconocerlo por la voz, sin conseguirlo. «¿Quién eres? Decime tu nombre, dejame ver tu cara, te lo ruego.»

Su mujer lo despertó al fin. «Ya está lista la cena», le dijo. Y añadió, como un reproche: «Te has quedado dormido cerca de una hora».

Él se levantó y fue al baño a lavarse las manos y la cara con agua fría para despertar del todo. Desde el dormitorio hasta el comedor tenían que cruzar un pequeño jardín con una solitaria acacia y un pasillo. Apenas salieron del dormitorio, el coronel notó una sensación extraña, pero fue su mujer la que habló primero:

—¿Por qué no han prendido las luces? —preguntó—. ¿Y dónde están los sirvientes?

—¿Y la guardia? —exclamó él. Reanudaron la marcha, pero todo aquello era rarísimo.

¿Por qué estaba todo a oscuras? ¿Y dónde se habían metido los soldados que permanecían veinticuatro horas en el jardín, a la entrada del vestíbulo que conducía a la calle?

—¡Felipe! ¡Ambrosio! —llamó Odilia a los mayordomos, pero ninguno respondió ni apareció.

Habían entrado al pasillo que llevaba al comedor. También estaba a oscuras.

—¿No te parece raro todo esto? —exclamó Odilia volviéndose hacia su marido.

Carlos Castillo Armas tuvo en ese momento una iluminación, y se disponía a regresar corriendo al dormitorio a recoger la metralleta que tenía junto al velador cuando a sus espaldas sonó el balazo que lo hizo trastabillar y caer de bruces. Mientras se sentía acribillado por un segundo disparo alcanzó todavía a escuchar los gritos histéricos de Odilia.

# XXII

Mejor le hubiera ido, pensó muchas veces el ex teniente coronel Enrique Trinidad Oliva, aceptando la propuesta que, en nombre del Ejército de Guatemala, le hizo aquella mañana el jefe de la Justicia Militar, coronel Pedro Castañino Gamarra. ¿Pero, hubieran cumplido con tenerlo sólo dos años en una cárcel militar, bien tratado y manteniéndole la pensión si pedía su baja?

Probablemente, no. Pero acaso no se hubiera pasado los cinco años posteriores a aquella entrevista recorriendo las cárceles militares y civiles de toda Guatemala, peregrinación incomprensible, arbitraria, idiota y humillante, un viacrucis sádico, sólo para hacerlo sufrir y hacerle pagar un crimen que técnicamente no había cometido. ¿Acaso no había sido el dominicano el que disparó dos veces el fusil que mató a Castillo Armas? Y que todos esos coroneles, tenientes coroneles, mayores y capitanes querían cometer, y estaban felices de que alguien lo hubiera hecho, empezando por el canalla del general Miguel Ydígoras Fuentes, que ahora disfrutaba de una Presidencia que, por supuesto, no merecía.

En aquellos cinco años había sido expulsado ignominiosamente del Ejército, sin derecho a pensión alguna, por el peor de los delitos —la traición a la Patria— y lo habían abandonado su mujer y sus hijos, que se habían trasladado a Nicaragua al parecer en razón de la vergüenza que significaba llevar su apellido, no sin antes vender su casa, vaciar sus ahorros en el banco y dejarlo más pobre que un mendigo. Y olvidarse de él y nunca más ir a visitarlo ni mandarle comida como habían hecho los primeros meses de su encierro. Y también sus padres y sus hermanos se habían olvidado de él, como si, en efecto, fuera la vergüenza de la familia.

Pero lo peor de todo había sido que nunca hubo juicio alguno, que nunca fue condenado ni pudo defenderse, que los abogados que llevaban su causa al principio —o que, por lo menos, hacían el simulacro de defenderlo— también lo abandonaron cuando él ya no pudo pagarles honorario alguno, pues su mujer y sus hijos y demás parientes lo habían dejado en la más absoluta miseria.

Durante cinco años había vivido entre asesinos y ladrones, filicidas y matricidas y parricidas, pervertidos y pedófilos y degenerados de toda clase, indios analfabetos que no sabían por qué estaban en la cárcel, y comido las inmundicias que les daban de comer a los presos, y defendido la virginidad de su culo a mordiscos y patadas cuando los viciosos, aprovechando la promiscuidad y el hacinamiento en esas pocilgas llenas de bichos que eran los calabozos colectivos, trataron de arrebatársela.

En esos cinco años de cárceles el ex teniente coronel había tenido que comer mierda tras mierda, sopas inmundas y aguadas, panes sucios y sin miga, arroces llenos de gorgojo, y, en algunos sitios, hasta grillos, sapos, tortugas, hormigas y serpientes. Y, por lo menos los primeros tiempos, algunas noches de muchas ansias, tenido que masturbarse como un colegial. Luego perdió el apetito sexual y se volvió impotente.

Cuando, a los dos o tres años de pedirlo en todas las cárceles a las que lo mandaban, se convenció de que nunca lo iban a poner ante un juez, ni menos delante de un tribunal, y llegó a pensar que el resto que le quedaba de vida la pasaría así, decidió matarse. Ni siquiera eso era fácil en las cárceles guatemaltecas. Pudo hacer un lazo con sus pantalones y camisas y, apenas con el calzoncillo puesto, trató de ahorcarse cuando sus compañeros de celda dormían. El resultado fue grotesco. Amarró la supuesta cuerda de una viga del techo, se la enredó en el pescuezo y, alzando las piernas, sólo alcanzó a darse un estúpido porrazo cuando la cuerda se zafó y partió en dos la viga apolillada en que estaba sujeta. Tuvo que reírse en la oscuridad, pensando que la injusticia de que era víctima llegaba al extremo de impedirle matarse.

Cuando, en la cárcel de Chichicastenango, un buen día el alguacil le anunció que había habido una amnistía que lo beneficiaba, ni siquiera llegó a emocionarse. Era un ser esquelético, se rascaba todo el día la cabeza con furia para aplastar los piojos, tenía pelos y barba enmarañados y larguísimos, zapatos, camisa y pantalones en hilachas. Lo pusieron en la calle sin un centavo en el bolsillo y con sólo las ropas llenas de agujeros que llevaba puestas. Y sin papel alguno de identidad. Nadie lo hubiera podido reconocer, felizmente. Era otro ser humano.

Varias semanas después llegó a la ciudad de Guatemala, mendigando, durmiendo a la intemperie y cometiendo pequeños hurtos en las huertas para alimentarse. No sabía dónde ir ni qué hacer. En todo el viaje sobrevivió mediante trabajitos ridículos, como deshierbar una finca, apartar rocas y pedruscos de un camino, por unas propinas que se le deshacían en la mano. En la capital se alojó en el asilo para vagos y menesterosos de una iglesia evangelista. Allí se dio un baño y se jabonó después de muchos años. Y se puso unas ropas menos viejas que las que llevaba y que la institución evangélica le regaló. Pudo cortarse el pelo y afeitarse. El espejo le mostró la cara de un anciano, y apenas había cumplido cincuenta años.

Sobrevivió un buen tiempo con trabajitos manuales de ocasión, como sereno, barredor o guardián nocturno de farmacias y mercados. Hasta que un día, al pasar delante de un casino, recordó al joyero aquel de mala fama, Ahmed Kurony, el Turco, al que el dominicano y él habían puesto como testaferro de un casino. Le escribió una carta pidiéndole trabajo y, algo increíble, el Turco le contestó dándole una cita. Se quedó pasmado al ver entrar a su oficina al ex militar. Cuando escuchó la historia que, de manera muy general, le contó Enrique, se compadeció de él. Claro, le buscaría algún trabajito, le prometió, y lo ayudaría a sacar algún documento de identidad. Y, vaya sorpresa, ¡cumplió! Poco después, Trinidad Oliva fue nombrado responsable de la seguridad de las casas de juego clandestinas que tenía el Turco Kurony en la capital de Guatemala.

# XXIII

Cuando Miss Guatemala recibió aquella invitación del general Héctor Trujillo Molina, más conocido como Negro Trujillo por su cara mulata, llevaba ya algunos años instalada en Ciudad Trujillo, nombre entonces de la capital de la República Dominicana. Había tardado un buen tiempo en enterarse de que el país tenía un Presidente de la República, debidamente elegido y reelegido en unos comicios de apariencia impecable, que no era el Generalísimo Rafael Leonidas Trujillo Molina, Benefactor y Padre de la Patria Nueva. Lo era su hermano, un fantoche con el que el amo y señor del país quería aplacar a los norteamericanos que, después de haberlo apoyado sin reserva, ahora le reprochaban eternizarse en el gobierno y la falta total de resquicios democráticos en la nación desde su subida al poder con el golpe de Estado del año 1930. ¡Y estábamos en 1960! Al igual que Marta, no muchas personas en la República Dominicana tenían conciencia clara de que, además del Generalísimo Rafael Leonidas Trujillo, había un Presidente de mera apariencia para satisfacer las exigencias de una careta democrática de los gringos, de quienes el régimen trujillista era hijo putativo y con los que no se llevaba nada bien últimamente.

Marta mostró la invitación que había recibido al coronel Abbes García, ascendido y convertido desde hacía años en el poderoso jefe del Servicio de Inteligencia Militar (SIM). Éste la examinó detenidamente, rascándose la papada y frunciendo el entrecejo; bajando la voz, le advirtió:

—Cuidado, Martita. El Negro Trujillo no es una mala persona, pero sí un inútil. Como no tiene nada que hacer, salvo ir de adorno a las ceremonias que al Generalísimo le aburren, dedica su vida a escuchar las conversaciones privadas de las familias en los hogares donde hemos puesto micrófonos, y a tirarse a las esposas de sus amigos. Si vas a esta cita, prepárate para lo peor.

Abbes García había engordado un poco desde que ella lo conoció; el entallado uniforme le inflaba la barriga y destacaba los rollos de grasa de sus brazos y nalgas; tenía una creciente papada y los bultos en su cara resaltaban todavía más lo saltones que eran sus ojos. Como jefe máximo de la policía política y el espionaje en el país le temían y odiaban por doquier. Aunque era su amante, y no se atrevería a tener amores con otro hombre mientras lo fuera, Marta lo veía cada vez menos. Siempre recordaría aquella primera noche de amor (¿podía llamarse así?) con el entonces teniente coronel dominicano en aquel hotelito salvadoreño donde le había prometido, con vulgaridad canallesca, romperle el culo y hacerla chillar. No era tan fiero el león como se jactaba; tenía un pito raquítico y padecía de eyaculación precoz, de modo que terminaba el acto del amor casi al mismo tiempo que lo empezaba, dejándolas a ella y a las demás mujeres con las que se acostaba bastante frustradas. Lo único que de verdad le gustaba era hundir la cabeza entre las piernas de las damas y lamerlas. ¿Se acostaría también con su esposa Lupe, esa mexicana hombruna que andaba siempre con un revólver cuya cacha hacía sobresalir a propósito de su cartera?, se preguntaba Marta, sonriendo. Lupe era descuadernada, tetas grandes, caderona y orejuda, de ojos crueles e inmóviles; sobre ella corrían siniestras historias. Por ejemplo, que iba con Johnny Abbes a los burdeles de Ciudad Trujillo porque le gustaba azotar a las putas antes de hacerse acariciar por ellas. Se la había presentado alguna vez y habían salido juntos los tres, a jugar en la ruleta del Hotel Jaragua. Marta, que no conocía el miedo, ante semejante personaje se sentía incómoda y algo temerosa, pese a lo amable que la mexicana se mostró siempre con ella. Era cosa sabida que la tal Lupe acompañaba a Abbes García a la Cuarenta y a otras cárceles donde torturaban y mataban a reales o supuestos alzados y conspiradores contra Trujillo. Se decía que ella, en las sesiones de tortura, era todavía más cruel que su marido.

—¿Cómo has podido casarte con una mujer tan fea? —le preguntó a Johnny una noche que estaban en la cama.

Él no se enfadó. Se puso muy serio y reflexionó antes de responder. Al fin, se fue por las ramas:

—Lo nuestro no es amor, sino complicidad. No nos unen el sexo ni el corazón, sino la sangre. Es el vínculo más fuerte que puede haber entre un hombre y una mujer. Por lo demás, no creo que siga con Lupe mucho tiempo.

Y, en efecto, poco después ella supo que el coronel se había divorciado, para casarse con una dominicana llamada Zita. Como él no le tocó el tema, Marta ni siquiera se dio por enterada; lo seguía viendo, pero cada vez más raramente.

¿Se había portado bien con ella Abbes García? Sin duda que sí, siempre que fuera verdad que le había salvado la vida allá en Guatemala la noche que asesinaron a Castillo Armas y el miserable del teniente coronel Enrique Trinidad Oliva, el verdadero asesino según Abbes García, la mandó arrestar por complicidad con el crimen. Aquí, en Ciudad Trujillo, el día que llegaron desde El Salvador en un avión privado la había instalado en una modesta pensión de la calle El Conde, en la ciudad colonial, que, tres años después, él seguía pagando de su bolsillo, pues el sueldo de La Voz Dominicana no daba para mucho y ella vivía siempre con las justas. En aquella primera época, Abbes García venía a pasar la noche con ella una o dos veces por semana, la sacaba de cuando en cuando a los cabarets y a los casinos y le daba dinero para apostar en la ruleta. Pero en los últimos meses lo veía mucho menos, por lo preocupado que andaba con los intentos de invasión y los ataques terroristas contra el régimen que, según él, financiaban la Venezuela del Presidente Rómulo Betancourt y la Cuba de Fidel Castro. Todo aquello dejaba a Marta algo confusa, y, aunque no se lo decía a nadie, tenía la impresión de que el régimen de Trujillo, pese a su sólida fachada, estaba muy debilitado por dentro y que sus enemigos, internos y externos, como la Iglesia y ahora los Estados Unidos, lo iban minando poco a poco. El golpe más fuerte se lo había dado la reunión de la OEA (Organización de los Estados Americanos) en el reciente encuentro de Costa Rica de agosto de 1960, cuando los países miembros, empezando por Estados Unidos, decidieron romper relaciones diplomáticas con la República Dominicana y someterla a un boicot económico y comercial.

A pesar de que, gracias a sus programas radiales, se había hecho muy conocida, sus mayores angustias seguían siendo por el dinero. Aunque Abbes García le pagara la pensión —la cama y la comida—, ella había sacado de Guatemala prácticamente sólo la ropa que tenía puesta. Con los dólares ahorrados que le regalaba el gringo que no se llamaba Mike únicamente se pudo comprar algunas prendas y cosas indispensables. Por fortuna, antes de que finalizara su primer mes en el exilio, Abbes García le propuso trabajar en La Voz Dominicana, una nueva radioemisora de la que él era accionista. Fue para ella una bendición tener algún ingreso, aunque exiguo. Pero, sobre todo, descubrir un oficio que por muchos años sería su profesión y su fachada: el periodismo de opinión. Lo ejercía, al principio, con breves comentarios que escribía y reescribía antes de leerlos en el micrófono. Pronto empezó sólo a tomar notas a partir de las cuales improvisaba. Lo hacía con facilidad y a menudo se enardecía, levantaba la voz, incluso prorrumpía en sollozos. Comentaba la actualidad política centroamericana y caribe, atacando con ferocidad a los comunistas reales o supuestos. Comunismo, comunistas eran palabras que para ella abarcaban un vasto abanico de gentes de diversas ideologías y matices; bastaba para llamarlos así que atacaran o criticaran a dictadores, hombres fuertes y caudillos —muertos o vivos— como Trujillo, Carías, Odría, Somoza, Papa Doc, Rojas Pinilla, Pérez Jiménez y todas las dictaduras sudamericanas presentes y pasadas de las que era defensora y propagandista acérrima. Pero su tema recurrente era —por supuesto— Guatemala. Sus ataques se encarnizaban con la junta militar que había reemplazado a Castillo Armas luego del asesinato. Y sus peroratas más destempladas habían sido sobre todo contra los llamados liberacionistas, compañeros y seguidores de Castillo Armas en la invasión de 1954 a Guatemala desde Honduras, a los que acusó durante mucho tiempo de ser los asesinos del mandatario. Sus arengas se encarnizaron sobre todo contra el teniente coronel Enrique Trinidad Oliva, jefe de la Seguridad de Castillo Armas, en la actualidad preso en alguna cárcel de Guatemala, a quien acusaba no sólo de haber montado la conjura para asesinar a Castillo Armas, sino también de haber fraguado la conspiración que echaba la culpa del magnicidio a los comunistas y protegía a los verdaderos criminales. Ella desmintió desde el primer momento la tesis de las autoridades guatemaltecas, que acusaban al soldadito Romeo Vásquez Sánchez de ser el asesino. Aseguraba que era una farsa haber fabricado el supuesto diario secreto de Vásquez Sánchez confesando ser un comunista y suicidarlo apenas fue capturado la noche del crimen, a fin de proteger a los asesinos.

Gracias a sus programas, se hizo muy popular en la República Dominicana. La reconocían en la calle y le pedían autógrafos y se fotografiaban con ella. Sus ataques a los liberacionistas guatemaltecos —a los que llamaba machaconamente «los traidores»— solían ser feroces. Por sus arengas radiales tuvo la inmensa felicidad de conocer al Generalísimo Trujillo en persona. Una mañana Abbes García se apareció en La Voz Dominicana, apenas ella salía del estudio, y le dijo: «Ven conmigo. Vas a conocer al Jefe». La llevó al Palacio Nacional. Los pasaron de inmediato al despacho del Generalísimo. Ella quedó tan impresionada al ver a ese caballero de imponente presencia, tan bien vestido, con canas en las patillas y las sienes, de mirada tan penetrante, que los ojos se le llenaron de lágrimas.

—El coronel Castillo Armas tenía muy buen gusto —dijo el Generalísimo con su voz de pito, examinándola de arriba abajo. Y, sin transición, pasó a felicitarla por sus charlas en La Voz Dominicana.

—Está muy bien que usted ataque esa mentira que se han inventado los liberacionistas. Ellos fueron los verdaderos asesinos de Castillo Armas, por supuesto —le dijo Trujillo—. Ahora es importante que apoye usted al gobierno del general Miguel Ydígoras Fuentes. Es un buen amigo y está haciendo lo que hace falta en su país. Los liberacionistas quieren cerrarle el paso. En el fondo, son blandos y se dejan infiltrar por los rojos. A Ydígoras Fuentes le sobra coraje, y yo sé que terminará castigando a los asesinos de Castillo Armas.

Al despedirse, Martita besó la mano del Jefe. Desde entonces, en todos sus programas, defendió e hizo propaganda desmedida al general Ydígoras Fuentes, el Presidente de Guatemala desde el 2 de marzo de 1958, el único, decía, que sería capaz de emular en Guatemala la obra del Generalísimo Trujillo en la República Dominicana poniendo orden en el país, trayendo progreso económico y cerrándole el paso a la «antipatria roja».

214

¿Cuál había sido el papel de Abbes García en el asesinato de Carlos Castillo Armas? Era un tema sobre el que durante años caviló con zozobra Miss Guatemala. Tal como habían ocurrido las cosas, todo parecía delatar al coronel dominicano como vinculado y, acaso, autor intelectual y hasta material del magnicidio. ¿No se había acercado a ella para que le consiguiera una entrevista privada con Castillo Armas? ¿No había visto y oído ella misma cómo Abbes García ofreció en nombre de Trujillo hacer asesinar a Arévalo y Árbenz? ¿Había huido el entonces teniente coronel de Guatemala dos días antes del crimen? ¿Para no dejar huellas de su complicidad con el asesinato? Pero Marta tenía sus dudas; la noche que llegó a San Salvador tuvo la impresión de que Abbes García había llegado allí muy pocos minutos antes que ella. Y, además, ¿no se le había escapado a Gacel aquella frase según la cual Abbes García estaba huyendo de Guatemala al mismo tiempo que ellos? Cada vez que quiso tocar el tema, el jefe del Servicio de Inteligencia Militar le cortó la conversación y la obligó a hablar de otra cosa. ¿Por qué lo incomodaba tanto el asunto? Ella sospechaba de él, pero no se atrevía a encararlo porque su estancia en Ciudad Trujillo dependía en gran parte de Abbes García. A lo largo de los años, éste, en las raras veces que se refería a Castillo Armas, lo hacía de manera despectiva, era «un débil», sin carácter, la CIA había elegido mal poniéndolo al frente de la revolución liberacionista contra Árbenz, un mediocre sin autoridad ni visión de futuro, un ingrato que se había portado muy mal con Trujillo, quien le había dado dinero, armas y hombres para su Ejército y consejos para el golpe que preparaba. De otro lado, ¿no había comenzado Castillo Armas a repartir tierras a los campesinos después de haber abolido la ley de Reforma Agraria, el caballito de Troya de los comunistas guatemaltecos? Quienes lo habían matado —algo triste en términos humanos— ha-

215

bían salvado la revolución anticomunista guatemalteca. Y ahora, menos mal, estaba en el poder el general
Ydígoras Fuentes, quien, para suerte del país, seguía el
modelo instaurado por Trujillo en la República Dominicana.

Marta elogiaba a Ydígoras Fuentes a diario en su
programa, que, por lo demás, se escuchaba muy bien en
Guatemala, porque los equipos de La Voz Dominicana
eran los más poderosos de todo el Caribe y llegaban a
Venezuela, Colombia, Puerto Rico, Miami y a toda Centroamérica.

Un día, al salir de la cabina de locución luego de terminar su programa, Martita se encontró —vaya sorpresa— con el gringo que no se llamaba Mike. Igualito,
algo más flaco de lo que ella recordaba, vestido siempre
con los mismos pantalones vaqueros informales, botines y camisa de cuadros. Se dieron un abrazo, como
viejos amigos.

—Creí que no te vería nunca más, Mike.

—Te has hecho muy conocida en la República Dominicana. Enhorabuena, Martita —la felicitó él—. Todo
el mundo me habla de tu programa. Y no sólo en Ciudad Trujillo. En todo el Caribe. En toda Centroamérica.
Eres famosa como comentarista política.

—Llevo años dando esta batalla —reconoció Miss
Guatemala—. Nunca pude agradecerte la ayuda que
me prestaste allá, cuando estuve a punto de morir en
manos de los asesinos de Castillo Armas.

—Te invito a comer —dijo Mike—. Acaban de abrir
una nueva pizzería, El Vesubio, aquí en el malecón.

Fueron al restaurante y el gringo le invitó una excelente pizza margarita acompañada por una copa de
Chianti. Venía a contarle que ahora pasaría muchas tem-
poradas en la República Dominicana y le gustaría que
retomaran aquellas conversaciones periódicas que solían tener en Guatemala.

—¿Me vas a pagar? —le preguntó ella a boca de jarro. Y le explicó—: Allá en Guatemala tenía quien me mantuviera, así que esas propinas que me dabas me ayudaban algo. Aquí debo ganarme la vida por mí misma. Y te aseguro que no es fácil.

—Por supuesto, por supuesto que te pagaré —la tranquilizó Mike—. Cuenta con ello, me ocuparé de eso.

Desde entonces, siempre que Mike estaba en Ciudad Trujillo, se reunían una vez por semana, en distintos lugares —restaurantes, cafés, parques, iglesias, en la pensión de Marta o en los elegantes hoteles en los que se alojaba el gringo—. Las conversaciones eran exclusivamente políticas. Martita le contaba todo lo que se comentaba en la emisora y, lo más importante para Mike, lo que Abbes García le decía sobre la estabilidad del régimen y sobre su propio trabajo. Al terminar, igual que antes, dejaba en manos de Marta un sobrecito con dólares. Cuando ella le preguntó alguna vez si ambos estaban trabajando para la CIA, Mike le respondió con una sonrisita y en inglés: *«No comment»*.

Pero, además de conversar, Mike también le hacía pequeños encargos, como averiguar algo sobre ciertas personas, o llevar mensajes a hombres y mujeres que no conocía, generalmente militares.

—¿Me estoy jugando la vida haciendo esto? —le preguntó ella una vez que caminaban por el malecón viendo el mar casi blanco y brillante a esa hora.

—En los dominios del Generalísimo Trujillo, todos nos estamos jugando la vida sólo por estar en este país —le respondió él—. Tú lo sabes de sobra, Martita.

Era verdad. En estos últimos años, la situación se deterioraba progresivamente. Marta se daba cuenta de ello por la preocupación creciente en que vivía Johnny Abbes, a quien, aunque lo veía poco, notaba cada vez más alarmado. Según él, había nuevos intentos de invasión que producían matanzas. Se hablaba por doquier de redadas en masa, gente que desaparecía sin dejar rastro, fusilamientos en los cuarteles, asesinatos de opositores cuyos cadáveres se encontraban luego despatarrados en las calles o según otros, eran arrojados a los tiburones. Incluso en La Voz Dominicana, emisora del régimen, Martita oía con frecuencia, a media voz, comentarios de empleados, locutores, periodistas, sobre el continuo deterioro de la situación política del país. Comenzó a sentir una alarma creciente. ¿Y si Trujillo caía y tomaban el poder los comunistas, como en Cuba? Tenía pesadillas pensando en un país del que ya no podría salir nunca, en el que la religión católica sería prohibida —ella se había vuelto muy devota, no perdía nunca la misa de los domingos e iba a procesiones en la ciudad colonial, con una mantilla y un velo—, se llenarían las cárceles y los campos de concentración donde sin duda iría a parar ella, con la fama que se había hecho de anticomunista militante y defensora de Trujillo y de todos los dictadores militares y hombres fuertes de América Latina.

En estas circunstancias le llegó la invitación del general Héctor Trujillo, Presidente de la República, para que lo visitara en su despacho del Palacio Nacional, dos días más tarde, a las siete de la noche. Llevó la invitación un motociclista uniformado y varios compañeros de trabajo le gastaron bromas al respecto. ¿Por qué sólo ahora la invitaba el Presidente llevando ella ya casi tres años en la República Dominicana?

Marta se acicaló lo mejor que pudo —casi no tenía vestuario en el que elegir— y tomó un taxi que la llevó al Palacio Nacional a la hora indicada. Un oficial la hizo recorrer las largas instalaciones del recinto, que ya empezaba a desocuparse, y la dejó en una secretaría, donde tuvo que esperar unos minutos. Por fin, se abrió la puerta del despacho del Presidente y la hicieron pasar. El Negro Trujillo estaba vestido con su uniforme de general —una pechera llena de condecoraciones— y Martita

218

sintió, apenas entró, un aire acondicionado que refrescaba la atestada oficina hasta orillas del frío. El personaje le produjo pésima impresión. Estaba hablando por teléfono y le hizo seña de que tomara asiento; le molestó sobremanera la insolencia con que la examinaba de pies a cabeza con unos ojos amarillentos y lascivos mientras continuaba su conversación. Ésta duró todavía unos minutos y el Presidente, mientras hablaba, siguió examinándola, desnudándola, con total impudicia e impertinencia. Se sintió muy irritada.

Cuando colgó el auricular, le hizo una amplia sonrisa, la bocaza abierta de par en par. Vino a darle la mano y se sentó frente a ella. Era un mulato fortachón, más bajo que alto, y dotado de una creciente barriga.

—Tenía muchas ganas de conocerla —le dijo, continuando el examen con sus ojos insolentes. Era muy moreno, de jeta ancha y carnosa y unas manecitas diminutas que accionaba en exceso—. Oigo desde hace años sus programas en La Voz Dominicana y la felicito. Sus ideas son las mías, por supuesto. Y las del régimen.

—Muchas gracias, Presidente —dijo ella—. ¿Puedo preguntarle a qué debo el honor de haber sido invitada a visitarlo?

—Me habían dicho que además de buena periodista, era usted una mujer muy bella —dijo el Presidente, clavándole esos ojos obscenos que sonreían con un asomo de burla—. Y, le confieso, yo tengo debilidad por la belleza.

Marta no se sintió halagada sino ofendida. No sabía si le molestaban más las miradas o la voz metálica, algo arrastrada y lujuriosa, de su interlocutor.

—Al pan pan y al vino vino —dijo éste de pronto, poniéndose de pie—. Yo soy un hombre muy ocupado, como sin duda usted se imagina, Martita. Así que vamos rápidamente al asunto que la trae por aquí.

Fue hacia su escritorio, levantó de allí un sobre y se lo alcanzó. Confundida, sin saber qué hacer ni qué decir, Martita optó por abrirlo. Había un cheque, firmado por «Héctor Bienvenido Trujillo», y la cantidad de referencia estaba en blanco.

—¿Qué significa esto, Presidente? —murmuró ella, creyendo y no queriendo creer lo que significaba.

—Pon tú misma la cantidad —dijo el Negro Trujillo, sin dejar un instante de examinarla de pies a cabeza con sus ojos codiciosos—. En lo que tú te valores, te valoro yo también.

Martita se puso de pie. Estaba lívida y temblaba.

—Yo no puedo perder tiempo en estas cosas —explicó él; hablaba a bocajarro, disparando las palabras—. Mejor dicho, no tengo tiempo para perderlo en romanticismos. Así que, por eso, al pan pan y al vino vino. Tengo ganas de hacerte el amor y de que pasemos unos buenos ratos juntos. Y, mejor que hacerte un regalo, es que te lo hagas tú misma...

No llegó a acabar la frase, porque la bofetada de Marta lo hizo trastabillar. Pero eso no fue todo. Sin darle tiempo a reaccionar, ella se había lanzado contra él, y, a la vez que lo golpeaba con las dos manos y le gritaba «A mí no me ofende usted ni nadie», le estaba mordiendo una oreja, a pesar de los golpes que él le daba. No se la soltó, le había hundido los dientes con todas las fuerzas que tenía y la indignación que le rebalsaba por todos los poros de su cuerpo. Oyó que él chillaba algo, se abría una puerta, entraban uniformados, la cogían, la separaban a jalones del Presidente, al que, desencajado, vio llevarse las dos manos a la oreja que ella casi le había arrancado, mientras aullaba:

—¡Al calabozo, llévense al calabozo a esta loca de mierda!

Debió de haberse desmayado por los golpes que le cayeron encima mientras la guardia del Presidente trataba de separarla de él. Sólo vagamente, como en un sueño, recordaba que la arrastraron por pasillos y la bajaron por una escalera. Recuperó la conciencia cuando ya estaba en esa especie de celda, un cuartito sin ventanas en el que había sólo una silla. Una luz tenue la alumbraba, proveniente de un foco alrededor del cual revoloteaban moscas y zancudos. En los empujones se le había caído el reloj. ¿O se lo habían arrancado? Lo peor, durante las cuarenta y ocho horas que pasó encerrada en ese sótano del Palacio Nacional, no fue la falta de comida y de bebida, sino no saber qué hora era, si de noche o de día, y cómo iba transcurriendo el tiempo. Reinaba un gran silencio en torno suyo, aunque, a ratos, escuchaba pasos lejanos. Se encontraba en un rincón alejado del Palacio, y, sin duda, en un sótano. No saber la hora la angustiaba todavía más que imaginar su futuro. ¿La irían a matar? Sería horrible que la dejaran encerrada allí, en ese cuarto que sólo tenía una silla, sin poder ir a un baño a hacer sus necesidades, sin darle de comer ni de beber para que se fuera muriendo a poquitos. No la angustiaba tanto la falta de comida, pero sí, mucho, no poder tomar un trago de agua. Se le resecó la boca, sentía la lengua como una lija. Se echó en el suelo, pero la incomodidad, los dolores por los golpes que había recibido de la guardia no le permitieron dormir. Se sacó los zapatos y notó que tenía los pies muy hinchados. Ni por un solo momento se arrepintió de haber saltado enloquecida de furia contra el Negro Trujillo y de haberle mordido una oreja con toda la fuerza de sus dientes a la vez que lo rasguñaba y golpeaba. A ese mulato de mierda lo había oído chillar como una rata aplastada, y había visto miedo y sorpresa infinita en sus ojos amarillentos. Era capaz de ofender a una mujer, pero no de defenderse. Había chillado y tenido miedo el pobre diablo. Aunque muriera por ello, no se arrepentía, volvería a hacer lo mismo. Nunca en su vida se había sentido tan ofendida, vejada y humillada como en el instante en que ese hijo de puta le alcanzó el sobre, y vio el cheque, y comprendió lo que le estaba proponiendo. ¡Que ella pusiera la cantidad que quería cobrar por ser su puta! En medio de su dolor e incertidumbre, sonrió, acordándose de la ferocidad con la que había clavado sus dientes en aquella oreja gelatinosa.

A ratos se dormía y entonces soñaba que todo aquello era una pesadilla, pero cuando despertaba comprendía que la pesadilla la estaba viviendo de verdad. La invadía una sensación fatalista, la seguridad de que esos hijos de perra la iban a dejar morir allí de inanición y que los peores momentos serían los últimos. De pronto, se acordaba de la ciudad de Guatemala, del doctor Efrén García Ardiles y del hijo que había abandonado allá, de pocos años de nacido. ¿Su padre le habría hablado de ella? Soñó que se orinaba, y cuando despertó comprobó que tenía los calzones y la falda húmedos. ¿También se haría caca sobre sí misma? Recordó vagamente a su padre, a su ama y criada Símula, que tanto la mimaba. ¿Seguiría vivo el niñito que parió? Tendría ahora unos diez años. ¿Lo habría entregado a un hospicio Efrén García Ardiles? ¿Estaría vivo Trencito? No había vuelto a tener noticias de él. Alguna vez recibía unas líneas de Símula, que le contaba de su padre, siempre encerrado en casa y como recomido por la tristeza. Le dolía el estómago. A ese padre que había adorado de niña y que la había repudiado, le guardaba ahora un rencor que no cesaba. ¿Seguiría vivo Arturo Borrero Lamas? La sed comenzó a torturarla de tal modo que fue hasta la puerta arrastrándose y, golpeándola, pidió a gritos un vaso de agua. Pero nadie respondió. No había guardias cerca de ese calabozo, o habían recibido órdenes de no hablar con ella. Al final la invadieron una somnolencia y una debilidad que la tenían tumbada en el suelo, contando números, el secreto que ella tenía desde niña para alcanzar el sueño.

Cuando por fin se abrió la puerta, entraron unos uniformados y la levantaron y le alisaron la ropa y se la sacudieron, ella estaba tan débil que, mientras la arrastraban por unos pasillos, le hacían subir unas escaleras, sólo pedía por amor a Dios que le dieran un poco de agua, pues se moría de sed. Parecía que no la escuchaban. Poco menos que en peso la hicieron cruzar salas y pasillos hasta que por fin se detuvieron ante una puerta que de inmediato se abrió. Vio ahí, mirándola, al Generalísimo Trujillo en persona, al Negro Trujillo con una oreja vendada, y a Johnny Abbes García. Los tres la observaban, y había alarma en sus ojos. Los militares la arrastraron hasta un sillón y la dejaron caer en él. Marta pudo al fin articular una frase:

—Agua, por caridad. Agua, agua.

Cuando le alcanzaron un vaso de agua, lo bebió a sorbitos, cerrando los ojos, sintiendo que ese líquido frío que entraba a su cuerpo le devolvía la vida.

—En nombre mío y en el de mi hermano, le pido disculpas por lo ocurrido —oyó decir al Generalísimo Trujillo con esa voz delgadita y solemne que tenía—. Él le va a presentar sus excusas, también.

Y, como el Presidente fantoche de la República Dominicana tardara en hacerse oír, el Generalísimo, endureciendo la voz, preguntó:

—¿Qué esperas?

Entonces, haciendo sin duda de tripas corazón, el Negro Trujillo balbuceó:

—Le presento mis excusas, señora.

—Ésa es una pobre y mediocre manera de pedir perdón —oyó decir al Generalísimo—. Debiste decir, más bien: Me porté como un cerdo maleducado y un matón, y, con las rodillas en el suelo, le pido perdón por haberla ofendido con esa grosería que le hice.

Un silencio ominoso siguió a las palabras del Jefe. Le habían alcanzado otro vaso de agua y Martita lo bebía poco a poco, a sorbitos, sintiendo que todo su cuerpo, sus músculos, sus venas, sus huesos agradecían ese líquido que parecía ir resucitando una a una sus entrañas.

—Ahora puedes irte —dijo Trujillo—. Pero, antes, recuerda una cosa muy importante, Negro. Tú no existes. Recuérdalo bien, sobre todo cuando te vengan ganas de hacer estupideces como la que le hiciste a esta señora. Tú no existes. Eres una invención mía. Y así como te inventé, te puedo desinventar en cualquier momento.

Oyó unos pasos, una puerta que se abría y cerraba. El Presidente fantoche se había ido.

—La señora se encuentra en muy mal estado, ya lo veo —dijo el Generalísimo—. Ocúpate de que la lleven al mejor hotel de Ciudad Trujillo. Que la vea un médico de inmediato. Que le hagan un examen completo. Es una invitada del gobierno y quiero que sea tratada con las mayores atenciones. Ahora mismo.

—Sí, Jefe —dijo Abbes García—. Ahora mismo.

Se inclinó, le dio el brazo y ella, con gran esfuerzo, consiguió ponerse de pie. Quiso agradecer al Generalísimo, pero no le salió la voz. Tenía ganas de vomitar y de dormir. Se le saltaron las lágrimas.

—Sé fuerte, Martita —le dijo Abbes García, apenas cruzaron la puerta de salida.

—¿Qué me va a pasar ahora? —balbuceó ella mientras, prendida con las dos manos del brazo del coronel, comenzaban a recorrer salas y pasillos.

—Primero, pasa unos días en el Hotel Jaragua, tratada a cuerpo de rey por el Generalísimo —dijo Abbes García. Y añadió, bajando mucho la voz—: Apenas estés bien, hay que sacarte de aquí. El Jefe ha ofendido mortalmente al Negro Trujillo y éste, que es un mulato rencoroso, tratará de hacerte matar. Ahora cálmate, descansa y recupérate. Hablaré con Mike y veremos la manera de que salgas de acá cuanto antes.

# XXIV

Ocuparse de la seguridad de las casas de juego clandestinas del Turco Ahmed Kurony fue un trabajo que poco a poco devolvió a Enrique Trinidad Oliva el gusto por la vida, por la comida, por el sueño, por el vestido. Y también, muy poco a poco, por las mujeres. Se entregó a este trabajo con pasión y con gratitud a su empleador, el hombre que le había devuelto una condición humana que, en aquellos cinco años de horror, creía haber perdido.

No era un trabajito fácil. Los garitos del Turco atraían una fauna peligrosa en una ciudad de Guatemala donde iba aumentando cada día la violencia criminal y política: los secuestros, asesinatos y atentados, raros antaño, ahora eran cada vez más frecuentes. Enrique hacía que sus matones revisaran cuidadosamente los bolsillos de sus clientes y les retiraran las armas que solían llevar mientras permanecieran en el local. Había que evitar las peleas de borrachos que surgían a veces, separando a los contrincantes con rapidez, y tranquilizar los ánimos de los clientes lo más pronto posible para que no se desprestigiara el lugar.

También era delicado vigilar y contratar a los matones, porque ésta tampoco era gente de fiar. Muchos de ellos habían pasado por la cárcel y eran delincuentes natos o habían contraído malos hábitos en el calabozo. Enrique tenía el carácter necesario para estar encima de ellos, despedirlos al primer desliz y recordarles todo el tiempo: «A mí, el que me las hace me las paga con intereses».

Se había cambiado de cara y de nombre. Ahora se hacía llamar Esteban Ramos. Lucía una barbita cuadrada que le cercaba el rostro y deformaba sus facciones. Rara vez se quitaba los anteojos oscuros y había cambiado su manera de peinarse. Dedicaba las veinticuatro horas del día a su trabajo porque, incluso cuando dormía, soñaba en cómo mejorarlo. Se había instalado en una pensión no lejos de la iglesia de Yurrita, donde lo creían telegrafista nocturno y donde había un gato llamado Micifuz que se encariñó con él y dormía a los pies de su cama.

El Turco lo invitaba de vez en cuando a almorzar o a tomarse un trago. Un día, después de felicitarlo por lo bien que lo servía, le ofreció darle «mayores responsabilidades». Era un hombre grueso, medio calvo y cincuentón, aficionado a los anillos y que llevaba día y noche sus anteojos oscuros. «Y un sueldo más elevado, por supuesto», añadió, con unas palmaditas en el brazo. Le advirtió que correría algunos riesgos. Enrique, ya lo sospechaba, confirmó así que el principal negocio del Turco no era el juego sino el contrabando.

Tuvo que multiplicarse desde entonces, porque, además de la seguridad de los lugares de juego, debía recibir o despachar camiones y lanchas por todas las fronteras del país, sin preguntar nunca la clase de mercancías que el Turco recibía y entregaba, pero olfateando muy bien de qué iba la cosa.

Sabía que de este modo se estaba hundiendo más y más en unas arenas movedizas que podían regresarlo a la cárcel o hacer que recibiera un tiro por la espalda en cualquier momento. Pero había comenzado a ganar bien, a comprarse buena ropa, a comer mejor, y fue feliz una noche que se atrevió a contratar a una prostituta en un bar del Parque Concordia, llevársela a un hotelito de los alrededores y comprobar que había recuperado una sexualidad que creía extinguida.

Como ahora ganaba más, pudo alquilar un apartamento en la zona catorce, donde se construían las mejores casas. Y tomar un mayordomo y una cocinera, y hasta comprarse un Ford de segunda mano que estaba casi nuevo. No tuvo problema con los papeles. Los amigos y las conexiones del Turco, que pagaba buen dinero a los funcionarios de la administración, le pusieron sus documentos al día con el nombre de Esteban Ramos y la profesión de ingeniero industrial. Supo que su condición había ganado nuevas alturas dentro de la organización del Turco cuando éste, un día después de un almuerzo bien rociado de cerveza, le propuso mandarlo a Bogotá. Y, con franqueza, le explicó que se trataba del precio de la cocaína. El productor colombiano quería subirlo de manera exagerada. Su misión sería convencerlo de que aceptara rebajarlo, porque, de otra forma, perdería el mercado guatemalteco.

Enrique no podía creérselo; tenía ahí, en sus manos, un pasaporte con todos los sellos necesarios, una fotografía y su nuevo nombre y profesión: Esteban Ramos, ingeniero industrial. Viajó, se hospedó en el Hotel Tequendama de Bogotá, sintió palpitaciones por la altura, consiguió que el productor aceptara un precio razonable, regresó y el Turco estuvo muy contento con su gestión.

A veces, en un restaurante, un café o un espectáculo, o una noche en el Ciro's, la única boîte de la ciudad antes de que se abriera el Casablanca, reconocía a algunas personas de su vida anterior, es decir, cuando era militar, tenía ambiciones de poder y no había pasado todavía por la cárcel. Ellas nunca lo reconocieron y él tampoco las saludó. No había vuelto a ver a nadie de su familia ni a saber nada de ella. Por ese lado estaba muy tranquilo: era ya otro.

Pero lo preocupaba la violencia que, desde hacía algún tiempo, se propagaba e iba creciendo por toda Guatemala. Había guerrillas en el Petén y en el oriente, atentados, secuestros, las llamadas «expropiaciones» de bancos, toques de queda. Y una delincuencia que se disfrazaba a menudo de política. Por otra parte, los golpes militares se sucedían uno a otro. La vida se había vuelto mucho más peligrosa que antes para todo el mundo. Y eso tampoco era bueno para los negocios.

# XXV

Cuando, el 18 de junio de 1954, las tropas del Ejército Liberacionista de Castillo Armas cruzaron por tres lugares la frontera de Honduras, el nuevo embajador de Estados Unidos nombrado por la administración de Eisenhower, John Emil Peurifoy, llevaba ya siete meses en Guatemala. Sin exageración podía decirse que con su energía siempre en efervescencia no había dejado de trabajar un solo día en lo que el secretario de Estado John Foster Dulles, su jefe, le había señalado como su misión: destruir el régimen de Jacobo Árbenz.

John Emil Peurifoy tenía cuarenta y seis años, un físico de orangután, y muchas privaciones y esfuerzos acumulados para llegar a aquel puesto. Había nacido en 1907 en Walterboro, un pueblito de Carolina del Sur, y como sus padres murieron cuando era muy joven vivió en casas de parientes y tuvo en su adolescencia que buscar trabajos muy modestos para sobrevivir. Soñaba con ser militar y fue aceptado en West Point, pero debió abandonar la escuela al poco tiempo por razones de salud. En Washington se ganó la vida como ascensorista. En 1936 se casó con Betty Jane Cox, y poco después entró a trabajar en un cargo ínfimo en el Departamento de Estado. Gracias a su tenacidad y ambición fue escalando posiciones desde muy abajo hasta que, por fin, llegó a ser embajador en Grecia, cuando las guerrillas comunistas tenían el país a sangre y fuego y estaban a punto de derribar la monarquía y alcanzar el poder. Estuvo allí tres años.

Fue su época de gloria. Mezclando las amenazas con una capacidad inaudita para la intriga y un olfato generalmente certero, un espíritu práctico así como un coraje temerario, se las arregló para armar una junta militar, apoyada por la corona y equipada con armas y dinero de Estados Unidos y Gran Bretaña, que derrotó a las guerrillas e instaló un régimen autoritario y represivo en el país. Se ganó entonces el apelativo del Carnicero de Grecia. John Foster Dulles y su hermano Allen, el jefe de la CIA, pensaron que semejante diplomático era el hombre adecuado para representar en Guatemala al país que había decidido acabar por las buenas o las malas con el gobierno de Jacobo Árbenz. Y, en efecto, apenas llegado a Guatemala con su infalible sombrerito borsalino engalanado con una pluma, sin preocuparse de verificar sobre el terreno si las acusaciones de ser el de Árbenz un régimen capturado por el comunismo eran exageradas e irreales —como se atrevió a sugerirle su segundo en la legación—, empezó a trabajar con ímpetu en la demolición de ese gobierno.

Desde el mismo día de su presentación de credenciales en el sólido y enorme Palacio de Gobierno de la ciudad de Guatemala, el nuevo embajador hizo saber al Presidente Árbenz que con él en el país tendría la vida muy difícil. Apenas terminada la ceremonia, el Jefe de Gobierno hizo pasar al embajador a una salita privada. Y, antes de brindar con él la copa de champagne que acababa de servirles un mozo, se encontró con que Peurifoy le alcanzaba un papel en el que había una lista numerada de cuarenta personas.

—¿Qué es esto? —el Presidente Árbenz era un hombre alto y bien plantado, de maneras elegantes, que se desempeñaba con dificultad en inglés; por eso, tenía siempre un intérprete a la mano. Peurifoy llevaba consigo también a otro.

—Cuarenta comunistas miembros de su gobierno —le dijo con una brusquedad nada diplomática el embajador—. Le pido en nombre de Estados Unidos que

230

los expulse de inmediato de sus cargos por ser infiltrados y trabajar para una potencia extranjera contra los intereses de Guatemala.

Árbenz, antes de contestar, echó un vistazo a la lista de personas. Ahí estaban, junto a izquierdistas declarados, algunos buenos amigos y colaboradores suyos. Y muchos otros que eran tan poco comunistas como él mismo. ¡Vaya estupidez! Sonriendo amablemente, se dirigió al visitante:

—Empezamos mal, embajador. Está usted muy mal informado. En esta lista hay sólo los cuatro diputados del Partido Guatemalteco del Trabajo, que se declara comunista, aunque la mayoría de sus dirigentes y su puñadito de militantes no sepan muy bien qué es eso del comunismo. Los demás son tan anticomunistas como usted —hizo una pausa y, de la misma manera afable, añadió—: ¿Se ha olvidado que Guatemala es un país soberano y usted sólo un embajador, no un virrey ni un procónsul?

Peurifoy lanzó una carcajada, abriendo la boca de par en par y despidiendo una nubecilla de saliva. Hablaba despacio, para facilitar el trabajo de los dos intérpretes. El embajador era grande y fuerte, de piel muy blanca y unos ojos oscuros y agresivos; sus cejas pobladas y sus patillas lucían algunas canas precoces; en su frente brillaba el sudor. Desde entonces, al Presidente Árbenz siempre que viera al embajador le parecería acalorado y como a punto de estallar.

—Creí que, desde el primer día, yo tenía que jugar limpio con usted, señor Presidente. ¿No dice que es una fantasía yanqui eso de que su gobierno esté repleto de comunistas? Ahí tiene la prueba de que no es así.

—¿Se puede saber qué imaginativa persona ha confeccionado esta lista?

—La CIA —respondió el embajador, con otra risotada desafiante. Y explicó—: Es una institución muy eficiente, ya lo comprobaron los nazis durante la guerra. Y ahora, gracias al senador McCarthy, está limpiando la administración norteamericana, donde se nos habían infiltrado buen número de rojos, también, como en su gobierno. ¿No los va a expulsar, entonces?

—Los voy a confirmar en sus puestos, más bien —se burló el Presidente, tomando a broma lo ocurrido—. Que la CIA los considere sus enemigos significa que puedo confiar en ellos. Le agradezco su impertinencia, embajador.

—Ya veo que nos entendemos de maravilla, señor Presidente —le sonrió éste.

Esa noche, en su casa de Pomona, el Presidente Árbenz le dijo a María Vilanova, su mujer:

—Los Estados Unidos nos han mandado de embajador a un chimpancé.

—¿Por qué no? —repuso ella—. ¿No somos para los gringos una especie de zoológico?

Esas primeras acciones militares del Ejército Liberacionista los días 18 y 19 de junio de 1954 fueron muy poco alentadoras para el coronel Carlos Castillo Armas. La tropa que salió de la localidad hondureña de Florida, compuesta por ciento veintidós hombres, en dirección a Zacapa, encontró la pequeña comisaría de la Guardia Civil, en Gualán, reforzada con treinta soldados al mando del subteniente César Augusto Silva Girón, un joven oficial lleno de ímpetu y muy bien preparado para la acción. Tenía a sus soldados en pie de guerra y emboscados en las alturas de las colinas circundantes. Desde allí atacaron por sorpresa a los liberacionistas, obligándolos luego de una lucha tenaz a retroceder, dejando en el terreno decenas de muertos, entre ellos el coronel Juan Chajón Chúa, que comandaba aquella tropa, y muchos heridos. No más de una treintena de rebeldes se salvaron de ser abatidos o capturados.

La fuerza liberacionista dirigida por el coronel Miguel Ángel Mendoza, en la que iba el propio Cara de

Hacha, salida de Nueva Ocotepeque, cruzó al alba la frontera en dirección a Esquipulas. Allí se dio con una guarnición mejor equipada de lo que esperaba y, sobre todo, igual que la de Gualán, animosa y dispuesta a pelear contra los invasores. El Ejército Liberacionista se salvó de una derrota humillante gracias a los aviones enviados de urgencia desde Nicaragua por el coronel Brodfrost y, sobre todo, debido a las proezas de Jerry Fred DeLarm, quien descargó dos bombas de fragmentación sobre el cuartel de Esquipulas, con tan buena puntería o suerte que una de ellas estalló y redujo a escombros los dos cañones de una artillería que estaban causando estragos entre los atacantes.

La columna salida de la localidad hondureña de Macuelizo, la más numerosa, de ciento noventa y ocho soldados, se acercó a Puerto Barrios por dos frentes, uno anfibio, en la goleta *Siesta,* enviada por el Generalísimo Trujillo y dirigida por Alberto Artiga, y otro terrestre. Tenían planes de sofocar en un movimiento de pinza a la tropa concentrada en la zona militar del gran puerto guatemalteco sobre el Caribe. Pero fueron recibidos en ambos frentes con cerradas descargas de fusilería y una participación muy activa de la población civil. Porque, además de los soldados, intervinieron en la defensa de las instalaciones militares de Puerto Barrios brigadas de obreros portuarios que habían sido armados en los días anteriores por el sindicato y el gobierno. Fue el único caso en toda Guatemala en que las llamadas «milicias populares», que habían causado tanta alarma en la oposición pese a su existencia sólo teórica, dieron señales de vida. Los liberacionistas debieron huir, abandonando a sus muertos y heridos en el campo de batalla, en los alrededores del puerto. La guarnición de Puerto Barrios estaba bien apertrechada y los oficiales y soldados, apoyados por una población aguerrida que participó con escopetas de caza, garrotes, piedras y cuchillos, derrotaron a los atacantes luego de varias horas de combate, obligándolos a huir y capturando a algunos prisioneros, varios de los cuales fueron más tarde ejecutados por la multitud. En esta primera embestida, todas fueron derrotas para el Ejército Liberacionista.

De otra parte, un pequeño grupo de invasores que partió de Santa Ana, en El Salvador, ni siquiera pudo llegar a la frontera guatemalteca; fue detenido antes por el Ejército salvadoreño, que les incautó las armas por carecer de los permisos debidos. Sólo dos días después, gracias a las frenéticas gestiones de la embajada de Estados Unidos, los detenidos fueron liberados con la orden de trasladarse a Honduras de inmediato pues el Presidente salvadoreño, Óscar Osorio, se oponía a que los seguidores de Castillo Armas operaran desde su territorio contra el gobierno de Guatemala.

Sin embargo, lo peor de lo ocurrido a los rebeldes de Castillo Armas en los dos primeros días de la invasión fue el fracaso de todos los intentos de la Aviación Liberacionista para suministrar armamento a las bandas y comandos rebeldes que sus informantes les habían dicho estaban ya operando en territorio guatemalteco. Era pura propaganda. Por más que el coronel Brodfrost envió los aviones de carga Douglas C-124C a la hora acordada, los equipos encargados de recibir los suministros bélicos, así como comida y medicinas, lanzados en paracaídas, no aparecieron en los lugares de recepción. Los pilotos norteamericanos sobrevolaron aquellos parajes y las inmediaciones durante mucho rato, hasta recibir orden de regresar a Managua sin lanzar su carga o hundiéndola en el mar. A los tres Douglas C-124C se había añadido un cuarto luego de que Allen Dulles, el jefe de la CIA, autorizara su adquisición y proveyera los fondos correspondientes. Esta flota fue creciendo en los días siguientes hasta que, en vísperas de la invasión, contaba con seis aviones de carga C-47 (DC-3), seis F-47 Thunderbolt, un P-38 caza ligero de combate, un Cessna 180 y un Cessna 140, cuyos pilotos, todos gringos, ganaban dos mil dólares mensuales más bonos por cada misión exitosa.

En todos los siguientes encuentros, en los casi ocho meses que llevaba el embajador Peurifoy en Guatemala, el Presidente Árbenz intentó explicarle la verdadera situación del país. Le insistía en que las reformas emprendidas por su gobierno, incluida la agraria, sólo pretendían convertir a Guatemala en una democracia moderna y capitalista, como lo eran Estados Unidos y las demás naciones occidentales. ¿Acaso se habían creado «granjas colectivas» en el país? ¿Acaso se había nacionalizado alguna empresa privada? Las tierras ociosas que el gobierno nacionalizó y repartía a los campesinos pobres eran lotes individuales, para desarrollar una agricultura privada y capitalista. «Sí, óigalo bien, señor embajador, ca-pi-ta-lis-ta», silabeaba el Presidente, y el intérprete lo imitaba, silabeando también la palabra. Si el gobierno quería cobrar impuestos a la United Fruit, igual que a todos los agricultores guatemaltecos, era para poder llenar el país de escuelas, carreteras, puentes, pagar mejor a los maestros, atraer funcionarios competentes y financiar una obra pública que sacara a las comunidades indígenas, la inmensa mayoría de los tres millones de guatemaltecos, de su aislamiento y pobreza. El Presidente Árbenz insistía, pese a haberse dado cuenta muy pronto que el embajador Peurifoy era un hombre inmunizado contra razones y argumentos. Ni siquiera las oía. Se limitaba a repetir, como el muñeco de un ventrílocuo, que el comunismo se estaba haciendo presente por doquier en el país. ¿No lo afirmaba así nada menos que el arzobispo monseñor Mariano Rossell y Arellano en su célebre carta pastoral? ¿No lo demostraba el que se hubiera autorizado, ya desde la época de Juan José Arévalo, la creación de sindicatos? ¿No cundía acaso, por obra de los agitadores, el espíritu de rebelión entre los campesinos y obreros? ¿No había toma de tierras e invasiones de fincas? ¿Acaso no se sentían amenazados los empresarios y agricultores? ¿No habían partido al extranjero muchos de ellos? ¿No lo decían a diario los periódicos y las radios?

—¿No hay sindicatos en los Estados Unidos? —le replicaba Árbenz—. Donde no hay sindicatos libres e independientes es en Rusia, justamente.

Pero el embajador no quería entender y repetía, unas veces en tono sereno y otras amenazador, que Estados Unidos no permitiría una colonia soviética entre California y el Canal de Panamá. Y, «sin que esto fuera una amenaza», para eso existían los marines que estaban ya rodeando Guatemala por el Caribe y por el Pacífico.

—¿Sabe usted cuántos ciudadanos rusos hay en este momento en Guatemala? —argumentaba Árbenz—. Ni uno solo, embajador. ¿Me quiere usted decir cómo puede convertir la Unión Soviética a Guatemala en una colonia si no hay un solo ciudadano soviético en este país?

Las protestas del Presidente Árbenz contra la campaña periodística que, nacida en Estados Unidos, se proyectaba por el mundo entero, también eran inútiles. ¿Cómo era posible que periódicos tan prestigiosos como *The New York Times, The Washington Post, Time Magazine, Newsweek, Chicago Tribune* se hubieran inventado semejante fantasma: ¡el comunismo en Guatemala!? Una mentira de pies a cabeza, que caricaturizaba de manera indigna unas reformas sociales que, precisamente, querían impedir que la pobreza, las injusticias y desigualdades sociales empujaran a los guatemaltecos hacia el comunismo. El diplomático se limitaba a responder que en Estados Unidos, país democrático, la prensa era libre y el gobierno no se metía con ella. Con lujo de detalles Árbenz le explicó que la Reforma Agraria no había nacionalizado un solo pedacito de tierra sembrada por la Frutera, es decir, la United Fruit, o los latifundistas guatemaltecos. Sólo habían sido afectadas las tierras ociosas, aquéllas sin sembrar. Y las tierras nacionalizadas eran pagadas a sus dueños al precio que ellos mismos las habían valorizado en su declaración de impuestos.

El Presidente animaba al embajador a que, en lugar de reunirse tanto con los militares exhortándolos a dar un golpe contra su gobierno —el diplomático escuchaba impertérrito estos detalles—, recorriera el país y viera con sus propios ojos cómo medio millón de indios habían recibido por fin tierras que iban a hacer de ellos propietarios —sí, señor embajador, pro-pie-ta-rios—, que prosperarían y convertirían a Guatemala en una sociedad sin hambre, sin explotadores, sin pobres, según el modelo de los Estados Unidos. El embajador Peurifoy, acorazado de insensibilidad y obsesionado con su misión, no salió nunca de la ciudad de Guatemala. Y, en todas las entrevistas con el mandatario, se limitaba a repetirle una y otra vez la misma pregunta:

—¿Por qué se encarniza su gobierno con una empresa norteamericana como la United Fruit, señor Presidente?

—¿Usted cree justo, embajador, que la Frutera no haya pagado en toda su historia de más de medio siglo en Guatemala ni un solo centavo de impuestos? —le respondía Árbenz—. Sí, óigalo bien: nunca en su historia. Ni un centavo. Es verdad, ella sobornaba a los dictadorzuelos, Estrada Cabrera, Ubico, que firmaban esos contratos exonerándola de pagar impuestos. Y como ahora ella no puede sobornarme a mí, debe pagarlos, como lo hacen todas las empresas en Estados Unidos y en todas las democracias occidentales. ¿Acaso no pagan impuestos las compañías en su país? Eso sí, aquí pagan menos de la mitad de lo que pagan allá.

El Presidente sabía que era inútil. Y, en efecto, sabía también que el embajador Peurifoy no cesaba en sus

237

intentos de subvertir al Ejército para que se levantara contra su gobierno y diera un golpe de Estado. Había preguntado a sus ministros si convenía censurarlo y echarlo del país, pero el canciller Guillermo Toriello se opuso, asegurando que ello agravaría la crisis con los Estados Unidos y acaso serviría de pretexto para el desembarco de los marines en Guatemala. La idea de este desembarco era un tema generalizado y constante. Árbenz sabía que causaba pavor entre los oficiales del Ejército guatemalteco, temerosos de que aquella invasión pulverizara a las Fuerzas Armadas. Las encuestas privadas hechas por el gobierno indicaban que, en caso de una invasión yanqui, por lo menos entre la mitad y tres cuartas partes del Ejército guatemalteco se pasaría al enemigo. Ésta era la mayor preocupación del mandatario. Hasta ahora había podido controlar a sus colegas militares pero sabía muy bien que, en el momento en que los marines pisaran Guatemala, habría una desbandada masiva en las Fuerzas Armadas. En estos períodos de gran tensión a veces sentía, como una comezón en todo su cuerpo, la necesidad de un trago de whisky o ron. Pero nunca cedió a la tentación.

Cuando Árbenz decía a Peurifoy que él era el primer anticomunista de Guatemala, lo veía sonreír burlonamente. Cuando le preguntaba qué clase de satélite ruso podía ser un país que, además de no albergar un solo ciudadano ruso, nunca había tenido relaciones diplomáticas ni comerciales con la Unión Soviética, y cuya Constitución prohibía los partidos políticos internacionales, aquél lo escuchaba sin contestar palabra. Y lo mismo, aunque a veces con cara más escéptica, cuando le aseguraba que el Partido Guatemalteco del Trabajo, que se reconocía como comunista, era una organización ridículamente pequeña. En ocasiones, el embajador Peurifoy le replicaba que tendría sólo cuatro parlamentarios pero controlaba todos los sindicatos, algo que era cierto y había sembrado el terror en las familias de agricultores y empresarios de Guatemala, muchos de los cuales habían sido invadidos y obligados a marcharse al extranjero. «No hay nada que hacer», pensaba Árbenz. «Nos han mandado a un imbécil.»

Sin embargo, John Emil Peurifoy no era un imbécil. Un fanático y un racista, sin duda; y, también, un maccarthista de espíritu espeso, de asimilación intelectual muy lenta, según lo repetía día y noche a quien quisiera escucharla la esposa de Árbenz, la señora María Cristina Vilanova, desde el día que lo conoció. Pero un hombre eficaz, que embestía ciego para derribar cualquier obstáculo a fin de lograr sus objetivos. Había tenido el atrevimiento de intentar comprarse al jefe del Ejército, coronel Carlos Enrique Díaz (Arbencito Segundo), al que un mensajero de la CIA le ofreció doscientos mil dólares durante un viaje que hizo a Caracas para que «colaborara con los Estados Unidos». El coronel Díaz rechazó la oferta y, a su vuelta de Venezuela, corrió a contarle la historia al Presidente Árbenz. Le confesó que se había llevado un «susto terrible» en Caracas creyendo que lo había hecho seguir su mujer, pues había aprovechado aquel viaje para llevarse con él a su querida.

El embajador Peurifoy tenía una estrategia que seguía de cerca la que había empleado en Grecia: convencer a los jefes militares de que la política de Árbenz perjudicaba no sólo al país sino sobre todo a las Fuerzas Armadas, la primera institución que los comunistas aniquilarían y reemplazarían por milicias populares dirigidas por el partido, como habían hecho en Rusia y en las democracias populares de las que se habían apoderado luego de la Segunda Guerra Mundial. El embajador no tomaba la menor precaución en estas operaciones, de manera que el Presidente Árbenz y su gobierno las conocían al dedillo. Consideraba que eran «provocaciones» destinadas a obligarlo a él a expulsarlo y así tener los Estados Unidos un pretexto para invadir el país. Peurifoy invitaba a la embajada a los coroneles y mayores con mando de tropa, empezando por el coronel Díaz, el jefe del Ejército, y a otros coroneles como Elfego H. Monzón, al coronel Rogelio Cruz Wer, jefe de la Guardia Civil, al mayor Jaime Rosemberg, jefe de la Policía Judicial, o se reunía con ellos en el Casino Militar, o en casas particulares —de finqueros y empresarios horrorizados con las reformas, sobre todo el Decreto 900, de la Reforma Agraria, y, algunos de ellos, por tener que pagar impuestos también por primera vez en su vida—. El embajador advertía a esos militares que, si las cosas seguían agravándose como estaba ocurriendo, muy pronto Estados Unidos no tendría más remedio que intervenir. ¿Y se iban a enfrentar ellos al Ejército más poderoso del mundo? De otro lado les recordaba que desde 1951, cuando comenzaron a estar presentes en el país las medidas comunistas que Árbenz llamaba «sociales», Estados Unidos se había visto obligado a implantar un embargo que impedía a Guatemala comprar armamento, municiones y repuestos militares en ningún país occidental, un boicot al que se habían sumado varios gobiernos europeos, algo que estaba perjudicando enormemente a las Fuerzas Armadas. ¿No lo sabían ellos de sobra? ¿No era ésta una razón suficiente para que entraran en acción y depusieran a este gobierno?

Sin embargo, el embajador advirtió el 18 de junio, cuando las fuerzas de Castillo Armas cruzaron la frontera hondureña, que la reacción de muchos de los militares con los que se reunía periódicamente era muy negativa. Consideraban «intolerable», un «acto de traición», que ese militar sin prestigio, un pequeño mequetrefe, se alzara contra su propio país al mando de mercenarios buena parte de los cuales eran extranjeros. Ese prurito institucional de los oficiales llevó a Peurifoy a cambiar de estrategia. Y a pedir al Departamento de Estado y a la CIA que el apoyo de Estados Unidos al «traidor» Castillo Armas no fuera tan explícito y, más bien, Washington aceptara, como él había sugerido desde el principio, las bondades de un «golpe institucional».

Por otra parte, gracias a sus esfuerzos, el embajador Peurifoy consiguió que la embajada tuviera informantes entre los oficiales guatemaltecos. Y «mucho más económicos que los oficiales griegos», según informó a sus superiores en el Departamento de Estado. No todos eran tan escrupulosos como el coronel Díaz. El embajador Peurifoy enviaba informaciones diarias a Washington y se esforzaba en minusvalorar las acciones de Castillo Armas en el exilio y en defender su convicción de que era preferible y más rápido un levantamiento de las Fuerzas Armadas que depusiera a Árbenz. Argumentaba que ello sería más efectivo que aquella invasión, la que demoraba tanto que justificaba el mayor escepticismo de los militares y de la población civil.

Aquel razonamiento fue confirmado los días 18 y 19 de junio de 1954, luego de que las tropas (o, más bien, las «bandas», como decía Peurifoy) de Castillo Armas cruzaran la frontera. La invasión habría sido un fracaso estruendoso si no hubiera existido la Aviación Liberacionista; ella impidió el exterminio de las fuerzas que se enfrentaron al Ejército en Gualán y Puerto Barrios y fueron derrotadas, y salvó de milagro a las que pretendían ocupar Zacapa. El gobierno de Árbenz contaba con una Aviación Militar de caricatura, conformada apenas por cinco Beechcraft AT-11, uno de los cuales desertó el primer día de la invasión con su piloto, que huyó a Honduras y se unió a la rebelión. Árbenz no se atrevía a enviar a combatir a los avioncitos restantes por el temor de que sus pilotos se pasaran al enemigo. La Aviación Liberacionista del coronel Brodfrost tenía pues los espacios libres.

Los pilotos gringos aprovecharon bien ese monopolio del aire. Fue sobre todo en Chiquimula donde la aviación rebelde causó mucho daño, encabezada por Jerry Fred DeLarm. Éste, picando suicidamente sobre la guarnición, consiguió lanzar una bomba de fragmentación en el patio del cuartelillo, destruyendo armamento artillero y provocando muertos y heridos que indujeron al resto de los soldados allí acantonados a rendirse el día 23 de junio, pese a su victoria inicial. Las tropas liberacionistas ocuparon la guarnición. Esto significó un gran estímulo para los invasores que, luego de los fracasos de los dos días anteriores, estaban a punto de retroceder hacia territorio hondureño. Radio Liberación presentó la toma de la guarnición de Esquipulas y de Chiquimula por Castillo Armas como el «principio del fin» del gobierno de Árbenz.

Entonces, el embajador Peurifoy comenzó a empapelar al Departamento de Estado y la dirección estratégica de la invasión liberacionista (dirigida por dos funcionarios de la CIA, Robertson y Wisner) para que bombardeara la ciudad de Guatemala. Era indispensable que reinara el pánico en la capital para que el Ejército se decidiera a actuar. Se escudaba en lo que le habían dicho de manera muy explícita los altos oficiales, entre ellos el coronel Monzón y el propio jefe del Ejército, el coronel Díaz: «Tiene que haber muertos civiles. Tiene que cundir el pánico en la población civil. Es el único incidente que nos obligará a intervenir contra Árbenz». Esto quedó confirmado cuando el coronel Elfego H. Monzón se presentó en la embajada, escoltado por los coroneles José Luis Cruz Salazar y Mauricio Dubois, señalando de manera específica que el bombardeo de los liberacionistas debía tener como blanco el Fuerte de Matamoros, situado en el centro mismo de la capital.

El ataque tuvo lugar el 25 de junio, al comienzo del atardecer. La Aviación Liberacionista había crecido para entonces. Los dos Thunderbolt, piloteados por Williams y DeLarm, antes de dirigirse a la capital sobrevolaron Chiquimula y Zacapa, destruyendo primero un tren que llevaba tropas gubernamentales a reforzar aquellas guarniciones y destrozando un puente para dificultar la marcha de los sobrevivientes que seguían avanzando a pie.

Ambos aviones llegaron a la capital a las dos y veinte de la tarde. El primero en sobrevolar el Fuerte de Matamoros fue Williams, pero la bomba de fragmentación de 275 libras que llevaba quedó enganchada en el mecanismo del avión. DeLarm, que venía detrás de Williams, en cambio, pudo lanzar una bomba de 555 libras sobre el depósito de explosivos del fuerte, al que hizo volar en pedazos. Hubo una sucesión de explosiones e incontables muertos y heridos, tanto dentro como fuera del cuartel. Ambos aviones recibieron descargas de fusilería en los vuelos rasantes que hacían ametrallando a los supervivientes. Sólo entonces se retiraron, no sin que Williams soltara sobre la ciudad otras dos bombas de calado menor que la que quedó atracada en el avión, una de las cuales impactó en el patio de honor de la Escuela Militar. Esta vez, los oficiales, encabezados por el jefe del Ejército, coronel Díaz (Arbencito Segundo) y el coronel Elfego H. Monzón, se dieron por satisfechos: había muchos muertos y heridos civiles, el pánico había hecho que miles de familias se lanzaran a los caminos tratando de huir de una ciudad en llamas, armados de bultos, cunas, perros, temiendo una nueva invasión de pilotos y bombardeos liberacionistas.

A las veinticuatro horas del bombardeo del Fuerte de Matamoros, cuando la ciudad seguía todavía removida por el ataque, en estado de caos, con muertos y heridos aún sin recoger de las calles, y una riada de gentes tratando de huir al campo, el Presidente Árbenz recibió del jefe del Ejército, coronel Carlos Enrique Díaz, un pedido urgente «en nombre de las Fuerzas Armadas que tengo el honor de presidir», para reunirse con él junto con el Estado Mayor de la institución «debido a los muy graves acontecimientos de ayer, es decir, el bombardeo del Fuerte de Matamoros y alrededores por la aviación enemiga». Tanto Díaz como Monzón y otros miembros del Estado Mayor eran compañeros de la Escuela Politécnica y amigos personales de Árbenz. Éste, por lo demás, había influido mucho para que Díaz llegara a la jefatura del Ejército. Pero, apenas recibió la solicitud redactada en aquellos términos, intuyó que el coronel Díaz ya no era la misma persona que él había conocido, su amigo y compañero desde joven. Hasta hacía dos días le había informado a diario de las presiones que Peurifoy ejercía sobre los altos oficiales para que dieran un golpe. ¿Estaba éste en marcha? ¿Lo habían comprado al fin a él también? En el acto respondió a Díaz que los citaba a él y al Estado Mayor esa misma tarde en su despacho presidencial.

Luego de hacerlo, convocó a tres civiles, amigos y asesores suyos, Carlos Manuel Pellecer, Víctor Manuel Gutiérrez, secretario general de la Confederación de Sindicatos Obreros y Campesinos, y José Manuel Fortuny, líder del Partido Guatemalteco del Trabajo (comunista), que habían colaborado con él en la elaboración de la ley de Reforma Agraria y en su aplicación luego de ser aprobada por el Congreso. Este último, además, a mediados de 1954 había sido el encargado de la compra secreta de armas, en Checoeslovaquia, que hizo Árbenz para tratar de contrarrestar el embargo impuesto por Estados Unidos a Guatemala, que alarmaba mucho al Ejército. Fortuny lo había conseguido, y Árbenz logró que las armas compradas entraran al país en un barco sueco, el *Alfhem,* que llegó a Puerto Barrios sin ser detectado por los Estados Unidos. Qué mejor prueba de que la Unión Soviética no tenía el menor interés en lo que ocurría en Guatemala, pensó Árbenz muchas veces, que su gobierno hubiera tenido que pagar aquellas armas al contado, a un precio altísimo y sin el más mínimo descuento. La prensa yanqui había hecho gran escándalo con aquella compra de fusiles y bazucas que, por lo demás, el Ejército nunca permitió que sirvieran para armar a las inexistentes milicias populares.

Sin darles ninguna explicación sobre el mensaje de Díaz, Árbenz les preguntó cómo iba la formación de las milicias. Los tres le dieron datos muy pesimistas, sobre todo Fortuny. Iba muy lenta; no todos los sindicatos campesinos querían que sus miembros se alistaran; otros, aunque dispuestos a colaborar, encontraban mucha resistencia en sus propios afiliados. Acababan de recibir sus pequeñas fincas y querían dedicarse a trabajarlas cuanto antes en vez de hacer la guerra y convertirse en milicianos. Fortuny, buen amigo de Jacobo y María Árbenz desde antes de las elecciones, le aseguró que el problema mayor era, en verdad, que los militares encargados de adiestrar a los reclutas no querían hacerlo; temían a ese «ejército civil» y lo veían como una amenaza para la supervivencia del Ejército verdadero. O, tal vez, habían recibido órdenes superiores de sabotear la formación de las milicias. En la capital se habían presentado en el Estadio de la Ciudad Olímpica sólo algunas decenas de voluntarios, no los miles que esperaban, y los oficiales encargados de instruirlos les daban largas, no aparecían en los lugares señalados para el entrenamiento, buscaban pretextos para no entregar los fusiles prometidos. Era muy claro: el Ejército guatemalteco no veía con buenos ojos la formación de milicias populares para defender la revolución. El embajador Peurifoy los había convencido, a los que todavía dudaban, de que aquellas «milicias», si se constituían, terminarían liquidando al Ejército legítimo. Pelear, hacer la guerra, era una tarea de las Fuerzas Armadas, no de los sindicatos ni de los campesinos. Por haber opinado de este modo, José Manuel Fortuny sería luego acusado por el Comité Central del Partido Guatemalteco del Trabajo (del que era secretario general) de «conducta personal indigna de su cargo» y de expresar «políticas erróneas y pesimistas». Fue sometido a un «proceso disciplinario» y separado de la dirección del PGT.

Árbenz no informó a los tres civiles de la reunión que tendría en la tarde con el Estado Mayor. Pero el informe que recibió de los tres lo dejó muy pesimista. Aquello que le habían dicho era algo que ya sospechaba: el Ejército se resistía a la formación de las milicias. Era posible que los oficiales encargados de instruirlas hubieran recibido orden superior de demorar y buscar excusas diversas, pero también lo era que ellos mismos hubieran decidido el sabotaje. Aunque había oficiales favorables a las reformas sociales, el espíritu de cuerpo prevalecía. El Presidente siempre había sabido que el Ejército jamás aceptaría enfrentarse a los Estados Unidos. Por más que despreciaran a Castillo Armas, la institución descartaba de plano una guerra con los marines. ¿Y quién no les daría la razón?

Una veintena de jefes militares, algunos procedentes de guarniciones del interior, ocuparon el despacho presidencial desde las ocho de la noche. Todos llevaban uniformes de parada y condecoraciones en el pecho. El Presidente dio la palabra de inmediato al jefe del Ejército.

Desde el principio de la exposición del coronel Carlos Enrique Díaz, prudente, asustadizo, que intercalaba todo el tiempo en su discurso el muy respetuoso «señor Presidente», Jacobo Árbenz supo lo que se venía. Se trataba de defender la Revolución de Octubre, las reformas, la ley de Reforma Agraria, la entrega de tierras a los campesinos. De eso se trataba. Por supuesto, insistía Díaz, por supuesto, señor Presidente. Eran reformas que el Ejército entendía y apoyaba. Y, desde luego, el Ejército de Guatemala no podía tolerar la rebelión armada de un traidor como Castillo Armas, una rebelión apoyada por mercenarios extranjeros y por la incomprensión y hostilidad declaradas de los Estados Unidos. Esa rebelión, esa invasión desde Honduras, rechazada gallardamente en Gualán y en Puerto Barrios, había que derrotarla. Sin la menor duda. Los ocho mil soldados y oficiales del Ejército guatemalteco no tenían vacilaciones al respecto. Pero, naturalmente, el Ejército de Guatemala no podría resistir una guerra con el país más poderoso del mundo como eran los Estados Unidos. Por otra parte, la hostilidad de los Estados Unidos contra el «señor Presidente» («Contra Guatemala», lo interrumpió Árbenz), sí, contra Guatemala, rectificó Díaz, había perjudicado mucho a las Fuerzas Armadas, con el embargo, la prohibición de comprar armamento, municiones y repuestos, una medida que desde hacía años Estados Unidos había convencido que la asumieran también casi todos los países occidentales, lo que había puesto a las Fuerzas Armadas en una posición de gran desventaja, como se verificaba en estos días, con motivo de la invasión de Castillo Armas y su ejército de antipatriotas, mercenarios y traidores. Y, era evidente, los países del Este no podían reemplazar como proveedores de armas a Estados Unidos, como se había visto hacía algunos meses con las armas compradas a Checoeslovaquia, que habían provocado un escándalo internacional y casi casi dado el pretexto para que invadieran Guatemala los marines. ¡Y por un armamento que era en gran parte inservible por antiguo y falto de repuestos!

Hubo una larga pausa durante la cual reinaron en el despacho un silencio sepulcral y una inmovilidad absoluta de todos los presentes. «Ahora viene», pensó Árbenz. Y, en efecto, así fue.

—Y, por eso, señor Presidente, las altas autoridades militares, ansiosas de proteger los logros de la revolución y de poder derrotar lo más pronto y eficazmente a Castillo Armas, en un acto patriótico y generoso le pedimos su renuncia. El Ejército tomará el poder y se compromete a salvar las reformas sociales, la Reforma Agraria en particular. Y a derrotar a Castillo Armas y sus mercenarios.

El coronel Carlos Enrique Díaz se calló y hubo otro largo silencio. Al fin, el Presidente Árbenz preguntó:

—¿Todos los oficiales presentes apoyan las palabras del jefe del Ejército?

—Es un acuerdo tomado por unanimidad, señor Presidente —repuso el coronel Díaz—. Fue primero una decisión unánime del Estado Mayor, a la que se han sumado todos los jefes de guarniciones y regiones de Guatemala.

Otro silencio eléctrico siguió a sus palabras. Esta vez, Jacobo Árbenz se levantó de su silla y habló de pie, con voz muy firme:

—Yo no me aferro a este cargo para el que me eligió, en elecciones limpias, una inmensa mayoría de guatemaltecos. Me ha permitido llevar a cabo unas reformas sociales y económicas indispensables para corregir las injusticias de siglos en que malvivían los campesinos de este país. Y si mi renuncia sirve para salvar estas reformas, no tengo ninguna razón para continuar en este cargo. Sobre todo, si se trata de derrotar y castigar al traidor Castillo Armas.

—Lo juramos por nuestro honor, señor Presidente —lo interrumpió el coronel Carlos Enrique Díaz, haciendo sonar los tacos.

—Que se quede el jefe del Ejército conmigo —dijo el Presidente—. Los demás oficiales pueden volver a sus puestos. El coronel Díaz les informará de mi decisión.

Los oficiales fueron saliendo, uno a uno. Todos lo saludaron llevándose la mano a la gorra de plato antes de partir.

Cuando se quedaron solos, Árbenz preguntó a Díaz, a quien notaba muy pálido:

—¿Tú crees que mi renuncia aplacará a los Estados Unidos?

—A Estados Unidos, no lo sé —repuso el coronel Díaz—. Pero aplacará al Ejército, Jacobo, que ha estado a punto de levantarse. Te lo juro. He hecho verdaderos milagros para impedirlo. El embajador Peurifoy me ha asegurado que, si renuncias, Estados Unidos respetará las reformas, en especial la agraria. Washington sólo quiere apartar a los comunistas del poder.

—¿Te ha pedido que los fusiles?

—Por lo pronto, que los metamos a la cárcel. Y que sean expulsados de la administración pública de inmediato. Tiene unas listas muy completas.

—¿Qué pasará con Castillo Armas?

—Ése ha sido el hueso más duro de roer —dijo el coronel Díaz—. Pero en eso he sido implacable, no he cedido ni un milímetro. Nada con el traidor y subversivo. El embajador Peurifoy me aseguró que si el Ejército asumía el poder, encarcelaba a los comunistas y ponía fuera de la ley al Partido Guatemalteco del Trabajo, Estados Unidos dejaría caer a Castillo Armas. Y yo le he repetido hasta el cansancio que ese traidor tiene que ser derrotado y juzgado por haber traicionado a su uniforme y a la patria.

—Está bien, Carlos —dijo el Presidente—. Estoy seguro que me estás diciendo la verdad. Espero que salves por lo menos las reformas sociales y económicas que hemos hecho. E impidas la subida al poder de ese miserable.

—Te lo juro, Jacobo —dijo el jefe del Ejército, haciendo un saludo militar.

Árbenz lo vio salir de su despacho, cerrando la puerta tras de sí. Todo su cuerpo temblaba. Tuvo que cerrar los ojos y respirar hondo para serenarse. ¿Era justa la decisión que iba a tomar? Lo sería si el coronel Carlos Enrique Díaz y el Ejército respetaban su compromiso y no pactaban con el traidor y sus bandas mercenarias. Pero no estaba seguro de que los militares siguieran a Díaz. Si todos los oficiales hubieran sido leales, la invasión ya habría sido rechazada y destruida pese a la aviación de los invasores, que seguía haciendo mucho daño a las tropas gubernamentales. Las últimas noticias hablaban de una espantosa matanza infligida por los rebeldes a la población civil de Bananera. Su temor era que, luego de su renuncia, el movimiento de los oficiales para traicionar creciera y terminara por desbordar a Carlos Enrique, de cuya palabra él sí se fiaba.

Habló por teléfono con Fortuny y lo puso al tanto de su decisión de renunciar. Fortuny trató de disuadirlo, confuso y alarmado, pero se calló cuando el Presidente, subiendo el tono de voz, le dijo que su decisión era definitiva, y que esta renuncia era la única manera de que por lo menos algo de la revolución pudiera salvarse y de que Castillo Armas no tomara el poder. La única manera, por otra parte, de evitar una invasión yanqui, que diezmaría a la población civil. Antes de cortar, le dijo que, a diferencia de otros, el discurso con su renuncia al poder lo escribiría él mismo. Y que, como se vendría una caza de brujas contra los comunistas reales y supuestos, tomara sus precauciones sin pérdida de tiempo. Y colgó.

Dio instrucciones para que la Radio Nacional preparara todo para un mensaje a la nación, que pronunciaría dentro de un par de horas. Después llamó al embajador de México, Primo Villa Michel, con quien había estado en estrecho contacto los últimos días, y le dijo que esta noche, luego de leer su discurso anunciando su renuncia, él y su familia se asilarían en la embajada si el gobierno de México aceptaba recibirlos. El embajador le aseguró que así sería y que se lo confirmaba antes de una hora. El Presidente entonces habló por teléfono con su mujer y se limitó a decirle cuatro palabras: «Prepara las maletas, María». Hubo un breve silencio y, luego, María Cristina Vilanova le respondió: «Ya están listas, amor. ¿Cuándo será?». «Esta noche», dijo él.

El Presidente pidió a sus ayudantes que nadie lo interrumpiera. Se encerró en el despacho a preparar su maletín y destruir los papeles que no se iba a llevar. Mientras lo hacía, y luego de más de tres años de no beber una gota de alcohol, se sirvió medio vaso de whisky. Se lo tomó de un solo trago, cerrando los ojos.

# XXVI

Había ido a comprarle un regalo a su cocinera, pues era su cumpleaños, a uno de esos mercados gigantescos que se estaban abriendo hacia el sur de la ciudad de Guatemala, cuando, al salir, oyó que lo llamaban por su nombre de pila: «¿Enrique?». Se paró en seco, se volvió y vio a una jovencita con blue jeans y uno de esos sacones de corte militar que se habían puesto de moda en las nuevas generaciones. Llevaba una boina azul, tenía bonitos ojos y le sonreía como si fueran conocidos.

—Es usted el teniente coronel Enrique Trinidad Oliva, ¿verdad? —la muchacha dio un paso hacia él, con la mano estirada, siempre sonriéndole.

Él se puso muy serio antes de responderle hosco:

—Te equivocás, no sé quién es ése —había hablado con un tono muy agrio, y trató de arreglarlo sonriendo también—. Me llamo Esteban Ramos. Para servirte. ¿Quién es usted?

—Entonces, me confundí —dijo la joven, con otra sonrisa—. Mil perdones.

Dio media vuelta y se alejó, caminando de una manera elástica y cimbreando un poquito las caderas.

Él se había quedado inmóvil, con el paquete del regalo en las manos, paralizado por la sorpresa y maldiciéndose por su torpe forma de reaccionar. Las piernas le temblaban y tenía las manos húmedas. Se hacía toda clase de reproches mentalmente. Había cometido tres errores gravísimos: detenerse cuando oyó su viejo nombre, mostrarse enojado cuando negó ser el teniente coronel Enrique Trinidad Oliva y tratar a aquella joven de tú y de usted en una misma frase. Debió haber seguido su camino, sin pararse, entonces la chica habría creído haberse confundido de persona. «Te has delatado, idiota», se dijo. Mientras conducía el coche de vuelta a su casa sentía una especie de vértigo y lo comían mil preguntas: ¿quién era la chica? ¿Había sido un encuentro casual? ¿Ella lo venía siguiendo? Era imposible que lo hubiera conocido antes: no debía tener más de diecisiete o dieciocho años, lo que quería decir que era de once o doce antes de que él entrara a la cárcel. Imposible que lo tuviera en la memoria, él había cambiado muchísimo. Por lo demás, no recordaba para nada esa cara, esos ojos, la actitud desenfadada. No, no lo conocía de antes, lo estaba siguiendo, trataba de confirmar su identidad. Y lo había conseguido, por su propia torpeza. ¿Podía ser de la policía? Difícil. ¿Del Servicio de Inteligencia Militar? Improbable. Parecía una estudiante universitaria, una de San Carlos, de Humanidades o Derecho, las facultades radicales. Debía ser miembro de uno de esos grupos extremistas, comunistas, los que cometían secuestros y ponían bombas en los bancos y en las casas de generales. Sólo gente así podía estar interesada en averiguar si el antiguo jefe del Servicio de Inteligencia del gobierno liberacionista de Castillo Armas estaba todavía vivo y funcionando en la vida civil con un nombre supuesto.

Esa misma tarde habló con el Turco de lo ocurrido. Éste no dio mucha importancia al asunto, pero le dijo que él tenía manera de averiguar por sus contactos con el gobierno si la policía o el Servicio de Inteligencia estaban siguiéndole los pasos. Dos días después Ahmed Kurony le aseguró que no, sus informantes habían sido categóricos: ni la policía ni el Ejército se interesaban en él. Por eso mismo, no se podía descartar que, si aquel encuentro no había sido casual, alguno de esos grupúsculos terroristas que pululaban en el país anduviera tras las huellas del antiguo militar acusado de tantos horrores en la época de la revolución liberacionista.

A partir de entonces, Enrique tomó precauciones. Volvió a andar armado; había dejado de hacerlo porque, dada la inseguridad ciudadana, los actos terroristas y la delincuencia común, que se había multiplicado, había ahora patrullas de policías y militares que paraban a la gente en la calle para pedir documentos de identidad o registrarla. Desde el día en que se delató, Enrique nunca salía sin ese revólver en la cintura que le había regalado el mismo Turco. Y desde aquel día, estuviera donde estuviera, se mantenía alerta. Nunca lo abandonaba la sensación de estar siendo seguido y espiado. Procuraba permanecer poco en la calle, ir de su casa a las reuniones sin detenerse, evitar bares y restaurantes. No había vuelto a poner los pies en el Ciro's ni en el Casablanca, ni siquiera la noche que el Turco lo invitó a ver a Tongolele, esa rumbera tan famosa, la del mechón blanco en su larga cabellera negrísima. Y las visitas a los casinos clandestinos del Turco las hacía ahora acompañado por Temístocles, el escolta al que tenía más confianza.

Fue precisamente una noche en que hacía sus recorridos habituales por las salas de juego cuando creyó tener la confirmación de que estaba siendo seguido. Ocurrió de la manera más tonta. Acababa de darse una vuelta por uno de esos casinos, que funcionaba en una sala disimulada en el fondo de una tienda de antigüedades, en el Pasaje Rubio de la ciudad vieja, cuando sintió un flash a su espalda. Se volvió, veloz, y ordenó al escolta que detuviera de inmediato a quien había tomado aquella fotografía. Acompañado por los cuidantes de la entrada, el escolta detuvo a un muchacho que evidentemente no era el fotógrafo, pues no tenía cámara alguna consigo. Resultó ser un agente viajero, que frecuentaba la casa de juego desde hacía años. El propio Enrique le tuvo que pedir disculpas. Pero, pese a la evidencia, siguió creyendo que alguien había tomado una foto a sus espaldas, aunque los guardianes y el escolta se lo negaran. ¿Se estaba volviendo loco? ¿Veía visiones? No, no era paranoia, era olfato. Él había sentido el clic y visto el resplandor de aquel flash. Probablemente, el fotógrafo había sido más rápido que los guardianes. Dormía mal, tenía pesadillas, y, durante el día, lo atormentaba la idea de que toda esta vida que había llegado a reconstruir desde el abismo en que lo dejó la cárcel se desmoronaría de pronto como un castillo de naipes.

Una mañana, Tiburcio, el mayordomo de la casa, vino a despertarlo, con un dedo en la boca para que no hiciera ruido. Era todavía el alba y apenas asomaba la luz. Lo hizo levantarse y lo llevó hasta una ventana, entreabriendo la cortina. Enrique vio a un hombre tomando fotos de su piso y de la puerta de entrada del edificio. Lo hacía a cara descubierta, desde distintos ángulos. Luego, sin correr, fue andando despacio hasta la esquina donde lo esperaba un automóvil que partió apenas subió.

No había duda, pues. Ahí estaba la prueba. Lo seguían y podían secuestrarlo o matarlo en cualquier momento, hoy día mismo. No podían ser criminales comunes. ¿Para qué querrían secuestrarlo a él, que no era millonario ni estaba en condiciones de pagar un rescate? Habló esa tarde con el Turco y le pidió que lo sacara del país por un tiempo. Ahmed Kurony fue muy reticente, al principio. Él lo necesitaba sobre todo aquí, en Guatemala. Le había dado muchas responsabilidades en sus negocios. Probablemente estaba viendo visiones. No era raro que alguien tomara fotos en la calle tan temprano. Podía ser un turista, uno de esos locos de la fotografía que buscaba una luz de amanecer para sus imágenes. Pero, como Enrique le insistiera tanto, terminó diciéndole «Okey». Lo mandaría a México por unas semanas, a ver si se olvidaba allí de sus supuestos perseguidores. En esa ciudad-colmena podría ocultarse y sentirse seguro por un tiempo.

# XXVII

Aunque casi todo el país escuchó en la radio el discurso en el que el Presidente Jacobo Árbenz anunciaba su renuncia, probablemente las dos reacciones más extremas fueron la del embajador Peurifoy, de alegría eufórica —¿no era esa renuncia la demostración de que su estrategia del «golpe institucional» había triunfado y permitiría acabar con los comunistas de inmediato?—, y la del coronel Castillo Armas, que, allá en Esquipulas, su cuartel general, tuvo una nueva rabieta descomunal, con los acostumbrados ajos y cebollas, que sus subordinados escucharon silenciosos.

El embajador John Emil Peurifoy se apresuró a escribir un informe al Departamento de Estado: la renuncia de Árbenz probaba que el Ejército en pleno le había dado la espalda. La subida al poder de las Fuerzas Armadas facilitaría la eliminación de todos los elementos subversivos atrincherados en la administración, la clausura de los sindicatos beligerantes y el cese instantáneo de las políticas discriminatorias contra la United Fruit. Él se entrevistaría de inmediato con el coronel Carlos Enrique Díaz, el nuevo Presidente, para exigir la ejecución de aquellas medidas.

El mensaje del coronel Castillo Armas a la CIA (es decir, al señor Frank Wisner, con copia al coronel Brodfrost) era muy distinto. No se alegraba en absoluto de lo ocurrido y consideraba la renuncia del Mudo Árbenz una mojiganga para salvar los peores excesos de la Revolución de Octubre, una farsa a la que se prestaba ese sirviente y cómplice de Árbenz que era el jefe del Ejército, el coronel Arbencito Segundo. Lo probaba el que hubiera permitido al ex Presidente lanzar aquel mensaje por radio insultando al Ejército Liberacionista y a él mismo, y acusando a los Estados Unidos de planear, apoyar y dirigir la invasión, es decir, repitiendo todos los infundios comunistas. Él no se prestaría a ese enjuague político. Si Estados Unidos cometía la insensatez de apoyar al coronel Carlos Enrique Díaz, él lo denunciaría y regresaría de inmediato a Honduras. Desde allí haría saber al mundo que los comunistas guatemaltecos habían triunfado una vez más —¡y ahora apoyados por Washington!— con la pantomima de la renuncia de Árbenz para que todo siguiera igual y los rojos continuaran destruyendo Guatemala. Cara de Hacha urgía a la CIA (la Madrastra), al Departamento de Estado y al Presidente Eisenhower a no dejarse engañar por el embajador Peurifoy (el Cowboy) y exigir la renuncia inmediata del Arbencito Segundo. Él jamás negociaría con ese comunista, y seguiría el tiempo que hiciera falta al frente del Ejército Liberacionista. Finalmente, les informaba que, luego de escuchar la renuncia de Árbenz, ya se habían puesto en contacto con él muchos militares guatemaltecos ofreciendo una tregua, y, algunos, su apoyo abierto a la invasión.

Las bravatas de Castillo Armas no eran todas falsas. Era cierto que, desde que oyeron por la radio la renuncia de Árbenz, la confianza en la revolución, a la que la mayoría de los oficiales de las Fuerzas Armadas se habían resignado más por obediencia que por convicción, se vino abajo. Los oficiales se sintieron libres de elegir. Y la elección de la mayoría fue, por cierto, pensar que en ese período de desorden e incertidumbre que comenzaba era preferible sumarse a la invasión de Castillo Armas, quien contaba con el apoyo de Estados Unidos, que seguir respaldando una revolución una de cuyas víctimas sería, a la corta o a la larga, como les aseguraba el incansable embajador Peurifoy, el Ejército guatemalteco. Por eso, el coronel Víctor M. León, que presidía las fuerzas gubernamentales que defendían Zacapa y que hasta ahora había enfrentado con resolución a los invasores, envió un emisario a Castillo Armas la misma noche de la renuncia de Árbenz pidiéndole una tregua para abrir negociaciones de paz. Esta decisión, le decía, estaba respaldada por todos los oficiales a su mando.

El embajador Peurifoy no pudo celebrar lo que creía su victoria. A las pocas horas de enviar su informe recibió un mensaje cifrado de su jefe, John Foster Dulles, quien, en términos severos, le decía que de ninguna manera se podía aceptar que el coronel Carlos Enrique Díaz reemplazara a Árbenz en la Presidencia: claramente había una complicidad entre ambos, ya que Díaz había permitido que el ex mandatario pronunciara ese discurso de despedida insultando y calumniando a los Estados Unidos y atacando a Castillo Armas y a los liberacionistas. El embajador debía exigir al coronel Díaz que se apartara del cargo y tratar de formar una junta militar de veras independiente, sin vínculos con Árbenz, a la que había que presionar incluso con la amenaza de una invasión militar para que negociara con el coronel Castillo Armas, quien se había comprometido de manera categórica a acabar con todas las reformas comunistas.

El embajador Peurifoy cambió de opinión e hizo suyas en el acto las ideas de John Foster Dulles. De inmediato pidió al coronel Díaz que lo recibiera; tenía un mensaje de Washington que debía transmitirle de viva voz. El nuevo Presidente lo citó a las diez de la mañana del día siguiente (era ya el amanecer de ese día interminable). Para ir a la cita, el embajador Peurifoy se colgó bajo el sobaco la gran cartuchera con el aparatoso revólver que lo había acompañado siempre en las negociaciones con los militares griegos, los que, dicho sea de paso, le parecían más civilizados que estos indios uniformados.

El encuentro tuvo lugar en la oficina principal del Estado Mayor del Ejército. El coronel Díaz estaba reunido con otros dos oficiales, el coronel Elfego H. Monzón y el coronel Rogelio Cruz Wer, jefe de la Guardia Civil, al que el embajador veía por primera vez. Los tres lo recibieron con expresiones de júbilo: «Por fin hemos conseguido lo que usted quería, embajador, Árbenz renunció y ya comenzó la caza de los comunistas». En efecto, luego de los saludos, el coronel Díaz informó a Peurifoy que había dado órdenes pertinentes para que se detuviera a dirigentes sindicales, afiliados del Partido Guatemalteco del Trabajo y demás subversivos en todo el territorio nacional.

—Sólo que, por desgracia —añadió—, varios dirigentes del Partido Guatemalteco del Trabajo alcanzaron a pedir asilo anoche en la embajada de México. El embajador Primo Villa Michel, que es su cómplice, se lo concedió.

—Usted tiene la culpa por haber hecho tan mal su trabajo, coronel Díaz —lo increpó Peurifoy, de manera agresiva, convencido de que si no les ganaba la moral desde el principio estaba perdido. Al oírlo, la alegría desapareció de los rostros de los tres.

—No entiendo lo que quiere decir, embajador —reaccionó por fin el coronel Díaz.

—Lo entenderá de inmediato, coronel —repuso Peurifoy, con el mismo tono enérgico y balanceando el índice a la altura de la cara del oficial guatemalteco—. Nuestro acuerdo no contemplaba que Árbenz renunciara después de pronunciar un discurso que ha escuchado toda Guatemala, insultando a Estados Unidos, acusándonos de conspirar contra las reformas sociales para defender los intereses de la United Fruit, y en el que atacara a Castillo Armas y a su gente, a la que llamó «una banda de mercenarios» que debe ser derrotada, algo que, por lo visto, usted se ha comprometido a hacer.

Ahora, el coronel Díaz estaba lívido. Peurifoy no le dejó retomar la palabra. Los otros dos oficiales permanecían callados y muy pálidos. El intérprete traducía las palabras del embajador muy rápido, imitando su energía y sus ademanes amenazantes.

—Tampoco estaba en nuestro acuerdo —prosiguió el diplomático— dar tiempo a Árbenz para que alertara a todos los comunistas del régimen, a fin de que se asilaran no sólo en la embajada de México, también en las de Colombia, Chile, Argentina, Brasil, Venezuela, etcétera, etcétera. Lo están haciendo desde anoche, sin que el Ejército o la policía lo impidan. Esto no es lo que acordamos. Mi gobierno se siente ofendido e insultado por lo ocurrido y tomará todas las providencias del caso. Coronel Díaz, se lo digo de manera muy clara. Usted no es aceptable para los Estados Unidos como Presidente de Guatemala. Usted no puede reemplazar a Árbenz. Se lo digo oficialmente. Si no renuncia, aténgase a las consecuencias. Usted sabe de sobra cuál es la situación de su país. La flota naval de Estados Unidos rodea Guatemala tanto por el Pacífico como por el Caribe. Los marines están listos para desembarcar y hacer, en pocas horas, el trabajo que usted no ha hecho. No arrastre a su país a un holocausto. Renuncie de inmediato a presidir la Junta de Gobierno y facilite una solución pacífica de este impasse. Evite una invasión y una ocupación militar, la sangre que correría y el daño terrible que sufriría Guatemala si esto ocurre.

Calló y escudriñó las caras de los tres coroneles. Estaban rígidos, en posición de atención y mudos.

—¿Es éste un ultimátum? —dijo, por fin, el coronel Carlos Enrique Díaz. La voz le temblaba y en sus ojos había un brillo de lágrimas.

—Sí, lo es —afirmó el embajador con resolución. Pero, de inmediato, ablandó los gestos y el tono de sus palabras—. Lo animo a que haga un acto de patriotismo, coronel. Renuncie y salve a Guatemala de una invasión que dejaría miles de muertos y un país en ruinas. No pase a la historia como un militar que, por orgullo, permitió la aniquilación de su patria. Renuncie y tratemos de pactar una junta militar de tres o cuatro miembros que acepte negociar con el coronel Castillo Armas un acuerdo que sea aceptable para mi gobierno y que permita a Estados Unidos colaborar con la democratización y la reconstrucción de Guatemala.

Pese al silencio y la palidez de los tres coroneles, el embajador Peurifoy supo que esta vez también, como allá en Grecia, había ganado la partida. Respiró tranquilo. Los tres coroneles, después de mirarse entre ellos, ahora asentían y se esforzaban por sonreír, aunque sus sonrisas tuvieran algo de macabro. Le ofrecieron asiento. Pidieron café y aguas minerales y sacaron cigarrillos. Comenzaron a conversar mientras fumaban, echándose el humo en las caras, y, apenas una hora después, se habían puesto de acuerdo en los miembros de la nueva junta, en el país al que se enviaría al coronel Carlos Enrique Díaz como embajador y en el texto anunciando a los guatemaltecos el nombramiento de la nueva junta militar que, en aras de la paz y la fraternidad, estaría llana a negociar con el coronel Castillo Armas un acuerdo —sin vencedores ni vencidos— para inaugurar una nueva era de libertad y de democracia en Guatemala.

Apenas salió de la Jefatura del Estado Mayor, el diplomático, nada más llegar a la embajada, llamó por teléfono a Washington e informó minuciosamente de lo ocurrido. Ahora el problema sería, era evidente, el coronel Carlos Castillo Armas. Éste exigía la rendición inmediata de las Fuerzas Armadas gubernamentales y quería entrar a la cabeza del Ejército Liberacionista a la ciudad de Guatemala en una gran parada militar. «Habrá que poner de rodillas también al mequetrefe ese», se dijo Peurifoy. «Se le han subido demasiado los humos.» Estaba agotado, pero, como siempre, las situaciones límite despertaban en él una efervescencia eufórica, una necesidad física de actuar y correr riesgos.

En los días que siguieron a la renuncia del Presidente Árbenz hubo cinco juntas militares, cada una de ellas más próxima a los Estados Unidos, gracias a las exigencias y estratagemas de que se valía el embajador Peurifoy, y cada una de ellas se parecía a la otra en que todas querían superar a la anterior persiguiendo, capturando, torturando y fusilando comunistas. Los dirigentes del Partido Guatemalteco del Trabajo que no se asilaron en embajadas pudieron esconderse o huir a las montañas y a las selvas, gracias a la alerta de Árbenz a Fortuny, pero muchos otros no, sobre todo dirigentes sindicales, maestros de escuela, jóvenes estudiantes y profesionales ladinos que se habían movilizado —despertando por primera vez a la política muchos de ellos— desde la Revolución de Octubre. Nunca se supo el número de víctimas, pero fueron centenares, acaso miles, seres del montón, campesinos sin nombre y sin historia a quienes el reparto de lotes de las tierras nacionalizadas les había parecido un regalo caído del cielo y que, cuando se derogó la ley de Reforma Agraria y se les obligó a devolver las fincas que ya creían de su propiedad, quedaron atónitos. Algunos se sometieron, pero otros las defendieron con uñas y dientes, haciéndose torturar y matar o permaneciendo largos años en los calabozos sin entender nada de esas extrañas mudanzas de las que eran primero beneficiarios y, al cabo de dos o tres años, víctimas.

La junta que duró menos —apenas unas pocas horas— fue la constituida por los coroneles Carlos Enrique Díaz, José Ángel Sánchez y Elfego H. Monzón.

Cuando Castillo Armas proclamó que la desconocía y que no tendría trato alguno con ella, la junta perdió toda su autoridad. Aquél estaba envalentonado porque, desde la renuncia de Árbenz, recibía en efecto muchas adhesiones de las tropas gubernamentales enviadas a combatirlo a la frontera hondureña y, como se sentía cada vez más seguro de sí mismo, más se insubordinaba con los norteamericanos. Desde aquella noche en que Árbenz se asiló, Peurifoy siguió presionando y haciendo pender sobre las cabezas de los militares la amenaza de una invasión de los marines. Ellos cedían, paso a paso. La renuncia de Díaz no aplacó a Castillo Armas. Insistía en entrar a la cabeza de las tropas liberacionistas en un gran desfile militar a la ciudad de Guatemala. Si no había esa parada, no habría tampoco negociación con las tropas gubernamentales. Para el embajador Peurifoy fueron días sin comer y noches sin dormir, de infinitas discusiones, acuerdos que duraban apenas unas horas o unos minutos pues eran violentamente denunciados por uno u otro bando, y agotadoras conversaciones con Washington para afinar los acuerdos o rehacerlos de pies a cabeza.

Entre tanto, soldados y policías, con sus oficiales al frente, habían desatado una cacería de brujas sin precedentes en la violenta historia de Guatemala. El cierre de sindicatos y de las oficinas de la Reforma Agraria que se habían abierto en todos los pueblos se hacía a balazos y metiendo a los calabozos a todos los que se encontraban en sus locales, se hacían listas negras a base de delaciones anónimas, y muchos de los detenidos, gente humilde y sin padrinos, eran sometidos a torturas, hasta, en muchos casos, producirles la muerte, de modo que los cadáveres solían ser enterrados o quemados sin dar cuenta a las familias. Un miedo pánico se extendió por todos los vericuetos de la sociedad guatemalteca, en especial entre los sectores más modestos, y unos excesos en la misma violencia que superaban todos los horrores precedentes. En los meses que siguieron a la subida al poder de Castillo Armas cerca de doscientos mil indígenas mayas de Guatemala, despavoridos por las matanzas, consiguieron huir a Chiapas, en México, y esta cifra —la única más o menos seria entre las que circularon sobre la represión esos días terribles— se conoció por las informaciones que dieron las autoridades mexicanas.

Un aspecto que tampoco tenía precedentes en la historia de las persecuciones políticas en Guatemala desde la época de la Inquisición fueron las quemas de «documentos perniciosos y subversivos» que tenían lugar en los cuarteles y en las plazas públicas. Panfletos, hojas volanderas, periódicos, revistas y libros —de autores tan misteriosamente seleccionados como Victor Hugo y Dostoievski— ardían en fogatas alrededor de las cuales jugaban los chiquillos como en la noche de San Juan.

Las negociaciones finales entre los liberacionistas y las raleadas fuerzas militares gubernamentales tuvieron lugar en El Salvador, cuyo Presidente, Óscar Osorio, se había ofrecido (por iniciativa de Washington) a recibir a las dos partes. Siempre con su enorme pistolón lleno de balas bajo el sobaco izquierdo, el embajador Peurifoy estuvo en ellas no como un observador sino como «testigo implicado» (distinción de la que se jactaba y que sólo entendía él mismo). Fue encargado por el secretario de Estado de representar a los Estados Unidos en las negociaciones, advirtiéndole, eso sí, que debía hacer cuanto fuera necesario para que las exigencias de Castillo Armas terminaran siendo aceptadas. Guatemala había quedado muy dañada por lo sucedido en estos últimos diez años y era importante para el gobierno de Eisenhower que el país tuviera al frente a alguien que, tanto por sus convicciones políticas como por su temperamento, fuera buen amigo de Washington y se mostrara transigente con las compañías norteamericanas en Centroamérica.

Aunque los embajadores de Estados Unidos en Nicaragua, El Salvador y Honduras estuvieron también presentes ofreciendo sus buenos oficios, fue Peurifoy quien participó de manera más activa en las negociaciones. En verdad, las dirigió, apoyando el criterio de Castillo Armas sobre el de los coroneles Elfego H. Monzón y Mauricio Dubois, que representaban al Ejército de Guatemala. El acuerdo llegó finalmente. Se estableció una «junta temporal», conformada por los coroneles Castillo Armas, Monzón, José Luis Cruz Salazar, Mauricio Dubois y el mayor Enrique Trinidad Oliva. Se acordó que la junta se disolviera apenas se hubiera reemplazado la Constitución por otra nueva. Habría un «desfile conjunto» en que los liberacionistas y las Fuerzas Armadas celebrarían el Día de la Victoria.

Castillo Armas había saludado muy fríamente al Cowboy en El Salvador, pero en el avión de regreso a Guatemala se mostró más cordial con él y le agradeció el apoyo que le había brindado en las negociaciones. «Será usted recibido como un héroe en su país, coronel», le pronosticó Peurifoy. Así fue. Pero el primero en bajar del avión en el aeropuerto de la ciudad de Guatemala no fue el líder rebelde, sino el propio embajador estadounidense. Durante la enorme manifestación —unas ciento treinta mil personas—, Castillo Armas hizo que Peurifoy saludara al «pueblo guatemalteco», y el diplomático, invitado a hablar, mostrando una timidez inesperada en ese bulldozer humano que era él, se limitó a brindar por el futuro de Guatemala. Una enorme masa de gente, harta de la inseguridad y la violencia de los últimos tiempos, se agolpó en el aeropuerto y en las calles de la ciudad para recibir al coronel Castillo Armas, a quien, a partir de ese momento, reconocieron como jefe indiscutible todos sus colegas y adversarios en el Ejército. Según instrucciones de Washington, al embajador Peurifoy le tocó negociar con los miembros de la junta elegida en San Salvador para que renunciaran a favor de Castillo Armas. No fue tan fácil. El coronel Cruz Salazar pidió, a cambio, la embajada en Washington y una fuerte cantidad de dinero. Lo mismo el coronel Mauricio Dubois. Ambos recibieron cien mil dólares por su renuncia. No se sabe de qué modo fueron recompensados los otros miembros, pero todos ellos acabaron también por retirarse de la junta en favor del nuevo líder.

De este modo, el jefe del Ejército Liberacionista, luego de un apresurado plebiscito en el que arrasó, pasó a ser el nuevo Presidente de la República de Guatemala, con la misión de eliminar todas las medidas desquiciadoras y antidemocráticas de los dos gobiernos de Arévalo y Árbenz en su empeño de convertir a Guatemala en un satélite soviético. (Sólo después de ocurrido aquel masivo desfile se enteraría Cara de Hacha de los incidentes que protagonizaron, durante este acto, los caballeros cadetes de la Escuela Politécnica agarrándose a trompadas y puntapiés con los pulguientos liberacionistas.)

El 4 de Julio, día de Estados Unidos, el embajador Peurifoy y su esposa Betty Jane dieron una recepción memorable para medio millar de personas en su residencia en la zona catorce, el barrio más elegante de Guatemala, en la que hubo himnos, brindis, abrazos de felicitaciones y toda clase de loas al héroe de la noche, que no era el coronel Castillo Armas sino el embajador Peurifoy.

Para el exhausto diplomático no había llegado todavía la hora del descanso. Luego de los festejos, el Departamento de Estado le ordenó colaborar estrechamente con la CIA, que, lograda la erradicación de Árbenz, debía borrar todos los trazos de la participación de los

Estados Unidos en la Operación PBSuccess. Era indispensable que no quedara rastro de ella, para que no prosperara la campaña internacional de comunistas y compañeros de viaje —y, mezclados con ellos, nada menos que Francia— que acusaban a Estados Unidos de haber invadido un pequeño país soberano y derrocado a su gobierno elegido democráticamente sólo para defender los privilegios de una compañía trasnacional, la United Fruit. De modo que, sacando fuerzas de su propio cansancio, Peurifoy, sin afeitarse, sin bañarse ni cambiarse de camisa, debió ayudar a regresar a los Estados Unidos a los cerca de seiscientos operadores que la CIA había desplazado a Nicaragua, Guatemala, El Salvador, Panamá y Honduras para preparar la invasión. Fue preciso también asegurarse de que desaparecieran la veintena de aviones que habían formado la Aviación Liberacionista. Varios de ellos fueron regalados a Anastasio Somoza por la ayuda que prestó cediendo locales y autorizando que los mercenarios de Castillo Armas recibieran entrenamiento militar en su país, y otros al propio Castillo Armas para que sirvieran de base a la reconstitución de la Aviación Militar de Guatemala.

En los últimos días de su estancia en Guatemala (el Departamento de Estado le había explicado que alguien tan implicado como él en la caída de Árbenz debía salir cuanto antes del país, y él estuvo de acuerdo), para hacerse cargo de la embajada de Estados Unidos en Tailandia, Peurifoy y su familia debieron dedicarse a hacer paquetes y maletas y asistir a múltiples despedidas de los finqueros y empresarios guatemaltecos que les manifestaban su agradecimiento y, les aseguraban, los iban a echar mucho de menos. Pensaba Peurifoy que, allá en el Oriente, podría por fin tener un poco de descanso.

Antes de partir a su nuevo destino, consiguió materializar un secreto deseo: que el embajador de México le permitiera entrar a esa embajada repleta de asilados a los que el gobierno del Presidente Castillo Armas les demoraba con toda clase de pretextos el permiso para viajar al exilio. No pudo ver al ex Presidente Árbenz, quien se negó a recibirlo. Pero, en cambio, tuvo la satisfacción de estar un momento con José Manuel Fortuny, antiguo miembro del partido de Árbenz y, luego, secretario general del Partido Guatemalteco del Trabajo. Hablaron unos minutos, hasta que el dirigente guatemalteco reconoció al embajador y enmudeció. Seguía siendo amigo de Árbenz, le confesó, con el que había colaborado estrechamente sobre todo en la elaboración y aplicación de la ley de Reforma Agraria. Peurifoy encontró a un hombre derrotado, con la moral por los suelos. Había perdido muchos kilos y hablaba sin verlo, con unos ojos enrojecidos por el desvelo y los desvaríos. No respondió a ninguna otra de sus preguntas, como si no las entendiera ni oyera. En su informe al Departamento de Estado el embajador Peurifoy explicó que ese antiguo y peligroso adversario —un agente soviético, sin duda— era en la actualidad una ruina, hundido en la neurosis y, acaso, secretamente arrepentido de sus maldades.

Las malas lenguas decían que, cuando el Departamento de Estado le informó que su nuevo destino sería Tailandia, el embajador Peurifoy preguntó, no se sabe si en serio o en broma: «¿Hay allí un golpe de Estado en perspectiva?». A su esposa, Betty Jane, y a sus hijos, el embajador les había prometido que en Tailandia tendrían por fin la calma necesaria para hacer una genuina vida familiar. En efecto, aunque no por mucho tiempo, el embajador, su esposa y sus hijos pudieron disfrutar unos meses de vida sin sobresaltos políticos y, por lo menos él, llegar a hacerse una idea de la tradición del masaje —técnica eximia ligada a creencias religiosas, prácticas deportivas y sexuales y pasión nacional de los tailandeses—. Antes de cumplir un año en su nuevo destino, el

12 de agosto de 1955 el embajador Peurifoy, acompañado de uno de sus hijos, conducía muy rápido, como acostumbraba, su flamante Thunderbird azul cuando, en las afueras de Bangkok, al cruzar un puente tuvo un choque frontal contra un camión que venía en dirección contraria y que, acaso, lo embistió. El embajador y su hijo murieron instantáneamente. El gobierno de Estados Unidos envió un avión a repatriar los restos y el Departamento de Estado no presionó para profundizar la investigación sobre si aquella muerte trágica era un complot comunista para castigar a quien había luchado con tanto éxito contra la expansión de la Unión Soviética. El gobierno de Estados Unidos prefirió que aquello se olvidara pronto, incómodo con la campaña internacional desatada contra Washington por su intervención en la caída del gobierno de Árbenz, sobre quien, poco a poco, había una publicidad reivindicatoria, reconociendo que aquél no había sido comunista sino un hombre incauto y bien intencionado que sólo quiso traer el progreso, la democracia y la justicia social a su país, aunque estuviera mal aconsejado y siguiera métodos errados.

La viuda de Peurifoy, Betty Jane, publicó un diario recolectando muchos episodios de las gestiones diplomáticas de su marido, a quien presentaba como un héroe. No circuló demasiado y mereció escasas reseñas en la prensa. El gobierno de Estados Unidos lo ignoró por completo.

Entre tanto, en Guatemala, el Presidente Castillo Armas, elegido como tal en un plebiscito en el que no tuvo competidores —ya antes habían renunciado en su favor sus compañeros de la junta militar—, se esforzaba por poner fin a todos los estropicios causados por la Revolución de Octubre. Abolía sindicatos, federaciones, fundaciones, asociaciones campesinas y obreras, clausuraba el Instituto Indigenista Nacional, devolvía a los finqueros y a la Frutera las «tierras ociosas» nacionalizadas, suspendía la ley que obligaba a las empresas y a los latifundios a pagar impuestos, y repletaba las cárceles con sindicalistas, maestros, periodistas y estudiantes acusados de «comunistas» y «subversivos». Hubo escenas de violencia en el campo, donde, en algunos lugares, se cometieron asesinatos colectivos semejantes o peores que los que, en los comienzos del gobierno de Arévalo, habían ocurrido en Patzicía (San Juan Comalapa), en un choque feroz entre ladinos y mayas kaqchikeles. El nuevo embajador norteamericano, más prudente que Peurifoy, trató, por instrucciones del Departamento de Estado, de moderar un poco el celo anticomunista de Castillo Armas, lo que produjo roces, desavenencias y pequeños choques entre los Estados Unidos y aquel a quien el gobierno de Eisenhower había hecho tantos esfuerzos por entronizar. Entonces empezaron a correr rumores en Guatemala de que, acaso, Estados Unidos se había equivocado eligiendo a Cara de Hacha como el nuevo abanderado de la libertad en Centroamérica y el mundo, porque era demasiado extremista y no despertaba tantas simpatías como se creía en las Fuerzas Armadas.

# XXVIII

Despertó oscuro todavía. Eran las cuatro y media de la mañana en el reloj. Había dormido apenas tres horas y media, pues la noche anterior se había quedado preparando el equipaje hasta la una de la mañana. Ahí, en ese par de maletas y un pequeño maletín de mano, estaba todo lo que tenía en el mundo. Había regalado a la cocinera y al mayordomo la ropa anticuada, muchas corbatas y zapatos, pañuelos y calzoncillos, y prendas todavía nuevas que no tenía ya dónde meter. Había cancelado el alquiler de la casa, que los dueños vendrían a recuperar al mediodía. Estuvieron ayer aquí, echando una última ojeada al departamento, y comprobaron que se lo devolvía en mejores condiciones que lo alquiló, pues lo había hecho pintar y les dejaba de regalo los muebles que había comprado.

Había sacado todos los ahorros del banco y los tenía en cheques de viajero, que podría cambiar en divisas en México. Antes de ir al aeropuerto a tomar el avión, pasaría por el Banco Popular a cerrar definitivamente la última cuenta, donde le quedaba ya muy poco dinero.

En ese momento, una idea lo asustó. Mucha gente sabía ya que estaba partiendo: la cocinera, el mayordomo, los empleados de los bancos que lo habían atendido hasta ahora. ¿Había cometido una imprudencia? ¿No hubiera sido mejor partir sin decir nada, desaparecer de la noche a la mañana? Disipó esas dudas de inmediato. Eran aprensiones absurdas. Había dudado sobre si no sería preferible viajar a México por tierra en vez de hacerlo por avión. Sí, tal vez hubiera sido mejor; pero el viejo Ford que había comprado ya de segunda mano y que había seguido usando todos estos años no era seguro que sobreviviera a las malas carreteras, sobre todo a la hora de internarse en la selva rumbo a la frontera de Tapachula, Chiapas. Bah, en todo caso ya era tarde para lamentarlo. Ahora vendría Temístocles, el mejor de sus escoltas; se había comprometido a vender su Ford y a girarle a México la mitad de lo que sacara por él (la otra mitad se la dejaba como comisión).

¿Qué vida tendría en la capital mexicana? No conocía a nadie allá, aunque sabía que por lo menos una parte de su antigua familia se había instalado en México hacía varios años. Pero a ésos no quería verlos, habían muerto para él desde antes de salir de la cárcel. Vaya ingratos. El Turco Ahmed Kurony era toda su esperanza. Se había comprometido a conseguirle trabajitos, y sabía que se podía confiar en él. Gracias al Turco había podido sobrevivir estos años y hacerse una nueva vida. Ya se adaptaría, ya saldría adelante. Vivir allá significaba no pasarse los días mirando a sus espaldas, con el miedo de ser reconocido por aquellos que querían secuestrarlo o matarlo. Lo importante, ahora que tenía la certeza de que lo andaban buscando, era hacerse humo, desaparecer, olvidarse para siempre —o por lo menos algunos años— de Guatemala. Había pensado mucho estos últimos días y decidido que, si aquello ocurría, lo mejor era que lo mataran. Si lo secuestraban para pedir un rescate, estaba perdido: él no tenía cómo pagarlo y nadie lo pagaría por él. Lo someterían a torturas atroces y por gusto, pues al final igual terminarían matándolo. ¿Quiénes? ¿Uno de esos grupúsculos revolucionarios que habían surgido en los últimos tiempos en Guatemala? Sus militantes eran jóvenes, no podían acordarse de las cosas que él había hecho como director de Seguridad de Castillo Armas. Tal vez algún hijo o pariente de las personas que pasaron por los calabozos, o que perdieron la vida en esos años.

Vagamente se le pasaron por la cabeza su antigua mujer y los dos hijos que había tenido con ella. Serían ya unos mexicanos los tres, hablarían con todos los modismos esos tan graciosos de las películas. Si alguna vez los encontraba en la calle, probablemente no los reconocería, y ellos tampoco a él. Tendría que buscarse una mujer allá. Había estado demasiado solo todo este tiempo, dedicado a la difícil tarea de vivir. Ojalá encontrara una mexicana bonita y cariñosa con quien rehacer su vida, sentir el calor de una familia. Estaba harto ya de la existencia que había llevado desde que salió de la cárcel, sin mujer, sin amor, sin amigos, sin nadie que pudiera mandar hacer una misa por su alma si lo mataban.

A eso de las cinco se levantó y fue al baño a ducharse y afeitarse. Lo hizo muy despacio, dejando correr el tiempo. Luego de vestirse se preparó un café con leche y tostó el pan que le había dejado la cocinera ya cortado en rebanadas. Después de desayunar prendió la radio para oír las noticias del día. Pero, en vez de atender a los boletines, empezó a recordar las injusticias que se habían cometido contra él. No era una persona que perdiera el tiempo compadeciéndose de sí misma, pero, en los últimos días, sobre todo desde que comprobó que lo seguían, incurría en esa debilidad. Todos se habían portado muy mal con él, sobre todo Castillo Armas. Él lo había ayudado, renunciando a formar parte de esa junta que se decidió en las conversaciones de San Salvador para permitirle acceder a la Presidencia. Y, en pago de sus servicios, a él lo había marginado, minusvalorado, dándole esa ridícula Dirección de Seguridad que no significaba ni quería decir nada. Y tantos oficiales que estaban comprometidos con él y que luego le habían vuelto la espalda y complotado con la jefatura del Ejército para dejarlo pudriéndose en la cárcel nada menos

275

que cinco años. Sin permitir que pudiera explicarse ante un juez, o un tribunal, porque tenían miedo de que se pusiera a hablar y los comprometiera a todos ellos.

En México olvidaría aquella historia. Ciudad nueva, trabajo nuevo, mujer nueva, vida nueva.

Apagó la radio y estuvo quieto, dormitando en el sofá de la salita, hasta que a las ocho en punto de la mañana llegó Temístocles, su guardaespaldas. Era un muchacho joven, siempre vestido de la misma manera: un pantalón vaquero, una gruesa correa, una camisa y un blusón negro muy amplio, donde llevaba escondidos un par de revólveres. Había sido soldado, y allí había aprendido a disparar. Trabajaba con el Turco hacía ya algunos años. Entre todos los escoltas de la organización del Turco, Temístocles le había parecido siempre el más diestro y en el que podía fiarse mejor. Le ofreció una taza de café, pero el muchacho ya había tomado desayuno. Él le ayudó a bajar las maletas hasta el viejo Ford, cuadrado a la puerta del edificio donde había vivido.

Cerró el departamento y arrojó la llave al interior por el rectángulo de la correspondencia, como había quedado con los dueños de casa.

Fueron a aquella sucursal del Banco Popular. Estaba aún cerrada, pero tenían tiempo de sobra. Esperaron en el auto, conversando y fumándose un cigarrillo. El carro estaba cuadrado a pocos metros de la puerta. Su avión salía a las once de la mañana y con que estuviera en el aeropuerto una hora antes era más que suficiente. A las ocho y media abrieron las puertas de la sucursal.

Temístocles lo acompañó al interior y estuvo a su lado, con las manos en el blusón negro, mientras él pasaba por la caja y cerraba el trámite. Allí mismo guardó el dinero en su cartera. Por fin, salieron, entraron al automóvil y, cuando tenía la llave en la mano para encender el motor, Enrique divisó a la chica. Sí, aquélla, la del gran almacén, vestida más o menos como aquel día, blue jeans, camisa comando, una boina azul. Estaba a unos cincuenta metros, apoyada de espaldas en un farol, mirando hacia el auto. Parecía sonreírle.

Nervioso, descontrolado, prendió el motor. En ese instante estalló la bomba. En las radios de la tarde y los diarios del día siguiente, en esos días finales de marzo de 1963, poco antes del golpe que depuso al general Miguel Ydígoras Fuentes y llevó al gobierno a Enrique Peralta Azurdia, se dio la noticia de un atentado terrorista que había causado dos muertos y varios heridos en el centro de la ciudad capital. Sólo mucho tiempo después, una investigación de dos periodistas de *El Imparcial* hizo saber al gran público que una de las víctimas mortales de aquel atentado, el supuesto «Esteban Ramos, ingeniero industrial», era, en verdad, el antiguo jefe de la Seguridad, el teniente coronel Enrique Trinidad Oliva, expulsado del Ejército por haber violado los derechos humanos y estar involucrado de algún modo incierto en el magnicidio que puso fin a la vida del Presidente Carlos Castillo Armas.

Hubo muchas especulaciones periodísticas sobre su vida clandestina en todo ese tiempo y fue acusado de muchas cosas —por ejemplo, de pertenecer a un grupo de extrema derecha llamado La Mano Blanca, que preparaba un golpe—, salvo de haber trabajado como contrabandista y hombre de confianza de un tahúr.

# XXIX

Cuando Efrén García Ardiles se enteró por Símula que Arturo Borrero Lamas estaba agonizando, dudó unos instantes. Pero, por fin, se animó. Y pidió a la antigua ama de Marta que preguntara a su ex amigo si le permitiría visitarlo. Ante su sorpresa, Arturo respondió que sí. E incluso le dio el día y la hora de la visita: el sábado a las cinco de la tarde. Efrén recordó que ése era el día en que, antaño, se reunían los amigos de Borrero Lamas en su casa a jugar ese juego de naipes ya extinguido en el resto del mundo, el rocambor. Habían pasado sólo unos cuantos años desde entonces, y, sin embargo, cuánto había cambiado Guatemala en este tiempo. Y su vida también. ¿Cómo encontraría a Arturo?

Estaba peor de lo que había imaginado. Guardando cama y su dormitorio convertido en un cuarto de hospital, con medicamentos por todas partes, una enfermera permanente que, por discreción, se retiró de la habitación apenas entró él, y en penumbra, las cortinas corridas porque al enfermo le molestaba la luz. Había un olor a medicinas y a enfermedad que le recordó la vieja profesión que había dejado de ejercer. Las antiguas criadas, Patrocinio y Juana, seguían allí. Arturo estaba muy flaco, demacrado, y su voz y la mirada de sus ojos hundidos eran cansinas. Hablaba bajito, con grandes pausas, moviendo apenas los labios, como si le costara gran esfuerzo.

No se estrecharon la mano, pero Efrén le dio unas palmaditas en el hombro, a la vez que le preguntaba:

—¿Cómo te sentís?

—Sabés muy bien que me estoy muriendo —le respondió Arturo, con sequedad—. Si no fuera así, no te habría recibido. Pero, a la hora de la muerte, un cristiano debe poner fin a sus rencores. Así que sentate nomás. Me alegro de verte, Efrén.

—Yo también, Arturo. ¿Cómo estás? —le preguntó de nuevo.

Su antiguo amigo estaba cubierto por una frazada y un cubrecamas: ¿tenía escalofríos? Pero Efrén sentía mucho calor. En las paredes había cuadros antiguos, retratos, y, en la pared trasera de la cama, una cruz con un Cristo agonizante. La cara del enfermo, exangüe, delataba que hacía mucho no se exponía a la luz del sol.

—Bueno, no sé si sabés que ya no ejerzo la medicina, Arturo. Me echaron del Hospital General San Juan de Dios y se me fueron cerrando todas las puertas. En la época de Castillo Armas tuve que clausurar mi consultorio por falta de pacientes. Ahora doy clases en un colegio particular. De Biología, Química y Física. Y, figurate, hasta he descubierto que me gusta enseñar.

—Estarás pasando hambre, entonces —susurró el enfermo—. Ser profesor de colegio en Guatemala significa vivir como pordiosero, o poco menos.

—Bueno, no es tan grave —encogió los hombros Efrén—. Se gana menos que como médico, por supuesto. Pero cuando murió mi madre vendí la casa. Con esos ahorritos completo el mes.

—O sea, vamos a terminar bastante jodidos los dos —roncó el paciente—. Y ni siquiera hemos llegado a los sesenta años. ¡Vaya par de fracasados!

Para escucharlo, Efrén tenía que agacharse un poco y acercarse a la cama del enfermo. Hubo una larga pausa, y por fin aquél se atrevió a decir:

—¿No me preguntás por tu nieto, Arturo?

—No tengo ningún nieto —le repuso éste en el acto—. Difícilmente podría preguntarte por alguien que no existe.

—Ha cumplido once años ya y es vivo como una ardilla —dijo Efrén, como si no lo hubiera oído—. Simpático, curioso, risueño. Tiene un apodo que le puso Símula: Trencito. Saca buenas notas en el colegio y practica todos los deportes, aunque todos bastante mal. Felizmente. Me he encariñado mucho con él. Hago de padre y madre, claro. Le cuento historias y también se las leo. Pese a ser tan joven, se devora los libros. Los lee fascinado, con los ojazos muy abiertos. Y me hace muchas preguntas, que a veces me cuesta responder. Si se parece a alguien, es a ti.

Símula entró al cuarto trayéndole a Efrén una limonada. Preguntó a Arturo si necesitaba algo, y éste negó con la cabeza. La antigua sirvienta no trabajaba en la casa desde que se marchó a servir a Miss Guatemala; pero venía de vez en cuando a echar una mano a Patrocinio y Juana y a visitar a Arturo, sobre todo desde que le habían descubierto el cáncer. «Voy a preparar la comida a Trencito», le dijo a Efrén al oído, antes de salir del cuarto. A él no le gustaba ese apodo al principio, pero como no había manera de que la vieja criada llamara al niño por su nombre, se había acostumbrado a él.

—Cáncer de páncreas —dijo de pronto el enfermo, con un pequeño sobresalto—. Es el peor. Me lo descubrieron muy tarde, cuando ya había hecho metástasis. Los dolores son horribles, por eso me tienen sedado la mayor parte del tiempo. El padre Ulloa, el jesuita, mi amigo, supongo que te acordás de él, no me deja apresurar la cosa. Dice que sería suicidio, quiere que aguante hasta el final. Yo le digo que eso es puro sadismo de la Iglesia. Me habla de Dios y de los infinitos misterios de la doctrina cristiana. Hasta ahora le he hecho caso, pero no sé si le seguiré obedeciendo por mucho tiempo más. ¿Qué pensás vos de eso?

—Yo ya no creo en Dios, Arturo.

—Te volviste ateo, entonces. Primero comunista y ahora ateo. Está visto que no tenés remedio, Efrén.

—Ateo, no, sólo agnóstico. Eso es lo que soy ahora: un hombre perplejo. Ni creo ni no creo. Un confuso, si preferís. Te digo algo más: ¿te acordás cómo, de muchachos, nos angustiaba tanto pensar en la muerte, en lo que vendría después? También he cambiado en eso. Aunque te parezca mentira, ya no me importa que haya o no haya vida en el otro mundo.

—Vos me mataste antes de que me matara el cáncer, Efrén —dijo el enfermo, interrumpiéndolo. Se había incorporado un poco y lo miraba a los ojos fijamente—. Pero no te guardo rencor. ¿Sabés desde cuándo? Desde que supe que Martita se había convertido en la querida de Castillo Armas. Fue todavía peor que descubrir que la habías dejado embarazada.

Efrén no supo qué decir. Arturo había vuelto a apoyar la cabeza en la almohada y tenía los ojos cerrados. Su palidez había aumentado. Las paredes de la vieja casa colonial debían ser de piedras muy anchas, porque no se escuchaban los ruidos de la calle.

—Sí, mucho peor —insistió el enfermo, sin abrir los ojos, suspirando hondo—. Una hija mía, de puta de un coronelito de mala muerte. Y, encima, un bastardo. ¿Te das cuenta, vos?

Tampoco esta vez Efrén dijo una palabra. Estaba anonadado, nunca imaginó que Arturo tocaría este tema y con semejante desparpajo.

—Hasta hay rumores de que pudo haber participado en el asesinato de Castillo Armas —Borrero Lamas parecía atorarse; pero a continuación se suavizó mucho—. Dímelo, Efrén, por nuestra vieja amistad. Es algo que me atormenta desde que comenzó a circular esa ocurrencia. ¿Crees que es posible? ¿Que ella estuviera complicada en el magnicidio?

—No lo sé, Arturo —Efrén se sentía muy incómodo. Había pensado mucho en este asunto y a él también, ciertas noches, lo atormentaba como una pesadilla—. Me cuesta creerlo, como a todos quienes la conocimos. Pero tengo la impresión de que la Marta que recordamos tú y yo no era la misma que la que fue después. Hay toda clase de conjeturas, algunas fantásticas, sobre ese asesinato. Como con tantos otros de la historia de Guatemala, lo más probable es que nunca se aclare nada. ¿Sabés a qué conclusión he llegado con todo lo que me ha pasado, Arturo, con todas las cosas que le pasan a este país? A una idea muy pobre del ser humano. Pareciera que en el fondo de todos nosotros hubiese un monstruo. Que sólo espera el momento propicio para salir a la luz y causar estragos. Claro que me cuesta mucho imaginar que Marta pudiera estar involucrada en algo tan terrible. Como, por su situación, era odiada por mucha gente, que así quería congraciarse con Odilia, la mujer de Castillo Armas, todo eso podría ser una calumnia nacida en esos círculos. O, también, una manera de apartar la atención sobre los verdaderos culpables. En fin, no lo sé. Perdoname, pero no te puedo dar una respuesta.

Hubo una larga pausa. En el dormitorio había comenzado a zumbar un insecto, una avispa que aparecía y desaparecía según se acercaba o alejaba de la luz de la lámpara.

—¿Sabés una cosa? —preguntó Efrén—. Eso del rocambor que jugábamos todos los sábados, aquí en esta casa, ¿de dónde lo sacaste? Es un juego que nadie conoce, que ya no juega nadie. Siempre quise hacerte esta pregunta.

—Lo jugaba mi padre con sus amigos, y a mí me gustaba guardar las tradiciones —repuso Arturo—. Era muy bonito. Pero todas las cosas buenas van desapareciendo, por lo visto. También el rocambor. Decime una cosa. ¿Seguís con tus disparatadas ideas políticas? ¿Seguís siendo comunista? Ya sé que estuviste preso cuando triunfó Castillo Armas. Y que te volviste un apestado.

—Te equivocás, nunca fui comunista —dijo Efrén—. No sé de dónde nació esa idea disparatada, que a mí me ha arruinado la vida. Pero ya no me importa tanto. Mis ideas no deben haber cambiado mucho. La verdad es que me hice bastantes ilusiones con Arévalo y sobre todo con Árbenz. Pero ya ves en qué terminó todo eso. En más matanzas y exilios. Estados Unidos echó por tierra esas ilusiones y ahora hemos vuelto a lo de siempre: dictadura tras dictadura. ¿Tener de Presidente al general Ydígoras Fuentes a vos te parece bien?

—La enfermedad me ha vuelto pesimista —esquivó la respuesta el enfermo—. Lo único seguro es que Estados Unidos seguirá decidiendo todo por nosotros. Pero tal vez la alternativa sería peor. Quiero decir, que Moscú en vez de Washington organizara nuestra vida. Cuando nos dejan libres, lo hacemos todavía peor. Lo menos malo parecería ser que sigamos siendo esclavos.

Se rio un instante, con una risa cavernosa.

—O sea, según vos, preferible ser esclavos que izquierdistas. Tampoco has cambiado un ápice, Arturo —Efrén se encogió de hombros—. En el fondo crees, como muchos guatemaltecos, que a este país le conviene lo que tenemos: un Ydígoras Fuentes. Un asesino y un ladrón. No es cierto que te hayas vuelto tan pesimista. Pero sigues eligiendo lo peor.

—En realidad, si quieres que te diga la verdad, me importa un comino la política, Efrén —dijo el enfermo—. Estaba tratando de provocarte. Era una de mis diversiones antaño, ¿ya no te acordás? Para que reaccionaras y me dieras una de esas clases de ideología que te gustaba darnos los sábados.

Pareció que esbozaba una nueva risita, pero calló en el acto. Hubo otro largo silencio, durante el cual Efrén bebió a sorbitos su limonada. ¿Había hecho bien en venir? Esta casa lo entristecía, le recordaba el principio del fin. Ésta sería la última vez que vería a Arturo. No se podía decir que se hubieran amistado. Sus ideas políticas seguían siendo irreconciliables. Y quedaba aquello, allá, en el fondo, la historia de Miss Guatemala, que lo impediría para siempre. Iba a ponerse de pie y despedirse, cuando oyó de nuevo la voz de Arturo:

—He legado esta casa a una obra de caridad. La dirigirá el padre Ulloa. También les he dejado una renta para que puedan financiarla. Niños abandonados, madres solteras, viejos que viven en la calle, esas cosas. La finquita de Chichicastenango, de tan ingratos recuerdos para ti y para mí, se la he dejado a unas monjitas de la caridad. Y he arreglado todo para que, luego de mi muerte, lleven a Marta al mejor hospicio de Guatemala. Allí la cuidarán hasta el final. Si es que se muere alguna vez. Porque, hasta ahora, ella va enterrando a todo el mundo.

¿De quién estaba hablando Arturo? Ah, de Marta mamá. Efrén recordó a la madre de Miss Guatemala, que, aunque alunada, estaba viva todavía, sin enterarse de nada. «Mejor para ella», pensó.

—Es seguro que con todas esas donaciones te irás al cielo, Arturo —bromeó.

—Espero que sí —respondió Arturo, siguiéndole la broma. Pero casi de inmediato se entristeció—. El problema es que ya ni siquiera estoy tan seguro de que el cielo exista, Efrén.

Éste ya no hizo ningún comentario. Claro que recordaba muy bien al padre Ulloa. ¿Acaso no fue él quien lo casó con Martita? Miró su reloj; ya iba a ser la hora de darle de comer al joven Efrén. Hoy día la cena se la prepararía Símula y ella se empeñaría en verlo comer, contándole cosas de su abuelo y de su madre, temas que nunca tocaba con él. Cierto que Trencito era vivo, muy curioso. Un joven sano y normal, con los grandes ojazos misteriosos de Marta. No recordaba haber tenido una madre, pues la suya lo abandonó cuando estaba por cumplir cinco años. ¿Qué sería de él en el futuro? Arturo podría haberle dejado algo, una pequeña renta para que estudiara y pudiera tener una carrera. Efrén no podría dejarle nada, porque vivía al día. Ésa era ahora la angustia de su vida. No morirse antes de que su hijo tuviera asegurado un futuro; poder educarlo y prepararlo para que saliera adelante. No tenía parientes cercanos que se pudieran hacer cargo de su hijo si él sufría un accidente o una enfermedad mortal, como la de Arturo. Aquello no tenía arreglo, tendría que vivir y llegar a viejo. Recordó que de jóvenes tanto Arturo como él despertaban muchas ilusiones en sus respectivas familias. «Ambos llegarán muy lejos», solía profetizar su madre. «Te equivocaste, mamá. No llegamos a ninguna parte. Arturo morirá amargado y frustrado y yo nunca levantaré cabeza ni me permitirá este país que la levante.» Recapacitó y se dijo que esos pensamientos eran paralizantes y estúpidos. Mejor sacudírselos. Ir a cenar junto a Trencito. Y a charlar un poco con Símula si todavía estaba allí.

Se levantó y partió en puntas de pie para no despertar a Arturo, que se había quedado dormido. Patrocinio y Juana lo acompañaron hasta la puerta de calle y él las abrazó.

# XXX

Había dormido en el local del Servicio de Inteligencia Militar (SIM), un edificio muy custodiado en la esquina de la avenida México con la calle 30 de Marzo de Ciudad Trujillo, porque temía que en su casa lo mataran. En el SIM, aunque algunos funcionarios habían huido, los guardaespaldas, caliés, inspectores y colaboradores suyos más cercanos no sabían qué hacer ni adónde ir. Al menos por ahora el régimen podía contar con ellos.

¿Pero él mismo, con quién podía contar? No lo sabía y era eso lo que más lo angustiaba y tenía sin dormir, pese a la pastilla de Nembutal que se tomaba cada noche. Desde el asesinato del Jefe, el 30 de mayo de 1961, su vida había caído en un abismo de zozobra e incertidumbre. El día anterior el general Ramfis Trujillo le había hecho saber por terceras personas que en vano le solicitaba una entrevista personal, porque no pensaba recibirlo. Y, casi al mismo tiempo, el Presidente de la República, don Joaquín Balaguer, lo había citado en su despacho del Palacio Nacional, a las diez de la mañana. ¿Qué le esperaba?

A las seis de la madrugada se levantó del camastro que tenía junto a su escritorio, se duchó, se vistió y fue a tomar un café en la cantina, donde los mozos y los escasos comensales lo saludaron con preguntas mudas en los ojos: ¿qué estaba pasando en la República Dominicana? ¿Qué iba a ocurrir luego del asesinato del Jefe? Él tampoco lo sabía. Desde ese aciago instante sólo había tenido un único pensamiento: encontrar a los asesinos.

Estaba hecho. Únicamente Luis Amiama Tió y Antonio Imbert seguían escondidos, sólo un par de los que habían emboscado al Jefe en la carretera, a la salida de Ciudad Trujillo hacia San Cristóbal. Y era seguro que con la persecución que se había desencadenado también Imbert y Amiama Tió caerían pronto e irían a juntarse con sus cómplices en los calabozos o en la tumba. Lo único seguro, pensó, era que Ramfis les haría pagar caro su crimen. Según todos sus informes, estaba descentrado, medio loco, por el asesinato de su padre. A la noche siguiente de su llegada de París, en un avión alquilado de Air France, había llevado a la Cuarenta a los cadetes del último año de la Escuela Militar y ordenado que cada uno eligiera a uno de los «comunistas» presos en esa cárcel y lo matara personalmente de un tiro en la cabeza. ¿Por qué se negaba a recibirlo? Él sabía que el hijo mayor de Trujillo no le había tenido nunca simpatía. ¿Por qué? Tal vez celos, ya que el Jefe le había mostrado a él siempre más cariño que a sus propios hijos. Abbes García se enterneció imaginando que Trujillo pudo, acaso, quererlo más que a Ramfis y Radhamés.

Luego de su magro desayuno, regresó a su despacho donde tenía ya, sobre el escritorio, los periódicos del día. No los leyó, los hojeó solamente, deteniéndose apenas en ciertos titulares. Tampoco sabían gran cosa sobre el futuro de la República Dominicana, sólo que los Estados Unidos y, por supuesto, Betancourt, Figueres, Muñoz Marín y quién sabe cuántos dirigentes latinoamericanos más pedían que volviera la democracia a este país antes de levantarle el embargo. Tampoco sabían gran cosa sobre el futuro; como todos, estaban desconcertados, asustados, ciegos sobre lo que esperaba a los dominicanos luego de que esos canallas asesinaron a su líder, al amo supremo, el Generalísimo que había convertido a esta republiqueta anacrónica en el país sólido, próspero, con el mejor Ejército de todo el Caribe que era en este año de 1961. ¡Ingratos! ¡Maldecidos! ¡Miserables! ¡Hijos de puta! Menos mal que Ramfis les haría pagar caro, carísimo, su crimen.

A las nueve y treinta de la mañana se puso su corbata, su sombrero, sus anteojos oscuros —no estaba de uniforme sino de civil— y salió a la calle. El auto con el chofer lo esperaba en la puerta, en la misma esquina de la avenida México y la calle 30 de Marzo, según las instrucciones que había dado la noche anterior. Mientras el automóvil se dirigía al Palacio Nacional por las ya atestadas calles de Ciudad Trujillo (¿le cambiarían el nombre a la capital ahora que había muerto el Generalísimo? Seguramente) pensó que había hecho bien enviando a Zita, su nueva mujer, a México. Una decisión oportuna. Que esperara allá hasta que se aclararan las cosas.

En el Palacio Nacional, aunque los oficiales y soldados de la Prevención lo reconocieron, lo hicieron pasar por la humillación de hacerle abrir el maletín, revolvieron sus papeles y le registraron también la chaqueta y el pantalón. ¡Vaya cambios! Antes, al llegar a Palacio, la guardia era toda sonrisas adulonas y jamás lo registraban.

En la antesala de la oficina del doctor Joaquín Balaguer (Presidente fantoche hasta el día del asesinato del Jefe y que ahora se creía Presidente de verdad) pasó una nueva humillación: lo hicieron esperar una hora antes de que el Jefe del Estado lo recibiera.

El Presidente, por lo general tan educado, no se incorporó a saludarlo, y cuando él se acercó a su escritorio, le tendió una mano fría y murmuró unos buenos días casi inaudibles. Terminó de revisar unos papeles y se levantó, guiándolo hacia unos sillones donde con un simple ademán le indicó que tomara asiento. Era un hombre bajito, de cabellos grises, con unos ojos perdidos detrás de los anchos cristales de sus gafas, vestido con sencillez. Pero Abbes García sabía muy bien que, tras esa apariencia benigna había una inteligencia astuta y una ambición descomunal.

—¿Cómo van las cosas, Presidente? —preguntó por fin, para romper ese silencio que lo ponía nervioso.

—Usted debería saberlo mejor que yo, coronel —dijo el Presidente, con una media sonrisa que pasó por su cara como una exhalación—. Se supone que es el hombre mejor informado del país.

—No quiero hacerle perder tiempo, Excelencia —repuso Abbes García, luego de un momento—. Dígame para qué me ha citado. ¿Para despedirme?

—Nada de eso —respondió Balaguer, con la misma sonrisita pasajera—. Más bien, para ofrecerle un puesto más sosegado y seguro del que tiene.

En ese instante entró al despacho un asistente pidiendo disculpas para decir al Presidente que la señora María Martínez de Trujillo, la viuda del Jefe, lo llamaba con urgencia al teléfono.

—Dígale que le devolveré la llamada dentro de un momento —repuso el doctor Balaguer. Y cuando el asistente salió, se volvió hacia Abbes García, ahora con la cara muy seria. También su tono de voz cambió—: Ya ve usted, coronel, no tengo un minuto para nada. Así que no perdamos más tiempo. La cuestión es muy sencilla. Después del magnicidio todo ha cambiado en la República Dominicana. Y para qué lo voy a engañar. Usted sabe de sobra que es el hombre más odiado en este país. Y en el extranjero también. Con injusticia, sin duda, a usted se lo acusa de las peores barbaridades. Crímenes, torturas, secuestros, desapariciones, todos los horrores habidos y por haber. Y sabe también, sin duda, que, si queremos salvar algo de lo mucho que hizo Trujillo por nosotros, usted no puede seguir formando parte del gobierno.

Se calló, esperando un comentario de Abbes García, pero como éste lo escuchaba mudo, prosiguió:

—Le ofrezco un nombramiento diplomático. El consulado dominicano en Japón.

—¿En el Japón? —Abbes García dio un pequeño respingo en el asiento. E hizo una ironía—: ¿No podía ser más lejos?

—No hay ningún consulado que esté más lejos de la República Dominicana —respondió muy serio el Presidente Balaguer—. Partirá mañana mismo, al mediodía, vía Canadá. Ya tiene usted su pasaporte diplomático listo, y también su pasaje. Se los entregarán al salir de esta oficina.

Abbes García pareció hundirse en el asiento. Se había puesto todavía más pálido y su cabeza crepitaba como un volcán. ¿Salir de este país? ¿Irse al Japón? Tardó unos segundos en decir algo:

—¿Está enterado el general Ramfis Trujillo de esta decisión suya, Excelencia? —balbuceó.

—Me costó trabajo convencerlo, coronel —dijo, con esa vocecita un tanto meliflua con que pronunciaba sus bellos discursos—. El general Ramfis quería meterlo preso. Él piensa que usted falló en su trabajo. Que, con otro director del SIM, el Generalísimo estaría vivo todavía. Le aseguro que me costó mucho conseguir que le permitiera partir al extranjero con un puesto diplomático. Todo esto es obra mía. Así que debería agradecérmelo.

Y ahora se rio de verdad, pero sólo por unos segundos.

—¿Puedo quedarme por lo menos unos días, para disponer de mis cosas? —preguntó Abbes García, sabiendo perfectamente cuál sería la respuesta.

—No puede quedarse ni una hora más de lo que le he dicho —dijo el doctor Balaguer, subrayando cada sílaba—. El general Ramfis podría arrepentirse y dar marcha atrás. Le deseo buena suerte en su nuevo destino, señor Abbes García. Le iba a decir coronel otra vez, me olvidaba que ya no lo es. El general Ramfis lo ha expulsado del Ejército. Supongo que está usted enterado.

Se puso de pie y sin darle la mano volvió a su escritorio, donde se sentó y siguió revisando unos papeles como si él ya no estuviera allí. Abbes García se dirigió a la puerta y salió sin despedirse. Sentía que le temblaban las piernas y pensó que podía desmayarse y hacer el ridículo. Caminó despacito hacia la salida y, en un pasadizo, un asistente le alcanzó una carpeta murmurando que allí estaban su nombramiento, su pasaporte diplomático y su pasaje a Tokio, vía Canadá.

Ordenó a su chofer que lo llevara a su casa y no se sorprendió de que ya no estuvieran en la puerta los policías que hasta dos días atrás la cuidaban. Miró desolado los roperos llenos de trajes suyos y vestidos de Zita, las corbatas y los calzoncillos, los zapatos y los calcetines. Antes de llenar una maleta con unas cuantas ropas, vació la caja fuerte, disimulada en un closet, de todos los dólares y pesos que allí guardaba. Los contó: eran 2.348. Le servirían en el viaje. Una vez que tuvo la maleta llena revisó la mesa de trabajo en el escritorio y, salvo las cuentas de banco, quemó todos los papeles, libretas y cuadernos con anotaciones de trabajo y políticas. Eso le tomó un buen tiempo. Luego subió al automóvil, que seguía esperándolo. El chofer le preguntó: «¿Se va de viaje, coronel?». Él le respondió: «Sí, por unos días, un asunto urgente». Pensaba que probablemente no volvería a ver nunca esta casa y que tal vez había olvidado meter a la maleta o quemar algo importante. Fue luego al Banco de Reservas, donde tenía dos cuentas de pesos dominicanos, y vació las dos, pero allí le dijeron que no podían cambiarle los pesos en dólares porque, desde el magnicidio, debido a la incertidumbre reinante y las vacilaciones constantes del valor del peso, se habían suspendido todas las transacciones en moneda extranjera. El director del Banco de Reservas, que lo recibió en su despacho, le dijo, en voz baja: «Si tiene urgencia, puede ir donde los cambistas callejeros de la ciudad colonial, pero no se lo aconsejo, le darán los dólares a un precio altísimo. Como con la inseguridad todo el mundo se ha puesto a comprar dólares, ya se imagina...».

Abbes García descartó la idea de inmediato. Si era verdad lo que el Presidente Balaguer le había dicho, y Ramfis creía que él era culpable por su ineficiencia del asesinato del Jefe, el hijo mayor de Trujillo podía haber cambiado de idea y mandarlo asesinar en cualquier momento. Mejor se quedaba con esos pesos en la cartera; trataría de cambiarlos en el extranjero, si todavía daban algo por ellos...

Eran pasadas las cinco de la tarde cuando regresó al Servicio de Inteligencia Militar. Sí, todavía lo saludaban cuadrándose los guardias en la puerta del edificio. ¿Sería cierto que Ramfis lo había expulsado del Ejército? En su escritorio rompió y quemó todos los documentos, notas y cartas relacionados con el servicio; sólo salvó un puñado de papeles personales que metió en su cartera de mano. Miró las paredes semivacías, salvo el retrato de Trujillo: la mirada severa, el ademán resuelto, el pecho lleno de condecoraciones. Se le aguaron los ojos.

Luego encargó que le trajeran a su oficina dos sándwiches, uno de jamón y otro de queso, y una cerveza bien fría. Comió y bebió preguntándose si llamaría a Zita a México para informarle del viaje, o si era preferible hacerlo mañana, cuando llegara a Canadá. Decidió esto último. Cuando estaba terminando su única comida del día, comparecieron en su oficina seis de sus colaboradores —tres civiles, un guardia y dos militares—. Estaban confusos y asustados y Lances Falcón, un hombrecillo de bigotito entrecano y gafas oscuras que era contable, le preguntó, en nombre del grupo, qué iba a ser de ellos. Estaban desconcertados, sin saber nada de su situación, y muertos de miedo. ¿Era cierto que se estaba yendo al extranjero?

Abbes García los escuchó sin levantarse de su asiento y decidió decirles la verdad:

—Es cierto que me voy. No por mi propia voluntad. Balaguer me ha despedido. Me manda con un cargo diplomático al fin del mundo. Tokio, allá muy lejos. En cuanto al Servicio de Inteligencia Militar, no sé nada. Pero es imposible que desaparezca, de él depende la supervivencia de cualquier gobierno, sea quien sea el Presidente. Como Balaguer y Ramfis se han repartido el poder, el civil para Balaguer y el militar para Ramfis, seguramente será este último quien se hará cargo del SIM. Ha sido magnífico trabajar con ustedes. Les agradezco mucho su ayuda. Yo sé lo sacrificado y heroico que es este trabajo. Trujillo los apreciaba y les tenía mucho afecto. Ahora, las ratas, aprovechando el caos, salen de sus madrigueras y nos acusan de crímenes monstruosos. Me temo que se vengan represalias contra ustedes. Por eso, si me piden un consejo, les doy éste: ¡váyanse! Escóndanse. No dejen que los conviertan en unos chivos expiatorios. Sálvense.

Se puso de pie y les dio la mano a cada uno. Vio que algunos tenían lágrimas en los ojos. Salieron de su oficina más confusos, atemorizados y angustiados que cuando entraron. Abbes García estuvo seguro de que los seis irían de inmediato a esconderse.

Cuando se quedó solo pensó que tal vez era imprudente la idea de pasar la noche aquí. Si Ramfis quería detenerlo o matarlo, lo mandaría buscar al SIM, por supuesto. Decidió ir a un hotel. Salió a la calle y el auto y el chofer seguían allí. Ordenó que lo llevara al Hotel Jaragua. Le dio trescientos pesos de regalo, le estrechó la mano y le deseó suerte.

—¿Qué hago con el carro, coronel? —le preguntó el chofer, desconcertado.

Abbes García pensó un momento, se encogió de hombros y murmuró: «Lo que tú quieras».

El administrador del Jaragua, que lo conocía, aceptó no registrarlo en el libro de huéspedes y darle una suite, que él pagó en efectivo por adelantado, y conseguirle discretamente un auto que lo llevara a la mañana siguiente al aeropuerto. Se dio un largo baño de espuma y sales y se acostó. Pese a tomarse el somnífero de costumbre, tardó mucho en dormirse. Trató de pensar en rajas de mujeres que había lamido, a ver si se excitaba, pero fue en vano. Como todas las noches desde el 30 de mayo, la cara del Jefe asesinado regresaba a su mente y él sentía escalofríos y una terrible soledad pensando que al Generalísimo Trujillo lo habían acribillado a balazos, que nunca más lo vería ni oiría su voz. Y la terrible injusticia que cometía Ramfis acusándolo de esa muerte por no haberlo protegido, cuando él, desde hacía diez años, sólo había vivido por y para el Jefe, haciendo realidad todos sus caprichos, bañándose en sangre por servirlo, librándolo de sus enemigos aquí y en el extranjero, jugándose la vida y la libertad. De esas injusticias estaba hecho su destino.

Tuvo una duermevela con sobresaltos de unas pocas horas. Se levantó y pidió el desayuno, antes de afeitarse. Luego, ya vestido, tomó el taxi que le había conseguido el administrador del Jaragua. En el aeropuerto lo esperaba una nube de periodistas, fotógrafos y camarógrafos, pero él se negó a hacer ninguna declaración y, felizmente, lo llevaron a la sala de autoridades, donde esperó la salida del avión.

La última fotografía que aparecería de él en las biografías, artículos de prensa y libros de historia (aunque vivió algunos o muchos años más) se la tomaron esa mañana, caminando hacia la escalerilla del avión que lo llevó a Canadá. Allí se lo ve, con sombrero, algo menos gordo e hinchado que en las anteriores, de civil, con una corbata oscura y una entallada chaqueta de tres botones, dos de los cuales lleva abrochados, un abultado maletón de mano y unos chocantes calcetines blancos que confirmaban la opinión del Generalísimo Trujillo de que su jefe del SIM no sabía vestirse con la más mínima elegancia. Su cara aparece contraída en una mueca incómoda y su mirada es huidiza, angustiada, como si adivinara que nunca más volvería a pisar su país. Era el 10 de junio de 1961, once días después del asesinato de Trujillo.

Se quedó dormido a poco de despegar el avión y despertó, aturdido, cuando faltaba una hora y pico para llegar a Toronto. Revisó su pasaje a Tokio y vio que le quedarían unas seis horas de intervalo para la salida del vuelo de Toronto a Tokio. ¿Iría directamente al Japón? Por supuesto que no. Llamaría a su mujer a México, a su banquero en Suiza, e iría personalmente a asegurarse que su cuenta secreta seguía en Ginebra sin amenazas de por medio. Cerró los ojos y estuvo pensando en lo incierta que se había vuelto su vida desde que asesinaron al Jefe. Pensó en Trujillo con agradecimiento y cariño: había confiado en él, le había encargado las misiones más delicadas y él le había cumplido. Se había teñido las manos de sangre por el Jefe, pero lo había hecho con gusto, por amor a esa figura sobrehumana. Y Trujillo lo había compensado con creces. Recordaba esa generosidad suya ilimitada. Gracias a Trujillo tenía esos ahorros en Suiza, él mismo lo había autorizado a abrir esa cuenta. ¿No la habrían detectado? No, nadie fuera del Jefe sabía que existía, ni siquiera Zita. Sólo Trujillo, y ahora estaba muerto. Era imposible que lo supiera Ramfis. ¿Cuánto tenía exactamente allí? No lo recordaba. Más de un millón de dólares, en todo caso. Podría ir tirando un buen rato con ese dinero.

En Toronto, apenas bajó del avión fue a la Pan American Airways y cambió el pasaje a Tokio por un pasaje Toronto-Ginebra-París-Tokio y tuvo que pagar al contado más de tres mil dólares. Le quedaban tres horas de espera hasta su vuelo a Ginebra. Llamó entonces a México y, en vez de darle él una sorpresa, fue Zita quien lo sorprendió diciéndole que esa mañana se había publicado una foto de él en la prensa mexicana, saliendo del aeropuerto de Ciudad Trujillo, pero que nadie sabía su destino. «Nos mandan de diplomáticos al Japón.» «¿Al Japón?», se alarmó ella. «¿Y qué vamos a hacer allá?» «No nos quedaremos mucho tiempo ahí. Lo importante es que estamos vivos, y eso es ya mucho tal como están las cosas en la República Dominicana.» Zita se mantuvo callada, como siempre en situaciones difíciles: confiaba en él y estaba segura de que su marido resolvería todos los problemas. Él pensó: «Es una buena mujer». Lástima que se empeñara tanto en tener hijos.

Luego llamó a su banquero en Suiza y tuvo la suerte de que él mismo le respondiera el teléfono. Le pidió que le reservara un hotel en Ginebra y quedó en ir a visitarlo dos días después en su oficina. Cuando cortó, respiró aliviado: su banquero, que hablaba un español muy castizo, le había dicho que su cuenta estaba ahora en un millón trescientos veintisiete mil dólares y cincuenta y seis centavos. Lo cual quería decir que nadie había hecho gestión alguna para intervenir su dinero: éste reposaba tranquilo, ganando intereses, en aquella ciudadela suiza. Por primera vez desde el asesinato del Jefe se sintió contento.

Cuando, doce horas después, llegó a Ginebra y se alojó en el mismo hotelito junto al lago donde había estado tres años atrás, la vez que vino a abrir la cuenta a la que había provisto con regulares remesas, llenó la bañera y se dio, como el día anterior, un largo baño con espumas y sales. Mientras lo hacía, sintiendo un agradable bienestar físico, trató de imaginar su vida en el futuro. Sabía de sobra que aquel consulado en Japón no duraría mucho. Tarde o temprano, ocurriera lo que ocurriera en la República Dominicana, a él nadie lo llamaría. Seguiría siendo «el hombre más odiado», al que achacarían todos los crímenes, las desapariciones, las torturas, los encarcelamientos, ocurridos o no ocurridos, los que había cometido y los que le inventarían. De modo que le convenía organizar su futuro en otro país, aceptar la idea de vivir desterrado para siempre. De pronto sintió que sollozaba. Le habían comenzado a brotar unas lágrimas que llegaban hasta su boca y le dejaban en los labios una humedad salada. ¿Por qué lloraba? Por el Jefe. Ya no habría otro Trujillo en su vida. Un hombre tan admirable, tan inteligente, tan astuto y enérgico, que, según le dijo un día, se había tirado a más de mil mujeres en la vida, «por delante y por atrás». Un hombre para el que nunca hubo obstáculos que no se pudieran romper. Había sido providencial. Fue un milagro que le escribiera aquella carta, pidiéndole una beca para ir a México a seguir aquellos cursos policiales. Le había dado un poder con el que nunca soñó. ¿No se decía de él que era, después del Jefe, el hombre más temido en la República Dominicana? Sí, cierto, había un antes y un después desde que se animó a pedirle aquella ayuda a Trujillo. Pasara lo que le pasara, había sido una suerte trabajar para el Jefe, junto al Jefe, al servicio del Jefe. Qué miserables Balaguer y Ramfis, ese par de traidores. ¡Venderse a los norteamericanos cuando el cadáver del Jefe estaba todavía caliente!

La conversación con su banquero lo tranquilizó. Su cuenta seguiría allí, secreta, perfectamente protegida, pero tampoco pudo cambiarle el dinero dominicano que llevaba, pues debido a la inestabilidad política en los mercados de divisas también había dejado de cotizarse el peso dominicano. El banquero le aconsejó que los dejara en una caja fuerte del banco hasta que las cosas cambiaran. Así lo hizo y salió con un fajo de cincuenta mil dólares y veinte mil francos franceses, para gastarlos en París.

En la capital francesa se alojó en el Georges V, en una suite, y contrató un carro con chofer al que pidió esa misma noche que lo llevara a un burdel. Nunca había lamido la raja de una puta francesa, y esa perspectiva lo excitó. El chofer lo llevó a un barcito de Pigalle donde, le explicó, podía elegir a una mujer a la que debía llevarse luego a uno de los hotelitos de los alrededores. Lo hizo así y terminó esa noche acostado con una argelina, que chapurreaba algo de español y que le hizo pagar el doble de lo acordado, porque, le explicó, a ella le pagaban para que hiciera la corneta y no para que se la hicieran a ella, algo a lo que no estaba acostumbrada. Pero la noche terminó mal porque, aunque tuvo una rápida erección, no llegó a eyacular. Era la primera vez que le pasaba y trató de tranquilizarse pensando que la tensión nerviosa desde que asesinaron al Jefe era la causa de ese fracaso, y no que se estaba volviendo impotente.

Al día siguiente había decidido ir al Louvre —ésta era su segunda visita a París y en la primera no había visitado museo alguno—, pero, cuando subió al auto que tenía alquilado, preguntó al chofer si conocía un templo o monasterio rosacruz en París. El hombre lo miró desconcertado: «¿Rosacruz?, ¿rosacruz?». Entonces le ordenó que lo llevara más bien a ese muelle sobre el Sena donde se tomaban los barquitos que recorrían el río de ida y vuelta, en un paseo que mostraba los puentes y monumentos de París desde el agua. Le tomó dos horas el paseo, en el que consiguió distraerse un rato. Luego pidió al chofer que lo llevara a almorzar al mejor restaurante que conocía. Pero, en un semáforo de la Rue de Rivoli, divisó de pronto una cara femenina que le pareció conocida. ¡Cucha! ¡Cuchita Antesana! Su noviecita de hacía mil años. Le dijo al chofer que diera una vuelta y lo recogiera en el mismo lugar. Bajó del auto y se apresuró a alcanzar a aquella mujer que le había recordado a un amor de juventud. Increíblemente, era ella misma. Con unos quince años más, pero ella misma. Cucha lo miraba sorprendida, desconcertada, maravillada. ¡Johnny! ¿Eras tú? ¿Aquí en París? Cucha vivía en esta ciudad desde hacía seis meses y estaba aprendiendo francés en la Alliance Française del Boulevard Raspail. ¿Estaba libre para almorzar? Sí, lo estaba. Fueron a La Coupole, en el Boulevard Montparnasse. Lo increíble es que Abbes no la había vuelto a ver desde que habían sido enamorados, cuando ella acababa de salir del colegio y él era un joven periodista hípico y tenía un pequeño programa en una radio donde le pagaban cuatro reales.

Cuchita, al verlo sacar su pañuelo rojo, le preguntó si seguía siendo rosacruz. «Bueno, sí, a medias», le respondió él, bromeando. «Tampoco tú sabrás si hay en París un templo rosacruz, ¿no?» Ella no había vuelto a tener galanes después de la ruptura con Johnny. Luego de la muerte de sus padres, con la herencia que le dejaron había pasado un año en los Estados Unidos aprendiendo inglés. Y, ahora, permanecería otro año en Francia. ¿Y él, qué hacía ahora, después del asesinato del Generalísimo Trujillo?

—Estaré un tiempo fuera de la República Dominicana —le dijo. Y empezó a fantasear—: Voy a dedicarme a trabajar para que todos los gobiernos de derecha que hay en América Latina se unan, colaboren y trabajen juntos. Para que no les pase lo que está pasando ahora en nuestro desgraciado país. Que ha caído en el caos de la democracia, vendiéndose a los Estados Unidos, algo que, a la corta o a la larga, sólo servirá a los comunistas. Ellos saben que, a río revuelto, ganancia de pescadores. Terminarán apoderándose de la República Dominicana y la convertirán en una democracia popular, es decir, en un satélite soviético.

A medida que hablaba se fue convenciendo de que aquella invención podía ser realidad. ¿Por qué no? ¿Acaso todos los dictadores latinoamericanos no estaban amenazados también de correr la misma suerte que el Jefe? Había que unirlos, convencerlos de que intercambiaran información, que desarrollaran estrategias para aplastar todas las conspiraciones «democráticas» que eran nada más que el caballo de Troya de los comunistas. ¿Y quién estaba más capacitado que él para ser el eslabón que uniera a todos esos gobiernos y los defendiera contra sus enemigos, esos mismos que ahora gobernaban en la República Dominicana con el beneplácito de Washington?

Cuando dejó a Cuchita en su hotelito del Barrio Latino, se había convencido de que él sería, para todos los gobiernos de derecha del Caribe, de Centro y Sud América, lo que había sido para el régimen de Trujillo: el hombre fuerte, el inspirador, la cadena de la solidaridad, el vigía.

El resto de la tarde, mientras se compraba ropa, zapatos, corbatas en las buenas tiendas de la Madeleine y Champs-Élysées, seguía divagando sobre esa trayectoria futura con la que había querido embelesar a su noviecita de la adolescencia.

En la noche volvió a aquel barcito de Pigalle y, en vez de la argelina de la víspera, se llevó al hotelito a una africana, que no puso peros para lo que él le pidió. Tenía una raja rojiza y apestosa que lo excitó de inmediato, y mientras la lamía tuvo la satisfacción de eyacular sobre la cama. Menos mal, menos mal, el pito le funcionaba todavía.

Dos días después estaba en Tokio, donde había llegado ya Zita. En la embajada —pequeñita— el encargado de negocios le informó que no podrían darle una oficina, pues no había espacio disponible. El ministerio les había comunicado que su consulado sería un puesto sólo «formal». Abbes García no le preguntó qué quería decir «formal», exactamente. Se lo imaginaba de sobra.

# XXXI

Crispín Carrasquilla era hijo de un empleado de los Ferrocarriles y desde que tuvo uso de razón soñó con ser militar. Su padre le alentaba ese sueño, pero su madre, en cambio, hubiera preferido que fuera ingeniero o médico. Había nacido en un pueblito de Huehuetenango, San Pedro Nécta, cerca de la frontera con México. Pasó buena parte de su infancia trasladándose de un lugar a otro porque a su padre los Ferrocarriles lo movían con frecuencia de destino. Hasta que al fin lo fijaron en la Estación Central, en la ciudad de Guatemala, donde Crispín pudo ir a un colegio público mejor que las escuelitas provincianas donde cursó la primaria.

No era muy estudioso, pero sí buen deportista. Y desde muy joven, casi niño, practicó mucha natación porque, le dijeron, ese deporte ayudaba a crecer; temía que su baja estatura fuera un obstáculo para el ingreso a la Escuela Politécnica, pues había una altura mínima que se exigía a los aspirantes. Estuvo muy angustiado con este tema porque le faltaban algunas décimas para alcanzarla. Seguramente el día más feliz de su vida fue aquel en el que supo que había sido admitido a la Escuela Militar, no entre los primeros pero tampoco entre los últimos. Así transcurrieron los tres primeros años en que fue caballero cadete: ni excelente ni pésimo alumno, siempre en un punto intermedio, cumplidor en los estudios y, eso sí, muy esforzado en las maniobras militares y los ejercicios físicos. Era un buen muchacho, sencillo, algo simple, de amistad fácil, que se llevaba bien con todo el mundo, tanto con sus condiscípulos como con los superiores, nada díscolo, servicial, al que los rigores de la disciplina no afectaban para nada —le gustaba obedecer más que mandar— y del que sus compañeros tenían muy buen concepto, aunque no les mereciera mucho respeto.

Pero aquella personalidad un tanto borrosa cambió cuando, en las postrimerías del gobierno de Jacobo Árbenz, durante la guerra, uno de los sulfatos —así llamaban los vecinos de la ciudad a los aviones liberacionistas de Castillo Armas porque, decían, su presencia soltaba el estómago de miedo a los desamparados ciudadanos— lanzó una bomba en el patio de honor de la Escuela Politécnica. No causó muertos, pero dejó varios heridos, algunos de gravedad, entre ellos a Cristóbal Fomento, el Urogallo. Crispín Carrasquilla salía de una clase de Física y vio, desconcertado, cómo la bomba se estrellaba en uno de los techos del patio de honor, lo hacía volar en pedazos y una lluvia de piedras y cascotes se desplazaba en todas direcciones, rompiendo los vidrios de su entorno y haciéndolo rodar a él mismo por el suelo. Mientras se levantaba y comprobaba que estaba indemne, oía gritos de dolor de los heridos y veía correr a su alrededor, llenos de polvo y algunos sangrando, a cadetes, oficiales y empleados de servicio. Después de unos minutos cesaron el desconcierto y el caos y toda la Escuela se movilizó para llevar a los heridos —entre los que se encontraba su amigo el Urogallo— a la enfermería, la que, por suerte, no había sufrido muchos daños.

A Crispín nunca le había interesado hasta entonces la política. Había oído hablar de la Revolución de Octubre que acabó con la dictadura militar del general Jorge Ubico Castañeda y de la junta que presidía el coronel Ponce Vaides sin darles mayor importancia —era entonces un niño de escuela—, así como de la elección a la Presidencia de Juan José Arévalo y la de su sucesor, el coronel Jacobo Árbenz, época en la que él ingresó a la Politécnica. Todo aquello lo veía como algo lejano, asuntos que no le concernían. Ésa era, más o menos, la actitud de los demás caballeros cadetes frente a la política. Tampoco tomaba parte en las discusiones que a veces surgían en torno suyo cuando el coronel Castillo Armas se levantó en Honduras acusando al gobierno de Árbenz de comunista. Pero esa neutralidad —o más bien indiferencia— frente a la política desapareció desde que los sulfatos comenzaron a volar sobre la ciudad de Guatemala lanzando volantes de propaganda o bombas que causaban estragos, víctimas, pánico, y, sobre todo, desde el día en que aquel sulfato bombardeó la Escuela Militar. Que pilotos gringos estuvieran atacando a los guatemaltecos, a fuertes militares como el de Matamoros o el de San José de Buena Vista, y a la propia Escuela Politécnica, lo sacudió en su amor propio y en su idea del patriotismo: lo convirtió en otra persona. Le pareció un crimen contra el país, algo que no podía aceptar nadie que amara Guatemala y tuviera un poco de dignidad, sobre todo si era un cadete y se estaba formando para ser un futuro oficial del Ejército.

Desde entonces participaba en todas las discusiones políticas que surgían en la Escuela y, a veces, él mismo las provocaba. Ni cadetes ni oficiales tenían una posición común; estaban divididos respecto al gobierno de Árbenz y sus reformas, especialmente la agraria; pero, en general, tanto oficiales como cadetes eran muy severos contra Castillo Armas por haber roto la unidad de las Fuerzas Armadas y atacar a su propio país apoyado y financiado por los Estados Unidos.

Lo afectó mucho que uno de los heridos cuando cayó la bomba en el patio de honor de la Escuela Militar fuera su amigo y compañero de año, Cristóbal Fomento. Lo apodaban el Urogallo. Le gustaban mucho los animales y andaba siempre hablando de especies exóticas, desconocidas en Guatemala. Un buen día apareció con una revistita con fotos de una especie de gallito al que en España llamaban «urogallo»; el muchacho estaba tan excitado con aquellas imágenes que desde entonces los demás cadetes lo apodaron así. Cuando Crispín fue a visitarlo al Hospital Militar, donde lo habían trasladado desde la enfermería de la Escuela, encontró a su compañero triste como una noche. Los médicos no habían podido salvarle un ojo; y, aunque quedarse tuerto no fuera tan terrible, sí era incompatible con la carrera militar. El Urogallo tendría que dejar la Escuela y buscarse otra profesión. La larga charla que tuvieron los dos amigos fue dolorosa y Crispín vio que, en un momento, las lágrimas corrían por las mejillas de Cristóbal cuando le dijo que se dedicaría tal vez a la agricultura, ya que un tío le había ofrecido llevárselo a trabajar con él, allá por Alta Verapaz, donde tenía una finquita en la que sembraba café.

Desde que cayó aquella bomba en el patio de honor, todos los cadetes empezaron a hablar mucho de política, no sólo Crispín. Y algo sorprendente ocurrió en éste: cambió de personalidad. Se volvió un líder al que sus compañeros escuchaban en la cuadra, en los recreos o en la noche, luego del toque de queda, cuando, en la oscuridad de sus literas, intercambiaban ideas. Enardecido, despotricando contra los «traidores a la Patria» que, para echar al Presidente Árbenz, se habían alzado contra su propio Ejército obedeciendo a los yanquis, como si Guatemala fuera una colonia y no un país independiente. Sus ideas eran confusas, por supuesto, emociones más que razones, y en ellas se mezclaban el amor a su tierra natal, a sus compatriotas, a su Ejército, cosas que para él tenían un nimbo sagrado, y su cólera y rencor contra quienes, guiados por intereses políticos, estaban dispuestos a atacar a su propio país, como ese Ejército Liberacionista compuesto por mercenarios, muchos de ellos extranjeros, que ahora bombardeaba la ciudad de Guatemala con aviones pilotados por yanquis, como el sulfato que lanzó la bomba sobre la Escuela Militar.

Cuando, a comienzos de julio de 1954, los cadetes fueron informados que todos debían concurrir al aeropuerto de La Aurora a recibir a Castillo Armas, que regresaba de El Salvador con el embajador yanqui John E. Peurifoy y los jefes militares con los que los liberacionistas habían firmado un tratado de paz y nombrado una junta que gobernaría el país, de la que el propio coronel Castillo Armas era miembro, Crispín Carrasquilla propuso a sus compañeros declararse en huelga.

Ese mismo día fue convocado por el director de la Escuela Militar, el coronel Eufemio Mendoza:

—En vez de llamarte a mi despacho, hubiera debido mandarte al calabozo —le dijo el coronel, fruncida la cara y con una voz donde la cólera se mezclaba con la sorpresa—. ¿Te volviste loco, vos, Carrasquilla? ¿Una huelga en una institución militar? ¿No sabés que eso es rebelión? ¿Que podrías ser expulsado de la Escuela e ir a la cárcel por semejante barbaridad?

El coronel Eufemio Mendoza no era mala persona. Hacía muchos ejercicios y conservaba una figura de atleta. Tenía un bigotito que siempre se andaba rascando. También estaba furioso con el bombardeo de la Escuela Militar y comprendía que los caballeros cadetes se sintieran escandalizados por lo ocurrido. Pero el Ejército no existiría sin la disciplina y el respeto a las jerarquías. El director recordó al cadete Carrasquilla, que lo escuchaba en posición de firmes, sin pestañear, que en el Ejército las órdenes se obedecían sin dudas ni murmuraciones y que, si no fuera así, la institución no funcionaría ni estaría en condiciones de cumplir con su misión, la defensa de la soberanía nacional, es decir, de la Patria.

El sermón fue largo y, al final, el coronel, ablandándose, dijo que entendía que hubiera entre los cadetes un sentimiento de dolor y de cólera. Esto era humano. Pero, en el Ejército, las órdenes de la superioridad se cumplían, les gustasen o no les gustasen a los de menor jerarquía. Y la orden de la superioridad era meridianamente clara: los cadetes irían en formación al aeropuerto de La Aurora a recibir a los jefes militares, a Castillo Armas y a los liberacionistas que habían firmado la paz en San Salvador.

—A mí tampoco me gusta —confesó el coronel Mendoza, de pronto, bajando mucho la voz hasta convertirla en un susurro y echando una mirada cómplice al cadete—. Pero ahí estaré, al frente de la compañía de la Escuela, cumpliendo las órdenes que he recibido. Y ahí estará usted también, en la formación, con su uniforme de parada y su fusil bien limpio y aceitado, si ahora mismo se arrepiente de esa idea estúpida de proponer a los caballeros cadetes declararse en huelga ante una orden superior.

Al final, Crispín pidió perdón, reconoció que el coronel Mendoza tenía razón; había actuado de manera irresponsable y haría esa misma tarde una autocrítica ante sus compañeros.

Los cadetes fueron, con muchos otros batallones del Ejército y la policía, al aeropuerto de La Aurora a recibir a Castillo Armas y a su séquito. En la enorme manifestación que se congregó —celebraba, más que el acuerdo entre el Ejército y los liberacionistas, el fin de la guerra, de la inseguridad, de la incertidumbre y del miedo—, pocos advirtieron que todo aquello pudiera haberse frustrado por el grave incidente que estuvo a punto de estallar entre los cadetes de la Escuela Militar y el pelotón de milicianos y soldados liberacionistas que acudieron también a la pista de aterrizaje para recibir a los viajeros. En la enorme concentración de gente, aquello pasó desapercibido de la mayoría. Ni los periódicos ni las radios, ahora encandilados con Castillo Armas, dijeron una palabra sobre los incidentes, que se conocieron sólo a través del testimonio de quienes los vivieron.

Era uno de los primeros contingentes liberacionistas llegados a la capital. Los habían alineado justamente al costado de la compañía de cadetes de la Escuela Militar, con sus uniformes sucios, rotos, mal llevados, un hato de individuos indisciplinados, armados de cualquier manera, algunos con rifles, otros con simples escopetas, otros con revólveres y pistolas, y sus banderitas y viseras o gorros de pacotilla. Y, además, se permitían tomar el pelo y provocar a los cadetes que, impecables en sus uniformes limpios y planchados, escuchaban rígidos, en sus secciones bien alineadas, las burlas e insultos de aquella pandilla en la que, entre auténticos guatemaltecos, había otros centroamericanos que estaban allí sólo por la paga. Y, para colmo, se atrevían a mofarse y decir cosas ofensivas a los futuros oficiales del Ejército de Guatemala.

Los alféreces o tenientes que estaban al frente de las secciones de cadetes contenían a éstos cuando iban a responder a las provocaciones e insultos de los liberacionistas, pero sólo hasta cierto punto, pues, al abrirse las puertas del avión llegado de San Salvador y aparecer en la escalerilla el embajador John Emil Peurifoy seguido de Castillo Armas, la multitud se desbordó y rompió las barreras para poder acercarse a los recién llegados. Hubo desorden, anarquía, y varios cadetes, además de algún oficial y suboficial, aprovecharon para encararse, darse de patadas, cabezazos y puñetes contra los liberacionistas que los insultaban llamándolos «arbencistas». Así lo hizo el propio Crispín, quien hasta entonces nunca había sido propenso a agarrarse a golpes con nadie; pero, ahora, con su nueva personalidad, apenas cundió el desorden fue de los primeros en romper filas y aventarse con la cacha de su fusil en alto a golpear a los mercenarios que tenía más cerca, a la vez que los insultaba.

Todo ello contribuyó a agravar la tensión y animosidad entre la Escuela Militar y los liberacionistas. Esa misma noche, en que la Politécnica había dado licencia a los alumnos para pasarla con sus familias, hubo otro incidente muy violento con un grupo de cadetes que estaban en el Cine Capitol, en la sexta avenida de la zona uno. Éstos se dieron de bruces al salir de la función con media docena de invasores que los estaban esperando para agredirlos. En la aparatosa riña en que aquello terminó, dos cadetes del último año resultaron con lesiones que debieron curarse en la enfermería pública. Crispín no estuvo allí, pero le contaron detalles de lo ocurrido; no se hablaba de otra cosa en la Escuela Militar. Y de este modo fue surgiendo entre los cadetes —la iniciativa nació de varios a la vez— la idea de ir a tomar cuentas en regla a los liberacionistas concentrados en los locales del Hospital Roosevelt, todavía en plena construcción. Se hablaba del asunto en voz baja, de manera confusa —¿se llevaría a cabo aquello como una operación militar o como una guerrita de guerrillas?—, cuando otro episodio todavía más violento vino a enardecer los ánimos de los cadetes y, esta vez, también de algunos oficiales.

Ocurrió en el burdel del barrio de Gerona regentado por la señora Miriam Ritcher, la gringa que se hacía pasar por francesa (en verdad había nacido en La Habana) y llevaba los cabellos pintados de un rubio resplandeciente. Tres cadetes que estaban allí tomándose una copa en el bar fueron cercados por un grupo de liberacionistas; se armó una gresca con insultos, rompedera de botellas y vasos y, aunque los cadetes se defendieron bastante bien, sus adversarios se las arreglaron para pedir refuerzos al Hospital Roosevelt. Cuando todo parecía haberse sosegado, seis liberacionistas armados de metralletas irrumpieron en el prostíbulo. Apuntándolos con sus armas, los recién venidos sometieron a los tres cadetes a humillaciones sin término. Los desnudaron, los obligaron a bailar desnudos, a cantar y hacerse los maricas, mientras los escupían y les orinaban encima.

Pero lo que colmó el vaso fue lo ocurrido el 2 de agosto de 1954, durante el llamado Desfile de la Victoria. Se había concebido como una ceremonia militar en la que los soldados del Ejército marcharían junto a las brigadas liberacionistas, para demostrar la unidad de ambas fuerzas militares. Sin embargo, en su discurso, el Presidente Carlos Castillo Armas sólo homenajeó a las fuerzas anticomunistas y todas las condecoraciones y reconocimientos fueron para los triunfadores de la guerra. El grueso público se permitió incluso silbar e insultar a las secciones de cadetes durante el desfile.

Esa misma noche, los caballeros cadetes de la Escuela Militar, apoyados por varios oficiales jóvenes, atacaron el Hospital Roosevelt, cuartel general de los liberacionistas. Se había acordado, por decisión unánime, que los cadetes del último año, a punto de recibirse, no participaran en la acción para no perjudicar sus carreras. Pero dos de ellos exigieron formar parte de la expedición y los demás los aceptaron. De común acuerdo se dispuso (con aquiescencia de ellos mismos) encerrar al director, el coronel Eufemio Mendoza, y a los oficiales que habían decidido no intervenir en el ataque, en la sala de la Dirección, mientras los cadetes y oficiales voluntarios preparaban las armas, se ponían los cascos y partían en autobuses hacia el Hospital Roosevelt, donde ya había un grupo de exploradores inspeccionando el lugar y espiando las actividades de los liberacionistas. Crispín Carrasquilla había adquirido un inequívoco liderazgo y se lo vio aquella noche, en cierta forma, dirigiendo las acciones. Incluso el pequeño grupo de oficiales escuchaba sus opiniones, las discutía, y generalmente las acataba. Por ejemplo, fue idea suya que se preguntara, uno por uno, a los cadetes de los primeros años si querían participar libremente en el ataque. Todos respondieron que sí.

A las cuatro y treinta de la madrugada comenzó el combate. Los atacantes tuvieron a su favor el efecto sorpresa; los liberacionistas no los esperaban y quedaron desconcertados cuando, de pronto, en ese oscuro amanecer con una leve llovizna, empezaron a recibir descargas de fusilería, fuego de bazukas y cañonazos. Crispín había ocupado un puesto de vanguardia, en el flanco derecho de una de las dos columnas que atacaron haciendo una pinza al edificio del Hospital Roosevelt. Casi de inmediato comenzaron a caer heridos y muertos alrededor de Crispín, quien, aturdido por el fragor del tiroteo, los gritos y quejidos que escuchaba, tenía dificultades para hacerse oír por sus compañeros más cercanos. En medio de la fatiga, el bullicio y el ensordecedor tiroteo sentía que había alcanzado aquello con lo que siempre soñó. Ni siquiera era consciente, cuando lideraba un ataque contra la puerta principal del Hospital Roosevelt, de los balazos que recibía en el cuerpo.

Los liberacionistas, sorprendidos y golpeados por el ataque de los cadetes, no tardaron en reaccionar. Durante buena parte de la mañana, mientras amanecía, cesaba la llovizna, salía el sol y alumbraba aquel rincón extremo de la ciudad de Guatemala, el tiroteo se apagaba por momentos y renacía con más fuerza, mientras familias de todo el barrio huían de sus casas cargando a niños y maletas y atados con las cosas indispensables, aterradas de que aquello sucediera justamente cuando creían que por fin había llegado la paz al país.

Al mediodía, los cadetes recibieron una batería de morteros que les envió la base militar de La Aurora.

312

Pero, al poco rato, sintieron los motores y vieron planear sobre sus cabezas uno de los sulfatos norteamericanos que, procedente de Nicaragua, venía a ayudar a los liberacionistas. Después se supo que lo pilotaba el alocado Jerry Fred DeLarm. Éste, sin embargo, no pudo causar mucho daño a los cadetes porque, obligado a repostar combustible, aterrizó en el aeropuerto de La Aurora. Allí la guarnición militar lo detuvo, y, alegando que no tenía instrucciones de la superioridad al respecto, le impidió volver a levantar el vuelo. Cuando al fin lo hizo, las acciones militares habían cesado, gracias a una tregua alcanzada por la mediación del arzobispo Rossell y Arellano y el embajador John Emil Peurifoy. Los dos habían sido enemigos declarados del Presidente Árbenz y aplaudido desde el primer momento la insurrección de Castillo Armas; por eso, los cadetes, sobre todo Crispín, desconfiaban de su imparcialidad. Pero los oficiales insistieron en que se aceptara la mediación de ambos. Y el mismo arzobispo —muy delgado, casi esquelético, sus manos largas echando bendiciones alrededor y una expresión en sus ojos de contrición y beatitud— les aseguró que sería absolutamente neutral; su misión consistiría sólo en impedir que siguiera corriendo sangre y garantizar un arreglo honorable entre los combatientes. Se comprometía —lo juraba por su santa madre, que estaba en el cielo escuchándolo— a conseguir un arreglo en el que no habría vencedores ni vencidos.

Cuando se discutía esa tregua, el alférez Ramiro Llanos se acercó a Crispín y éste vio que el oficial lo miraba con ojos alarmados. Se ofreció a llevarlo a la enfermería, que se había instalado en una panadería del contorno.

—¿A la enfermería? ¿Para qué? —preguntó Crispín. En ese momento se dio cuenta que estaba bañado en sangre. No había sentido dolor alguno durante las varias horas de balacera, y sólo ahora descubría que tenía heridas en el hombro izquierdo y en el pecho.

El alférez Llanos lo había cogido por los brazos —Crispín comprendió que estaba a punto de desmayarse— y llamó a otros dos cadetes. Debían ser del primer año, pues a ambos les quedaban grandes los cascos y tenían las caras llenas de polvo y sudor; ellos lo ayudaron a cargar a Crispín. Éste descubrió que ya no tenía el fusil en las manos y veía todo a través de una niebla. Las caras de su padre y su madre habían aparecido y allí estaban ambos, mirándolo con cariño, admiración y pena; él hubiera querido decirles algo bonito y cariñoso, pero no tenía fuerzas para hablar. Cuando entraron a la panadería convertida en centro de primeros auxilios Crispín ya no veía, pero todavía le entraba por los oídos un rumor de voces que apenas distinguía, porque se iban alejando de manera inexorable.

Por eso Crispín no vio ni se enteró de las negociaciones en las que el astuto arzobispo de Guatemala, monseñor Mariano Rossell y Arellano, se las arregló para llevar a una comisión de cadetes al Palacio de Gobierno. Los recibió el Presidente Castillo Armas en persona. Los cadetes explicaron al mandatario que no podían seguir recibiendo humillaciones como las que habían perpetrado los liberacionistas en los últimos días. Y exigieron que éstos, ya que habían perdido el combate, reconocieran su derrota y salieran del Hospital Roosevelt con los brazos en alto y entregaran las armas a las autoridades. Con la cara agestada, Castillo Armas aceptó. Crispín no vio a los liberacionistas saliendo del edificio a medio construir del Hospital Roosevelt con los brazos en alto, ni los vio entregar a los cadetes sus fusiles, carabinas, pistolas y morteros.

El acuerdo prometía tres cosas que se incumplirían a cabalidad: los derrotados entregarían las armas al gobierno y volverían a sus pueblos o países; los cadetes rebeldes no sufrirían castigo alguno por sus acciones de aquel día, éstas no figurarían en sus hojas de servicio, y regresarían a la Escuela Militar a continuar sus estudios con absoluta normalidad; los oficiales y suboficiales que los habían apoyado continuarían en el Ejército sin sufrir la menor represalia, y tampoco aparecería lo ocurrido en sus credenciales militares.

Como Crispín Carrasquilla falleció aquella misma tarde antes de que pudiera ser trasladado a algún hospital, no supo que aquel acuerdo, como él y otros cadetes temían, pasó a ser un papel inservible desde ese mismo día. Pese a la victoria de los cadetes sobre el terreno, los liberacionistas resultaron los verdaderos vencedores de la contienda, que, en el futuro, apenas aparecería en la prensa o los libros de historia, como un hecho carente de toda relevancia. La Escuela Militar fue cerrada de inmediato por algunos meses mientras se reorganizaba. Todos los oficiales y suboficiales que habían apoyado a los rebeldes fueron expulsados del Ejército sin derecho a pensión. En cuanto a los cadetes, sólo a seis de ellos, que tenían parientes militares con cierta influencia en el gobierno de Castillo Armas, se les ofreció continuar sus estudios en escuelas o academias militares de países amigos, como la Nicaragua de Somoza o la Venezuela de Pérez Jiménez; a los otros se les separó de la institución negándoles la matrícula cuando la Escuela Politécnica volvió a abrirse, con otro director y otro plantel de oficiales.

No mucho después, el Presidente Castillo Armas impuso la máxima condecoración pública, en una ceremonia en la catedral, al arzobispo Rossell y Arellano, llamándolo, en un discurso que le escribió también Mario Efraín Nájera Farfán, «un eximio patriota, un héroe y un santo».

Los padres de Crispín Carrasquilla trataron en vano de recobrar el cadáver de su hijo. La superioridad mili-

tar les informó que había sido sepultado con otras víctimas de aquel amago revolucionario en una fosa común
y en un lugar secreto, para que no se convirtiera el día
de mañana en un destino de peregrinaje comunista.

# XXXII

Sudaba copiosamente. No era el calor, pues desde la cama veía las aspas del ventilador girando de prisa sobre su cabeza y sentía en la cara el vientecito que despedían. Era el miedo. No había sentido un miedo así nunca antes, al menos que recordara, ni siquiera el día que supo que habían asesinado al Jefe y que, probablemente, con ese asesinato su suerte se haría trizas y tendría que vivir en el futuro a salto de mata. Acaso fugarse al extranjero. Pero aquello había sido tristeza, rabia, soledad, no miedo. Miedo era lo que sentía ahora, un miedo que lo tenía sudando un sudor frío que le empapaba la camisa y el calzoncillo y le hacía castañetear los dientes. A ratos le venían rachas de escalofríos que lo paralizaban y debía contenerse, con gran esfuerzo, para no llorar a gritos pidiendo socorro. ¿Socorro a quién? ¿A Dios? ¿Acaso creía en Dios? ¿Al Hermano Cristóbal, entonces?

Estaba amaneciendo; veía una lucecita azul allá en el horizonte que iría creciendo y le mostraría el huerto de su casa en Pétionville, con sus árboles frutales, sus jacarandás y enredaderas. Pronto las gallinas comenzarían a cacarear y los perros a ladrar. Con el día y la luz el miedo disminuiría y él tendría que dominarlo del todo antes de ir a la embajada dominicana, donde lo habían citado a las once de la mañana. ¿Se dignaría recibirlo el embajador o volvería a conversar sólo con ese cónsul del traje entallado, los anteojos de búho y la vocecita aflautada? ¿Tendría ya una respuesta de Balaguer? Pensó con vergüenza que nunca hubiera imaginado que un día, impulsado por el miedo, recurriría a ese maldito hombrecillo, el Presidente Joaquín Balaguer, para que les salvara la vida a él, a Zita, su mujer, y a sus dos hijas pequeñas. ¿Le contestaría Balaguer en persona? ¿Haría ese gesto de magnanimidad, «perdonándolo», y repatriándolos a él y su familia? Balaguer podía ser un traidor, pero era un intelectual, tenía sentido de la historia, quería pasar a la posteridad; tal vez eso lo animara a salvar de una muerte atroz al hombre «más odiado de la República Dominicana», como le había dicho en la última entrevista en Ciudad Trujillo, el día que lo obligó a salir de su tierra con el cuento del consulado en el Japón.

«¡Vaya cuentanazo!», pensó. Había sido una mentira inicua. Recordó aquellos días horribles en Tokio. No le habían dado siquiera una oficina. Estuvo viviendo con Zita en un hotel que costaba un ojo de la cara y los gastos de instalación que le correspondían como flamante diplomático nunca llegaron, ni le llegó tampoco su primer sueldo. A las pocas semanas el propio encargado de negocios le comunicó que, «por razones de presupuesto», su nombramiento había sido cancelado, y, por lo tanto, las autoridades japonesas le daban sólo dos semanas para que él y su esposa abandonaran el país en el que no tenían ya nada que hacer. Tuvieron que regresar a París, donde vivieron cerca de un año. Allí dio a luz Zita a la primera de las niñas, y allí se gastaron buena parte de aquel millón y pico de dólares que tenía guardado en ese banco suizo. Parecía mucho dinero cuando no se tocaba e iba ganando intereses, pero cuando se vivía sin producir ingreso alguno, aquella suma se derretía como mantequilla.

¿Qué había hecho Abbes García en aquellos años de exilio? Conspirar. Escribir cartas y hacer llamadas a todos los militares y policías dominicanos que conocía y creía amigos para tratar de comprometerlos en una conspiración contra Balaguer. Decían que sí, pero no movían un dedo. Todos querían pasajes para viajar a Europa o a Canadá a entrevistarse con él, eso sí. De todas estas intrigas nunca resultó nada serio. Un día Abbes García se dio cuenta de que nada saldría bien si no estaba comprometido en ello Ramfis Trujillo. Entonces pasó por la humillación de escribirle; para su sorpresa, el propio Ramfis, que vivía en ese momento en España, le contestó y viajó a París a entrevistarse con él. Estuvo cordial y comunicativo. Su odio a Balaguer era tan enorme como el de Abbes García. Se dio cuenta por fin que también él —¡el hijo mayor de Trujillo, nada menos!— había sido manipulado por ese zorro astuto e inescrupuloso que era Balaguer. Ramfis tenía tanta hambre de poder, tantas ganas de ser el amo de ese paisito ingrato con su padre y su familia, que Abbes García se entregó a fondo durante unos meses a trabajar en una conspiración que esta vez, con el hijo del Jefe implicado, parecía seria. Pero también se vino abajo antes de tomar cuerpo, pues los militares comprometidos se echaron atrás diciendo que el golpe de Estado no tendría éxito si no contaba con el apoyo de Estados Unidos. Terminaron por correrse. Desde entonces, Abbes García se dedicó a conspirar sólo con la imaginación. Y a tratar de gastar menos, porque en apenas un par de años aquel millón y pico de dólares se había reducido a la mitad y él sabía que nunca encontraría un trabajo. Sólo sabía de torturas, de bombas, de espiar y matar. ¿Quién lo iba a contratar en Europa para esos menesteres?

Cuando decidieron trasladarse a Canadá en 1964, Zita estaba embarazada de su segunda hija. Él quiso hacerla abortar, pero ella se negó y al fin se salió con la suya. La vida en Toronto era menos cara que en París, pero los permisos de residencia se los dieron sólo por seis meses y cuando él pidió una ampliación se la negaron, aduciendo que el dinero de que disponía no era suficiente para garantizar una estancia de otro medio año en el país.

Fue en estas circunstancias cuando, de la manera más inesperada, Abbes García recibió la oferta de trasladarse a Haití, como asesor del Presidente François Duvalier en asuntos de seguridad.

Había conocido en Toronto, en casa de unos amigos, a un haitiano que hablaba muy bien español, pues había vivido en la República Dominicana. Lo reconoció en el acto: «¿Usted, aquí? ¿Y qué puede estar haciendo el coronel don Johnny Abbes García en Toronto?». «Negocios», respondió éste, tratando de sacárselo de encima. El haitiano se llamaba François Delony y, según le dijeron, era periodista. En realidad, trabajaba para Papa Doc, el amo indiscutible de Haití desde 1957. Delony, que le había pedido su teléfono, lo llamó pocos días después y lo invitó a almorzar. En el restaurante de pescado al que lo llevó le hizo aquella propuesta que lo dejó desconcertado:

—He hecho muchas averiguaciones sobre usted, señor Abbes García. Sé que lo ha echado de su país el Presidente Balaguer y que desde entonces da vueltas por el mundo, convertido en una especie de paria. ¿Se interesaría por una propuesta seria? Trasladarse a Puerto Príncipe, a trabajar para el gobierno haitiano.

Abbes García se quedó tan sorprendido que tardó unos segundos en contestar.

—¿Habla usted en serio? —dijo al fin—. ¿Puedo preguntarle si ésta es una oferta del Presidente François Duvalier?

—De él mismo en persona —asintió Delony—. ¿Le interesa? Su cargo sería asesor del Presidente en asuntos de seguridad.

Aceptó de inmediato, sin saber siquiera cuánto le pagarían ni las condiciones de su trabajo. «Fui un imbécil», pensó. Era ya de día, las gallinas habían comenzado a cloquear, los perros a ladrar y las tres sirvientas a moverse y hacer ruido en la cocina.

Una semana después, él, Zita y las dos niñas estaban en Port-au-Prince, alojados en el Hotel Les Ambassadeurs. Aquellos primeros días habían sido los mejores, recordó Abbes García. El calor, el sol radiante, el olor a mar, la vegetación lujuriosa, los merengues, lo hacían sentirse en el Caribe. Le parecía que aquella masa de gente iba a ponerse a hablar de pronto en el dulce español dominicano. Pero aquellos negros y mulatos hablaban *créole* y francés y él no les entendía palabra. Dos días después lo llevaron a ver al Presidente Duvalier, a su oficina en el Palacio de Gobierno. Era la primera vez que lo veía, y sería también la última. Se trataba de un hombre enigmático, médico de profesión, pero, se decía, sobre todo brujo. Su poder lo atribuían los haitianos a la santería que practicaba y que fascinaba y aterrorizaba a la vez a todo su pueblo. Era alto, delgado, bien vestido, de edad indefinible. Lo recibió con mucha amabilidad, en su traje oscuro y sus zapatos brillantes, y le habló en un español muy bien hablado. Le agradeció venir a colaborar con su gobierno en materia de seguridad, en lo que, le dijo, sabía que era «un experto». Le habló muy bien del Generalísimo Trujillo y le dijo que afortunadamente se llevaba asimismo muy bien con el Presidente Balaguer. Y aquí se permitió una broma también algo enigmática.

—Ahora, cuando sepa que está aquí colaborando con mi gobierno, el Presidente Balaguer se pondrá algo nervioso, ¿no cree usted?

Una sonrisa pasó rápida por su cara oscura y sus ojos profundos le brillaron un instante detrás de los gruesos anteojos. Luego le explicó que su ministro de Gobierno estaría en contacto con él para todos los asuntos prácticos. Se puso de pie, le extendió la mano y adiós.

Abbes García no lo había vuelto a ver en privado en los dos años que llevaba en Haití, sólo de lejos, en ceremonias oficiales. Le había pedido audiencia por lo menos en una docena de ocasiones, pero, según el ministro

321

de Gobierno, el Jefe del Estado estaba siempre ocupadísimo y sin tiempo para recibirlo. Tal vez ésa era una de las razones por las que Abbes García había cometido la estupidez de ponerse a conspirar con el yerno del Presidente Duvalier, el coronel Max Dominique, esposo de Marie-Denise, Dedé, la hija de Papa Doc. Al pensar en Dedé, Abbes García sintió un pequeño cosquilleo en el pene. Le había ocurrido las pocas veces que había visto a esa mujer tan alta y altiva, de cuerpo tan hermoso, de mirada tan fría y dura que traducía ese temperamento implacable y tiránico que le atribuían, muy semejante al de su padre, decían. Cómo hubiera querido Abbes García lamerle la raja a esa diosa de ébano y de hielo. El recuerdo del coronel Max Dominique hizo que Abbes García recordara su situación. Otra vez lo invadió un terror helado y se puso a temblar de pies a cabeza.

Había conocido a Max Dominique en la Academia Militar de Pétionville, donde daba sus clases sobre temas de seguridad. El coronel era un oficial muy envidiado, por su parentesco político con Papa Doc, y había sido cordial con el recién venido, a quien un día invitó a cenar a su casa. Allí conoció Abbes García a esa mujer de bellas y largas piernas, Dedé, la señora de la casa, quien inflamó de tal modo al asesor de seguridad que, luego de la cena, debió correr a un lupanar de mala muerte, en el centro de la capital, a desahogar sus ansias entre las piernas de una prostituta con la que se entendía sólo por señas. Así había comenzado aquella relación con el coronel Max Dominique. Poco a poco, de manera encubierta, se había ido incorporando —«estúpidamente», pensó de nuevo— a una conspiración que encabezaba nada menos que el yerno del Presidente François Duvalier, para impedir que tomara el poder, a su muerte, el hermano menor de Dedé, Jean-Claude, apodado Baby Doc, a quien Papa Doc había designado su heredero. Extraña y absurda conspiración de la que, en las múltiples reuniones a las que Abbes García asistió, se hablaba entre aquellos militares que rodeaban a Max Dominique de una manera espectral, sin fijar fechas, sin precisión alguna sobre lugares ni armamentos ni ramificaciones políticas, como si todo estuviera todavía en un estado gaseoso, prenatal. Hasta que, de pronto, empezó a circular, gracias al tamtam humano, sin que de ello saliera una línea en los diarios ni se mencionara en los noticieros radiales, la noticia de que el gobierno de Papa Doc había hecho fusilar a diecinueve oficiales del Ejército por haber formado parte de un conato golpista.

Cuando Abbes García se calmó un poco, se levantó y fue a ducharse. Estuvo largo rato bajo el chorro de un agua que no llegaba a ser fría, sólo tibia. Luego se lavó los dientes y se afeitó cuidadosamente. Y por fin se vistió, poniéndose el mejor traje que tenía y una camisa de cuello. Si lo recibía el embajador dominicano, convenía que lo impresionara bien. Mientras tomaba el desayuno —dejó intacto el plato de fruta, dijo que no quería huevos y se limitó a tomar una taza de café con una pequeña rebanada de pan negro— pensaba obsesivamente en la embajada dominicana y en Balaguer. Como no comía casi nada estos últimos días, había tenido que hacer que las sirvientas le abrieran nuevos huecos en la correa. Eran sólo las siete de la mañana y se dispuso a hojear los periódicos que una de las criadas había dejado ya sobre la mesa.

Tampoco, la prensa no decía una palabra de la conspiración debelada, ni mucho menos sobre el fusilamiento de los diecinueve militares implicados, ni tampoco del nombramiento del coronel Max Dominique como nuevo embajador en España, ni del viaje, el día anterior, de éste y su esposa Marie-Denise a Madrid, para asumir su nuevo cargo.

¿Por qué había perdonado el Presidente Duvalier al jefe de la conspiración, mandándolo de embajador en España, en vez de hacerlo fusilar como a los oficiales del

Ejército que conspiraron con él? Por el amor que sentía por su hija Marie-Denise, sin duda. ¿Sabría Papa Doc que era ella, Dedé, la que había metido en la cabeza de su esposo la idea de una conspiración para liquidarlo y reemplazarlo? Tenía que saberlo. François Duvalier lo sabía todo y no podía ignorar que Dedé estaba resentida y dolida —todo Haití lo comentaba— de que hubiera elegido a su hijo menor para que lo sucediera en el poder en vez de a ella. Y, pese a todo, el brujo había perdonado a esa hija feroz y ahora los mandaba a España a ella y a Max como embajadores, luego de hacer fusilar y sepultar a escondidas a los militares implicados en la conspiración.

¿Por qué Duvalier no lo había hecho fusilar todavía a él? ¿Porque le deparaba un castigo especial, enriquecido con aquellas torturas sobre las que él instruía desde hacía dos años a los *tonton macoutes* en la Academia Militar de Pétionville? Otra vez la tembladera le subía desde los pies a la cabeza y le hacía entrechocar los dientes. Estaba sudando de nuevo y el sudor le había mojado ya la camisa limpia y su pantalón. Tenía que controlar esos nervios, no era bueno que el embajador dominicano lo viera en ese estado porque informaría de inmediato al Presidente Balaguer. ¡Y qué satisfacción sentiría éste al saber que Abbes García estaba aterrado por los castigos que le preparaba Duvalier por haberse metido a conspirar con su yerno y su hija!

A las ocho de la mañana entró al cuarto donde Zita dormía con las niñas. Su mujer estaba ya despierta, tomando el desayuno que le había traído a la cama una de las sirvientas: una taza de té, un plato de piña y papaya, y unas tostadas con mantequilla y mermelada. Qué tranquila y serena parecía: ¿se daba cuenta del riesgo que corrían? Sin duda, pero tenía fe ciega en él y lo creía capaz de arreglar todas las cosas. ¡La pobre!

—¿Por qué no están levantadas las niñas? —le preguntó, en vez de darle los buenos días—. ¿No van a ir al colegio?

—Tú mismo ordenaste que no fueran —le recordó Zita—. ¿Ya no te acuerdas? No te estarás volviendo arterioesclerótico, espero.

—Sí, cierto —reconoció él—. Mientras no se aclaren las cosas, mejor que las niñas no salgan de la casa. Tampoco tú.

Ella asintió. Él la envidió: podían morir con una muerte atroz en cualquier momento y ella comía su fruta como si éste fuera un día semejante a los otros. Sintió compasión por su propia mujer. A lo largo de todas las reuniones que había tenido en casa de Dedé y de Max Dominique, ella nunca se había inquietado. Cuando supo que François Duvalier había hecho fusilar a los diecinueve oficiales complicados en la conspiración, permaneció muda, sin hacer el menor comentario. ¿Lo creía un superhombre capaz de salir alegremente del monstruoso enredo en que estaban metidos? Hasta ahora, mal que mal, era cierto, había encontrado siempre la manera de escapar de las situaciones más escabrosas; pero Abbes García tenía el presentimiento de que esta vez ya no le quedaban puertas por las que huir de la mala suerte. Vagamente recordó al Hermano Cristóbal, allá en México, contando la historia de los rosacruces, y añoró la serenidad y la paz que sentía siempre que escuchaba sus prédicas.

—¿Te vas a la embajada? ¿Crees que nos repatriarán? —preguntó ella, como si ya lo diera por hecho.

—Por supuesto —dijo él—. Espero que Balaguer comprenda que le hice una gran concesión pidiéndole ese favor.

—¿Y si no? —preguntó ella, con una ligera inflexión en la voz.

—Ya veremos —dijo él, encogiéndose de hombros—. No te muevas de acá. De la embajada volveré derecho a la casa, a contarte.

Salió y el chofer no estaba. Mal síntoma; él le había indicado la noche anterior que estuviera aquí temprano.

¿Habría huido? ¿Le habían ordenado que no viniera? Cogió las llaves de la camioneta y condujo él mismo. Lo hizo despacio, evitando a los peatones que, con absoluta irresponsabilidad, se cruzaban y descruzaban al paso de la camioneta como si fuera ésta y no ellos quien debía evitar un accidente. Media hora después estaba estacionado frente a la legación dominicana, en el centro de Port-au-Prince. Faltaban unos minutos para las once y él esperó dentro del coche, con el aire acondicionado prendido. Cuando vio las once en su reloj, apagó el motor, salió y tocó la puerta de la legación. Le abrió la misma chica morenita que lo había recibido tres días atrás.

—El señor cónsul lo está esperando —le sonrió, muy amable—. Pase, por favor.

O sea, no lo iba a recibir el embajador tampoco esta vez. La muchacha lo guio hasta el mismo despacho de la vez pasada. El cónsul llevaba el mismo traje color gris muy entallado, que le quedaba estrecho y parecía dificultarle la respiración. Le sonrió con la misma risita forzada y los ojitos chisporroteantes que él recordaba muy bien.

—¿Alguna noticia, señor cónsul? —fue Abbes García al grano de inmediato.

—Desgraciadamente no, coronel —le respondió el cónsul, a la vez que le indicaba con la mano que tomara asiento—. No hay respuesta todavía.

Abbes García sintió que su cara se había llenado de sudor; el corazón le latía con fuerza en el pecho.

—Quisiera hablar con el embajador —balbuceó, y había en su voz algo implorante—. Sólo le quitaré diez, cinco minutos. Por favor, señor cónsul. Éste es un asunto muy serio. Tengo que explicárselo a él.

—El embajador no está, coronel —dijo el cónsul—. Quiero decir, no está en Haití. Ha sido llamado a consultas, a Santo Domingo.

Abbes García sabía que el cónsul mentía. Estaba seguro de que si abría de un patadón la puerta de su despacho lo vería allí, asustado, detrás de su escritorio, dándole unas explicaciones que serían también otras mentiras.

—Usted no comprende mi situación —añadió, hablando con dificultad—. Mi vida, la vida de mi esposa y de mis dos hijas están en peligro. Se lo he explicado en mi carta al Presidente Balaguer. Si nos matan, será un gran escándalo internacional para él. Un escándalo que podría tener consecuencias políticas gravísimas para su gobierno. ¿No lo comprende?

—Lo comprendo muy bien, coronel, le juro que sí —afirmó el cónsul, moviendo la cabeza—. Hemos explicado el asunto a la cancillería dominicana con lujo de detalles. Deben estar estudiando su caso. Apenas haya respuesta, yo mismo le avisaré.

—Usted no lo comprende o me está mintiendo —dijo Abbes García, incapaz de contenerse—. ¿Cree que hay tiempo para eso? Pueden matarnos hoy mismo, esta tarde mismo. Las leyes me amparan. Somos dominicanos. Tenemos derecho a ser repatriados de inmediato.

El cónsul se levantó de su escritorio y vino a sentarse a su lado. Parecía estar luchando por decir algo, pero no se atrevía. Sus ojitos asustados miraban a derecha e izquierda. Cuando habló, bajó tanto la voz que parecía susurrar.

—Permítame un consejo, coronel. Asílese, no espere más. En la legación de México, por ejemplo. Se lo digo como amigo, no como cónsul. No vendrá ninguna respuesta a su carta al Presidente Balaguer. Yo lo sé. Estoy arriesgando mi puesto al decirle esto, coronel. Lo hago por caridad cristiana, porque entiendo muy bien su situación y la de su familia. No espere más.

Abbes García trató de incorporarse, pero el temblor le había vuelto y se dejó caer nuevamente en el asiento. ¿Tenía sentido ese consejo? Tal vez sí. Pero él había sido expulsado hacía años de México por indeseable. Argentina, entonces. O Brasil. O Paraguay. Aunque le temblaban mucho las piernas, la segunda vez que lo intentó pudo incorporarse. Sin despedirse del cónsul, caminando como un autómata, se dirigió a la puerta de calle. Tampoco respondió al saludo de despedida que le hizo la muchacha morenita. En la camioneta estuvo sentado, sin encender el motor, hasta que la tembladera amainó. Sí, eso, tratar de asilarse en una embajada latinoamericana que no fuera México. Brasil, sí, Brasil. O Paraguay. ¿Habría embajadas de esos países en Port-au-Prince? Lo vería en la guía telefónica. El hijo de puta de Balaguer había recibido su carta y no quería responderle. Para ocultar las pistas. Quería que Papa Doc lo matara, por supuesto. Tal vez el Presidente Duvalier le había consultado su caso. «¿Qué hago con él, señor Presidente?» Y ese zorro que nunca se comprometía le habría respondido: «Lo dejo enteramente a su ilustrado criterio, Excelencia». Tendría terror de verlo aparecer por la República Dominicana y que movilizara a los muchos partidarios que tendría todavía el Jefe, y no sólo dentro del Ejército. Quería que Papa Doc hiciera el trabajo sucio y acabara con él.

Al pasar por la Academia Militar de Pétionville recordó el trabajo que había cumplido allí estos dos últimos años, las charlas increíbles que les daba sobre seguridad a los cadetes, los casos especiales que les contaba a los oficiales y a esos cuerpos auxiliares de ex presidiarios y delincuentes con prontuario que llamaban los *tonton macoutes*. Hablaba despacio, a base de notas que un intérprete traducía luego al *créole*. ¿Servían para algo? Por lo menos, los oficiales, los cadetes, los auxiliares parecían interesados. Le hacían muchas preguntas sobre cómo hacer hablar a un prisionero. Gracias al miedo, les explicó él mil veces. Hay que hacer que tengan mucho miedo. De ser castrados. De ser quemados vivos. De que les reventaran los ojos. De que les rompieran el culo con un palo o una botella. Infundirles pánico, terror, como el que sentía él en este instante. Hasta les había hecho comprar una silla eléctrica, parecida a la que él instaló en la Cuarenta, allá en Ciudad Trujillo, como la que tenía el general Ramfis en la Academia de Aviación. Con una diferencia: la silla eléctrica de Pétionville nunca funcionó como era debido. No se podía graduar la electricidad y electrocutaba a los prisioneros inmediatamente, en vez de irlos asando poco a poco hasta que hablaran. Ésta de aquí, que costó tan cara, los carbonizaba de entrada. Se rio, sin ganas, y recordó cómo había hecho reír a sus alumnos aquella vez que les contó que, durante los interrogatorios, allá en Ciudad Trujillo, mientras los prisioneros chillaban o imploraban a él se le antojaba siempre recitar poemitas sentimentales de Amado Nervo o tararear canciones de Agustín Lara.

Había sido una locura ponerse a conspirar con el coronel Max Dominique. Una locura estúpida, desgraciada, que probablemente acabaría con él sentado en esa silla eléctrica de la Academia Militar de Pétionville, que, en vez de ir sacudiendo a pocos a los prisioneros, los electrocutaba a la primera descarga. Todo había sido un error garrafal, empezando por venir a Haití, paisucho donde todo terminaba mal. ¿Por qué no lo había matado todavía Papa Doc como a los oficiales fusilados? ¿Qué torturas había planeado para él? Y, seguramente, de acuerdo con su amigo Balaguer. Cuando entró a su casa de Pétionville, Abbes García tenía el pantalón, la camisa, la chaqueta y hasta la corbata empapados de sudor.

Zita estaba en la sala con las niñas, leyéndoles un cuento. Al verlo en ese estado, palideció. Él movió la cabeza, negando.

—No me recibió el embajador, sino el mismo empleadito de la otra vez —le temblaba la voz y pensó que si se ponía a llorar su mujer se aterrorizaría, y lo mismo las dos niñas. Haciendo un esfuerzo sobrehumano, se contuvo. Añadió, muy despacio, sintiendo que su voz delataba su miedo—: No hay respuesta de Balaguer a mi carta. Tendremos que asilarnos. Voy a llamar a la embajada del Brasil ahora. Tráeme la guía de teléfonos, por favor.

Mientras Zita iba a buscarla, las dos niñas se quedaron sentadas, quietecitas, en el sofá. Ambas se parecían a su madre, no a él. Estaban muy bien vestidas, con unos guardapolvos azules y unos zapatitos blancos. Había en su inmovilidad y seriedad como la premonición de que ocurría algo grave, que era mejor no preguntar a su padre qué podía suceder.

Cuando Abbes García vio volver a la sala a Zita advirtió que no tenía la guía de teléfonos en la mano, e iba a reñirla cuando lo contuvieron la palidez de su mujer y su mirada de terror. Era alta y robusta, pero había adelgazado mucho estos últimos días. Tenía levantado un brazo y le señalaba la ventana. «Qué pasa», murmuró él a la vez que daba unos pasos hacia el gran ventanal que lindaba con el huerto y la calle. Las camionetas acababan de estacionarse frente a la entrada. Eran tres y, ahora, una cuarta se colocaba junto a ellas. Los hombres, con overoles y las camisetas y boinas negras que eran el uniforme de los *tonton macoutes,* estaban bajando a saltos de los vehículos. Calculó por lo menos una veintena. Llevaban garrotes y cuchillos en las manos, y estaba seguro —aunque no los veía— que tenían pistolas y revólveres colgando de las gruesas correas negras de la cintura. Se alineaban frente a la cerca, sin entrar, esperando una orden. «Ya están aquí», pensó. No sabía qué hacer, qué decir.

—¿Qué esperas, Johnny? —exclamó Zita a sus espaldas. Se volvió y vio a su mujer abrazando a las dos niñas, que se habían puesto a llorar prendidas de su madre—. Haz algo, haz algo, Johnny.

«Mi revólver», pensó él y corrió al dormitorio, a sacarlo del cajón del velador, donde lo tenía guardado con llave. Mataría a Zita, a las niñas y luego se mataría él mismo.

330

Pero, en el dormitorio, miró por la ventana y los *ton-ton macoutes* (¿cuántos de éstos habían sido sus alumnos en la Academia Militar de Pétionville?) seguían allí, formados frente a la baranda y la puerta que conducían al huerto. ¿Por qué no entraban de una vez? Sí, ahora sí. Uno de ellos había hecho volar de una patada la puertecilla de madera y, atropellándose, invadían el huerto e iban en pelotón hacia los gallineros sin prestar atención a los ladridos de los dos perros que les salieron al encuentro. Creyendo y no creyendo lo que veía, Abbes García, con su revólver en la mano, vio a los *tonton macoutes* ocupar el huerto, pisotear las flores y el sembrío, liquidar a los dos perros a palazos y cuchilladas, encarnizándose luego con los cadáveres a los que pateaban y pisoteaban.

Corrió a la sala y al entrar vio que las tres sirvientas de la casa estaban también allí, abrazadas, los ojazos clavados en el ventanal. Zita ni siquiera pretendía calmar a las niñas que se prendían a ella chillando, porque miraba hipnotizada lo que ocurría en el huerto. Los invasores, después de liquidar a los dos perros, estaban ahora matando a las gallinas. Volaban plumas y el estruendo de los quiquiriquís y los aullidos y exclamaciones de los asaltantes era ensordecedor.

—Han matado a los perros y a las gallinas —escuchó decir a Zita—. Ahora nos toca a nosotros.

Las tres sirvientas, arrodilladas, se habían puesto a rezar y a llorar a la vez. Aquella matanza no terminaba nunca, y tampoco el griterío. Abbes García ordenó absurdamente a las tres sirvientas que echaran llave a la puerta, pero ellas no lo oyeron o no tenían ya fuerzas para obedecerle.

Cuando vio ceder la puerta de entrada de la casa y asomaron las primeras caras negras y los ojos vidriosos («Los han drogado», alcanzó a pensar), levantó el revólver y disparó. Pero en vez del tiro, sintió el golpe seco del percutor contra la cacerina vacía. Se había olvidado de poner las balas y moriría sin haberse defendido, sin matar siquiera a uno de esos negros asquerosos que, como siguiendo una consigna muy precisa, en vez de dirigirse a él o a Zita o a las niñas golpeaban con los garrotes y acuchillaban a las sirvientas, gritando cosas incomprensibles, seguramente insultos, maldiciones. Él abrazó a Zita y a las niñas, que, con las cabezas incrustadas en su pecho, temblaban ya sin fuerzas para llorar.

Los *tonton macoutes* saltaban ahora, como bailando, sobre los cadáveres de las tres sirvientas, o lo que quedaba de ellas. Abbes García alcanzó a ver que tenían sangre en las manos, en las caras, en las ropas, en los garrotes, y todo aquello parecía, más que una matanza, una fiesta bárbara, primitiva, un ritual. Nunca, ni en sus peores pesadillas, imaginó que moriría así, masacrado por una horda enloquecida de negros que, aunque llevaban revólveres, preferían los garrotes y los cuchillos, como en los tiempos remotos, los de las cavernas y las selvas prehistóricas.

Aunque ni Johnny Abbes García, ni Zita, ni las niñas vieron el final de todo aquello, sí lo vio una testigo, la evangelista Dorothy Sanders. Era una vecina, con la que sólo habían cambiado venias de saludo pese a vivir en la misma calle. Ella contaría después, todavía tomando tranquilizantes para los nervios y decidida a regresar a los Estados Unidos cuanto antes, renunciando a su trabajo misionero, que, luego de realizar aquella terrible matanza, los negros habían rociado unas latas de querosén en la vivienda y le habían prendido fuego. Ella había visto desaparecer aquella casa en un montón de cenizas y subir a sus camionetas y partir a los asesinos y pirómanos, seguramente convencidos de haber llevado a cabo un trabajo muy bien ejecutado.

# Después

Vive entre Washington D. C. y Virginia, no muy lejos de Langley, donde, y esto podría ser mera casualidad, está la casa matriz de la CIA, una zona residencial a la que se accede identificándose ante una portería con rejas. Hay grandes árboles por todas partes y el lugar parece un remanso de tranquilidad, sobre todo en esta tarde de primavera, de cielo limpio y un sol suave que dora la fronda y colorea las flores del barrio. Pajarillos invisibles pían por doquier y grandes pájaros que podrían ser gaviotas venidas de la costa cruzan el cielo azul de cuando en cuando. Las casas son espaciosas, con amplios jardines y automóviles de lujo en los garajes; en una de ellas, un rancho con caballerizas, monta un pony una amazona jovencita cuyos cabellos sueltos mece el viento. Pero la vivienda de Marta Borrero Parra es pequeña y la más original y excéntrica que he visto en mi vida. Una casa que, en el exterior y en el interior, refleja como un espejo la personalidad y los gustos de su dueña.

Soledad Álvarez, una antigua amiga dominicana que es, además, una magnífica poeta, y Tony Raful, poeta, periodista e historiador dominicano, han hecho a lo largo de meses toda clase de acrobacias dialécticas para conseguirme esta entrevista, y ambos me previnieron que esta tarde me llevaría más de una sorpresa. Él estuvo antes por aquí y es buen amigo de Marta, la expatriada guatemalteca, si es que ella ha tenido alguna vez amigos de verdad. La casa está decorada por fuera, en sus cuatro lados, con toda clase de plantas, hierbas, enredaderas que deben ser también de plástico, como las flores que atestan y convierten en una selva indescifrable el interior de la vivienda. Entre esa vegetación artificial hay animalitos de cartón, madera o peluche que escalan las paredes pintadas de escarlata y el techo de tejas relucientes. Hay asimismo muchas buganvilias malvas y rosadas que, ellas sí, parecen auténticas.

Apenas entro me desconcierta el escandaloso chillerío de los pájaros. Están en jaulas y sus voces amenizarán toda mi conversación de por lo menos un par de horas con la antigua Miss Guatemala (que nunca lo fue). Confieso que estoy algo nervioso. Llevo dos años imaginando a esta mujer, inventándola, atribuyéndole toda clase de aventuras, desfigurándola para que nadie —ni ella misma— se reconozca en la historia que fantaseo. Esperaba muchas cosas, salvo esta ruidosa y gigantesca pajarera. Hay canarios africanos, palomas torcaces, loritos, cacatúas, guacamayos y otras varias especies no identificables por mí. Una suerte de «horror al vacío» ha hecho que todo esté ocupado, que no queden espacios libres. Uno no puede moverse por la casa de Marta sin derribar algún objeto de las decenas o centenares de maceteros con plantas grandes y chicas que se amontonan por doquier. Las estatuas, bustos y figuras religiosas —budas, cristos, vírgenes y santos— alternan con momias y catafalcos egipcios, fotos, cuadros y homenajes a dictadores latinoamericanos como el Generalísimo Trujillo o Carlos Castillo Armas. Éste fue el «gran amor de su vida», me confesará dentro de un momento, y a él hay dedicada toda una pared con una fotografía gigante y una lámpara votiva en su homenaje que llamea día y noche y que debe ser también de plástico, como la vertiginosa cantidad de flores —rosas, gladiolos, claveles, mimosas, orquídeas, tulipanes, geranios—, juguetes y recuerdos de viaje por los lugares del mundo donde Marta Borrero Parra puso alguna vez los pies. A juzgar por lo que veo, debe de haber dado la vuelta al mundo varias veces.

Nuestra conversación será un poco parecida a la increíble casa: anárquica, original, confusa, sorprendente. Según todos los testimonios que he rastreado en libros, periódicos y biografías de personas que la conocieron en distintas épocas de su vida aventurera, fue muy bella, una mujer inquietante, con una mirada verdegrís que parecía trepanar a sus interlocutores y los dejaba desconcertados y turbados. Ahora debe tener más de ochenta años —no cometo la imprudencia de preguntárselo— y el tiempo debe haberla encogido y redondeado un poco, pero, aun así, pese a su veteranía, emana de ella algo que delata la vieja gloria, la seducción que ejercía, las leyendas que generó, los hombres que la amaron y a los que ella amó. Me recibe vestida con un kimono negro lleno de pliegues y repliegues, maquillada con mucho esmero, pendientes y collares, pestañas muy largas y las uñas de las manos pintadas de verde selvático. Lleva unas llamativas sandalias de terciopelo color verde limón. Debe haberse operado algunas veces, pues tiene un rostro muy terso en el que siguen brillando con arrogancia y cierto misterio aquellos ojos que tanto impresionaban antaño a las personas que la conocieron, sobre todo a los hombres.

Apenas nos sentamos en un pequeño claro de esa selva inextricable, me dice que sabía que yo «odiaba las semillas de las frutas» (lo que es verdad) y que también estaba enterada de que mi canción favorita es, desde niño, «Alma, corazón y vida», un valsecito peruano de moda cuando llegué a Piura en el año 1946, a mis diez años de edad, y que oí allí por primera vez, cantado por un guardia civil que cuidaba la prefectura donde vivíamos (mi abuelo era el prefecto). Cuando le pregunto cómo está al tanto de esos detalles tan privados y exactos de mi vida, sonríe y me responde lacónicamente, como

337

hubiera dicho la Símula de mi novela: «Tengo poderes». Su voz es cálida y demorada, con un deje centroamericano que el tiempo, el exilio y sus viajes no han conseguido borrar del todo. Pero son sobre todo sus ojos, entre grises y verdes, y su manera de mirar intensa, atrevida, perforante, lo que más me llama la atención.

Casi sin transición pasa a decirme que ha tenido diez maridos y que los ha enterrado a todos. Habla con suavidad y sin jactancia, con pausas, ritmo y música, buscando las palabras adecuadas. Añade que, cuando era todavía una niña, la violó un comunista guatemalteco que era médico y que, desde entonces, es una anticomunista apasionada y militante. Eso ya lo sé. Me sorprende, sin embargo, que me diga que el gran amor de su vida fue el coronel guatemalteco y Presidente de la República Carlos Castillo Armas, un «caballero exquisito y delicado» que trató de divorciarse de su mujer, Odilia Palomo, para casarse con ella, pero no lo consiguió «pues antes, y tal vez para impedir eso mismo, lo mataron».

Habla con lentitud, pronunciando todas las sílabas, sin esperar respuestas ni comentarios a lo que va diciendo, y, a ratos, hasta me da la impresión de que se olvida de que yo estoy también allí.

De sus relaciones con el coronel dominicano Johnny Abbes García, jefe de la Seguridad del Generalísimo Trujillo, asesino, torturador y encargado de varios asesinatos e intentos de crímenes en el extranjero —entre ellos el fracasado asesinato del Presidente Rómulo Betancourt en Caracas y, según Tony Raful, el muy logrado de Castillo Armas en Guatemala—, Martita habla con mucha precaución, de manera escurridiza. Se trata también, me dice, de «otro cumplido caballero», de modales exquisitos y tan amable que cuando comían juntos se apresuraba a cortarle en trozos pequeños el apanado y el bistec. Adoraba a su madre, llevaba una foto de ella en su cartera, y, una noche en que ella tenía fiebre, Marta lo vio, arrodillado al pie de su cama, masajeándole los pies. Que un hijo quiera tanto a su madre siempre es una buena credencial en un ser humano, ¿no es verdad? Tenía, como todos, algunas manías, y la principal de él era andar buscando rosacruces por todo el mundo, algo que aquí habrá conseguido de sobra, pues en este país abundan. Abbes García estaba muy enamorado de ella y la llenaba de atenciones y regalos todo el tiempo, primero en Guatemala, cuando se conocieron, y luego en la entonces llamada Ciudad Trujillo, donde ella pasó algunos años de su juventud, ejerciendo la profesión de periodista política. Allí Abbes solía llevarla a casinos, y una de esas veces le regaló trescientos dólares para que apostara a la ruleta y le rogó que se guardara las ganancias. Pero, me asegura, ella nunca le hizo caso ni se acostó con él.

Cuando le recuerdo que, sin embargo, corren muchas habladurías según las cuales ella tuvo un hijo con el esbirro trujillista, al que algunos dicen haber conocido en persona y que habría muerto muy joven en la República Dominicana, me replica, sin inmutarse lo más mínimo: «Fantasías alocadas de la gente y sin el menor fundamento».

Tampoco es muy explícita al referirme lo que está documentado de sobra en reportajes periodísticos y libros de historia: cómo fue que Abbes García la hizo escapar de Guatemala la misma noche del asesinato de Castillo Armas, el 26 de julio de 1957, cuando los amigos y compañeros de éste, los liberacionistas, y sobre todo uno de los probables asesinos, el teniente coronel Enrique Trinidad Oliva, la perseguían acusándola —para despistar— de ser cómplice de la muerte de su jefe:

—Cosas que pasaron y que ya se llevaron el viento y la memoria —exclama sin alterarse y, sonriendo, encoge los hombros y concluye, simulando indiferencia—: ¿Para qué resucitarlas?

Y esboza una de esas sonrisas largas y misteriosas que debieron ser una de las armas más hechiceras de su juventud.

—¿Es verdad que el pistolero cubano Carlos Gacel Castro la sacó a usted en un auto, aquella misma noche del magnicidio, de la ciudad de Guatemala y la condujo a San Salvador? —le pregunto—. ¿Que al día siguiente Abbes García se la llevó en un avión privado de San Salvador a la República Dominicana? Todos los libros de historia lo aseguran. ¿Es eso cierto o también son fantasías alocadas de la gente?

—¿De veras soy tan famosa que aparezco en los libros de historia? —sonríe ella, burlona. Vuelve a encoger los hombros, y lo hace con gracia y coquetería—. Pues, entonces, seguramente debe haber en todo eso algo de verdad. No se olvide que soy una anciana y no puedo recordar todo lo que he vivido. Los viejos tenemos pérdidas de memoria y nos olvidamos de las cosas.

Y lanza entonces una pequeña carcajada que desmiente lo que dice, llevándose la mano a la boca.

Aunque se la nota sana y vigorosa pese a sus años, se mueve con cierta dificultad, ayudada por un bastón. A ratos me da la impresión de que en su cabeza las fronteras entre la realidad y la ficción se eclipsan sin que ella lo advierta, y, en otros, que ella misma administra sabiamente esas confusiones. También, que sabe muchas más cosas de las que me cuenta y que por momentos desvaría, pero a voluntad. Como cuando me dice que cree en extraterrestres y me asegura que a ella le consta que existen, pero no me da más precisiones para que no crea yo que está loca, algo que, añade con una sonrisita traviesa que muestra su perfecta dentadura, «muchos andan diciendo por allí».

Por fin me atrevo a tocar el tema principal, lo que me ha traído hasta aquí, lo que ella es la única persona en sostener, en declaraciones, artículos de prensa, entrevistas, y en ese maremagno autobiográfico on line que renueva cada día:

—Usted sostiene que es falso que Abbes García muriera en Haití, con Zita, su segunda mujer, y las dos hijitas de ambos, asesinados por los *tonton macoutes* de Papa Doc, que mataron también a sus criadas y sus perros y gallinas, y quemaron luego la casa. Esto lo aseguró el Presidente Balaguer en su autobiografía *(Memorias de un cortesano de la «Era de Trujillo»)* y lo confirmó a la policía una misionera evangelista norteamericana, la señora Dorothy Sanders. Ella era vecina de los Abbes García en Pétionville y fue testigo de los hechos.

Martita me escucha ahora muy seria. Piensa un momento y por fin dice, de esa manera despaciosa y con esa tranquilidad que nada altera:

—Ésa fue una ficción montada por la CIA para evitarle a Johnny persecuciones y poder traerlo de manera anónima a los Estados Unidos. No he dicho más que la verdad. Aquí ha vivido Johnny con nombre supuesto, luego de hacerse una cirugía estética que le cambió la cara pero no la voz. Y aquí sigue viviendo hasta hoy.

—Si viviera, Abbes García tendría ahora más de ochenta años —la interrumpo—. Y, acaso, estaría cerca de los noventa.

—¿Ah, sí? —se sorprende ella—. Yo creía que algunos más.

—¿De dónde ha sacado usted semejante historia, doña Marta? —le insisto—. ¿Ha visto usted alguna vez a Abbes García, en persona, aquí en los Estados Unidos?

No se inmuta tampoco en esta ocasión. Me examina de arriba abajo, como preguntándose si vale la pena perder el tiempo tratando de convencerme de algo que nadie le cree pero que, ella lo sabe, es una verdad como una casa.

Suspira y, luego de una larga pausa en la que el cacareo y vocerío de los pájaros parecen aumentar, habla de nuevo:

—Lo vi una sola vez, hace ya bastantes años. Pero hablamos por teléfono con cierta frecuencia. Siempre me llama él, de cabinas telefónicas, por supuesto. Yo no sé su teléfono ni su paradero. New York, California, Texas, quién sabe. Se cuida mucho, como es natural. Tuvo muchos enemigos cuando hacía política, usted lo sabe de sobra. Pero, ahora, los peores serían los periodistas, sobre todo esos de la prensa chismosa, que viven de los escándalos.

Una noche de invierno, hace de esto muchos años, sintió que tocaban a la puerta de su casa, esta misma casa donde estamos ahora. Recelosa, fue a abrir y encontró en la calle a un hombre escondido dentro de un gran abrigo y una bufanda que le colgaba hasta los pies. Pero identificó inmediatamente su voz cuando le oyó decir: «¿No me reconoces, Martita?». Desconcertada y sorprendida, como es natural, lo hizo pasar a esta misma sala, en la que entonces había menos pájaros. Tuvieron una conversación de varias horas, hasta el amanecer, tomando tacitas de té, reviviendo las aventuras del tiempo que se fue. Él le confesó que ella era la única persona, entre sus viejos conocidos, a la que le mostraba que estaba vivo.

Hace una larga pausa y recita en inglés un verso del poema de Stephen Spender que me sorprende mucho oír en su boca: «Y partió al alba, solo, como parten los héroes». (Nunca me la hubiera imaginado lectora de tan buena poesía.) Le pidió, antes de marcharse, que le guardara el secreto. Ella lo hizo, por muchos años. Ahora ya no valía la pena tomar tantas precauciones; todos los posibles delitos que se le achacaban habían prescrito y casi todos sus enemigos estaban ya muertos y enterrados. Por lo demás, ¿acaso alguien se acordaba todavía de

Abbes García? «El único es usted, don Mario, por lo visto.»

No lo ha vuelto a ver, pero está segura que sigue vivo y que la volverá a llamar en cualquier momento. O acaso aparecerá tocándole una noche la puerta de casa, como la vez anterior. Martita le contará nuestra conversación y que estoy escribiendo una novela llena de mentiras e invenciones sobre la vida de ellos dos. ¿Los casaré al final, como en las historias románticas? Se ríe un buen rato, de muy buen humor, celebrando su broma y clavándome su mirada verdegrís.

Marta Borrero Parra vive con un ama de llaves que es peruana, de Huancayo, una mujer desenvuelta y discreta que, luego de servirnos las gaseosas, ha desaparecido. Sólo vuelve a entrar para hacerle tomar unas medicinas con sorbitos de agua y cuando la dueña de casa la llama para pedirle algo; en realidad, no parece una empleada, sino su secretaria y compañera de viajes, una buena amiga.

Marta se olvida de pronto de la política y, con aire nostálgico, me dice que ella vive muy tranquila ahora, rodeada de estos recuerdos —su mano revolotea mostrando las flores y objetos del derredor— que dan cuenta de sus andanzas por el ancho mundo. Contengo la pregunta que me viene a los labios: «¿Trabajando todavía para la CIA?». Aunque aún se da «sus escapaditas de cuando en cuando», ahora viaja muy poco, por razones obvias. Pero, gracias a la televisión y a los programas de viajes, sigue recorriendo el mundo todas las noches, por lo menos una hora, antes de meterse a la cama. Algunos de esos documentales son magníficos. Anoche vio uno dedicado al reino de Bután, puras montañas y su rey, gordo e inexpresivo, un tótem viviente. Recuerda con frecuencia Guatemala, su tierra natal, sus bosques, sus volcanes, los trajes multicolores de los indígenas, los mercadillos de las aldeas los días sábados, aunque hace más de medio siglo que no la ha vuelto a pisar. Pero se lamenta de no haber visto nunca un quetzal vivo, volando, esa avecilla que es el emblema de su país, sólo en dibujos y fotografías. La última vez que estuvo allá, durante una campaña electoral, le dio tristeza el estado de la pobre Guatemala. Los comunistas la tenían a sangre y fuego, con guerrillas en las montañas y terroristas en las ciudades que ponían bombas, mataban y secuestraban a la gente decente. Menos mal que el Ejército seguía allí firme, enfrentándolos. ¡Qué sería de la pobre América Latina si no hubiera sido por los Ejércitos! Por eso, ella les rinde homenajes en su blog todos los días. El continente entero hubiera seguido el ejemplo de Cuba si no hubiera sido por esos valientes soldaditos tan mal pagados y tan calumniados por los rojos. «Se me salen las lágrimas cuando pienso en ellos», susurra. Y se pasa el pañuelo por la cara en un gesto teatral.

Está sentada junto a una gran foto en la que aparece abrazada con los Bush de tres generaciones, los dos que fueron presidentes de Estados Unidos y Jeb, el ex gobernador de Florida. Me dice que ella ha sido una activa militante del Partido Republicano, está afiliada a él, igual que al Partido Ortodoxo de los exiliados cubanos, y todavía trabaja para los republicanos entre los votantes latinos en todas las campañas electorales de los Estados Unidos, su segunda patria, a la que quiere tanto como a Guatemala. Ahora está muy contenta, no sólo porque Donald Trump se halla en la Casa Blanca haciendo lo que es debido, sino también porque unos bonos de China que, no me quedó muy claro, compró o heredó, han sido finalmente reconocidos por el gobierno de Beijing. De modo que, si todo sale bien, pronto será millonaria. Ya no le servirá de mucho por los años y achaques que tiene encima, pero dejará ese dinero en un fondo a las organizaciones anticomunistas de todo el mundo.

No hay duda de que muchas de las cosas que me ha dicho sobre ella Tony Raful, que la conoce a fondo y ha investigado sobre su pasado, deben ser verdad. No hay duda tampoco de que, desde muy joven, fue una mujer de armas tomar, audaz, valiente, arriesgada, capaz de enfrentarse a cualquiera y a cualquier imprevisto. Y, también, una señora endurecida por la vida e intrépida, que ha sobrevivido a cosas terribles. El propio Tony cuenta, en las primeras páginas de *La rapsodia del crimen. Trujillo versus Castillo Armas* (Santo Domingo, Grijalbo, 2017), cómo en Ciudad Trujillo, donde se asiló gracias a Johnny Abbes, el Presidente fantoche de entonces en la República Dominicana, Héctor Bienvenido Trujillo (apodado «Negro» y hermano del Generalísimo), la hizo llevar a su despacho y trató de sobornarla para que se acostara con él: le firmó un cheque diciéndole «Pon tú la cantidad que quieras», sin imaginarse que, indignada, la guatemalteca saltaría sobre él, gritando «¡Yo no soy una prostituta!», rasguñándolo y casi arrancándole una oreja de un mordisco, hasta que vinieron los guardias de su escolta a separarlo de semejante fierecilla.

Le pregunto si esa historia es cierta. Asiente, regocijada como una colegiala, y murmura, muerta de risa:

—Todavía me ha quedado en la boca el gustito de aquella oreja que mordí como un perro bulldog. ¡Un milagro que no se la arrancara!

Pero me escabulle el bulto cuando le pregunto cómo fue que la CIA se arregló para sacarla de Ciudad Trujillo antes de que el Negro o el propio don Rafael Leonidas, su ilustre hermano, la mataran:

—Ya ni me acuerdo cómo fue. ¡Hace tanto tiempo de todo eso!

Era entonces, me dice, cambiando de tema, «una mujer muy atractiva. Y, si no me cree, eche una mirada a estas paredes».

Me señala unas fotos muy grandes, donde se la ve, en efecto, joven y bella, con turbantes de colores tropicales o luciendo una cabellera serpentina que le barría los hombros desnudos.

No sé cómo la conversación evoluciona de pronto hacia Jacobo Árbenz, «un personaje que odié de joven con toda mi alma», me confiesa. Pero quien, «ahora que está muerto y enterrado», añade suspirando, más bien le merece compasión.

—Esos años de exilio debieron ser terribles para él y su familia —suspira de nuevo—. Por todas partes donde iba, la izquierda y los comunistas le echaban en cara que hubiera sido un cobarde, que en vez de pelear renunciara y se fuera al extranjero. Fidel Castro se dio el gusto, incluso, de insultarlo en persona, en un discurso, por no haber resistido a Castillo Armas, yéndose a la montaña a formar guerrillas. Es decir, por no haberse hecho matar.

—¿O sea que ahora comprende usted que Árbenz nunca fue comunista? —le pregunto—. Que era más bien un demócrata, algo ingenuo tal vez, que quería hacer de Guatemala un país moderno, una democracia capitalista. Aunque, ya en el exilio, se inscribiera en el Partido Guatemalteco del Trabajo, nunca fue un comunista de verdad.

—Era un ingenuo, sí, pero al que los rojos manipulaban a su gusto —me corrige—. A mí me dan pena él y su familia sólo por los años del exilio. Yendo de un lado al otro sin poder echar raíces en ninguna parte: México, Checoeslovaquia, Rusia, China, Uruguay. En todas partes lo maltrataban y parece que hasta hambre pasó. Y, encima, las tragedias familiares. Su hija Arabella, que era tan hermosa, según todos los que la conocieron, se enamoró de Jaime Bravo, un torero muy mediocre, que encima la engañaba, y terminó pegándose un tiro en una boîte donde él estaba con la amante. Y hasta parece que la propia mujer de Árbenz, la famosa María Cristina Vilanova, que se daba de intelectual y de artista, lo engañaba con un cubano, su profesor de alemán. Y que él lo supo y tuvo que tragarse los cuernos, calladito. Y, para colmo, su otra hija, Leonora, que estuvo en varios manicomios, también se suicidó hace pocos años. Todo eso acabó de destruirlo. Se entregó a la bebida y en una de esas borracheras terminó ahogándose en su propia bañera, allá en México. O, tal vez, suicidándose. En fin, espero que antes de morir se arrepintiera de sus crímenes y Dios pudiera acogerlo en su seno.

Pone una cara de gran tristeza, se persigna y de nuevo suspira hondo, varias veces.

Le pregunto si con los años también ha terminado por reconocerle a Juan José Arévalo algunos méritos.

—Ninguno —me afirma de manera categórica y ahora furiosa—. Él como Presidente preparó el terreno para las desgracias que trajo a Guatemala el gobierno de Árbenz. Y, además, a diferencia de éste, que era bastante austero en su vida privada, quería arrasar con todas las mujeres. ¿No se acuerda acaso que mató a dos pobres bailarinas rusas a las que Arévalo y un amigote se estaban llevando de juerga? Andarían medio borrachos, sin duda, cuando tuvieron ese accidente en la carretera en que murieron las dos muchachas. Y, por supuesto, nadie les tomó cuentas de nada ni a Arévalo ni al otro sinvergüenza que estaba en el auto con él.

Hace una larga pausa, para tomar unas medicinas. Cuando su ama de llaves sale de la habitación, le pregunto:

—¿Me puede usted decir algo de sus relaciones con la CIA, doña Marta? Muchos de los amigos de Castillo Armas creían que usted trabajaba para esta organización cuando los Estados Unidos dejaron de apoyar al coronel porque les pareció incapaz de liderar de veras la contrarrevolución y decidieron reemplazarlo con alguien más enérgico y carismático, como el general Miguel Ydígoras Fuentes.

—Ése es un tema delicado, mejor no lo toquemos —me dice, sin enojarse pero con firmeza, poniéndose seria. Me clava los ojos como si quisiera crucificarme contra la silla.

Pese a ello, y temiendo lo peor, insisto:

—El hecho de que usted obtuviera tan pronto el acceso a los Estados Unidos, cuando tuvo que salir de la República Dominicana, y le concedieran la residencia y luego la nacionalidad casi de inmediato son argumentos que utilizan quienes creen que usted prestó muy valiosos servicios a la CIA, doña Marta.

—Si sigue usted por ese camino, tendré que pedirle que nos despidamos ahora mismo —murmura.

No ha levantado la voz, pero ha pronunciado cada palabra con una seriedad mortal. Haciendo un gran esfuerzo, y ayudándose con el bastón, se pone de pie.

Le pido disculpas, le prometo que no mencionaré más el asunto que le molesta tanto y termina por volver a sentarse. Pero, es evidente, he tocado un tema muy sensible, que le incomoda y la irrita. A partir de este instante, sus maneras cambian. Pierde espontaneidad, se envara, su mirada se vuelve hostil y algo enfría el ambiente. ¿Me considera ya un enemigo? ¿Acaso un comunista emboscado? No volverá a parecerme natural ni a abandonarse a las bromas el resto de la conversación. Cuando veo que ésta se empantana y que no hay forma de sacarle nada más que valga la pena, no tengo más remedio que agradecerle que me haya recibido y despedirme. Desde la puerta adonde me acompaña, me dice, a modo de colofón:

—No se moleste en mandarme su libro cuando salga, don Mario. En ningún caso lo leeré. Pero, se lo advierto, lo leerán mis abogados.

Esa misma noche, Soledad Álvarez, Tony Raful y yo nos vamos a comentar la experiencia en un restaurant de Washington, el Café Milano, en Georgetown, un lugar muy animado, siempre lleno de gente y muy ruidoso, donde se comen buenas pastas y se toman excelentes vinos italianos. Hemos pedido un reservado y aquí podemos charlar tranquilamente. Soledad y yo coincidimos en que Tony ha hecho bien en no enviar a Marta un ejemplar de su último libro, pues es seguro que aquella lectura no la hubiera hecho feliz. Tony la trata con cariño y agradecimiento pero cuenta de ella muchas cosas que, sin duda, ella hubiera preferido que no se tocaran, o, si se tocaban, no fuera con la franqueza con que allí aparecen.

Los tres estamos de acuerdo en que mi visita a la Miss Guatemala original ha valido la pena, aunque me haya dejado con más preguntas que respuestas. Por lo que Marta me dijo o dejó de decirme y, sobre todo, la manera en que me las dijo y su irritación final, yo concluyo que en efecto debió de haber trabajado para la CIA y prestado a la celebérrima organización servicios importantes. Ellos están de acuerdo. Pero discrepamos en cuanto a su participación en el asesinato de Castillo Armas. ¿Estuvo al tanto desde antes e incluso intervino conscientemente en los preparativos del magnicidio o se vio arrastrada a ello poco a poco, sin darse cuenta, debido a su relación con Abbes García y el hombre de la CIA en Guatemala? Divagamos un rato al respecto sin llegar a conclusión alguna. Pero coincidimos en que, cuando advirtió que el teniente coronel Enrique Trinidad Oliva la quiso implicar en el magnicidio, ya no tenía otra elección posible que huir, como si fuera culpable, al igual que Johnny Abbes y el hombre que no se llamaba Mike. Su proclamado amor por Castillo Armas era probablemente cierto, no sólo un póstumo arrepentimiento por su posible e involuntaria implicación en su asesinato, aunque, también, otra manera de desviar las averiguaciones y las pistas y sospechas que podían llevar hasta ella.

Los tres coincidimos en que fue una gran torpeza de Estados Unidos preparar ese golpe militar contra Árbenz poniendo de testaferro al coronel Castillo Armas a la cabeza de la conspiración. El triunfo que obtuvieron fue pasajero, inútil y contraproducente. Hizo recrudecer el antinorteamericanismo en toda América Latina y fortaleció a los partidos marxistas, trotskistas y fidelistas. Y sirvió para radicalizar y empujar hacia el comunismo al Movimiento 26 de Julio de Fidel Castro. Éste sacó las conclusiones más obvias de lo ocurrido en Guatemala. No hay que olvidar que el segundo hombre de la Revolución cubana, el Che Guevara, estaba en Guatemala durante la invasión, vendiendo enciclopedias de casa en casa para mantenerse. Allí conoció a la peruana Hilda Gadea, su primera mujer, y, cuando la invasión de Castillo Armas, trató de enrolarse en las milicias populares que Árbenz nunca llegó a formar. Y tuvo que asilarse en la embajada argentina para no caer en las redadas que desató la histeria anticomunista reinante en el país en aquellos días. Pero de allí extrajo probablemente unas conclusiones que resultaron trágicas para Cuba: una revolución de verdad tenía que liquidar al Ejército para consolidarse, lo que explica sin duda esos fusilamientos masivos de militares en la Fortaleza de la Cabaña que el propio Ernesto Guevara dirigió. Y de allí saldría también la idea de que era indispensable para la Cuba revolucionaria aliarse con la Unión Soviética y asumir el comunismo, si la isla quería blindarse contra las presiones, boicots y posibles agresiones de los Estados Unidos. Otra hubiera podido ser la historia de Cuba si Estados Unidos aceptaba la modernización y democratización de Guatemala que intentaron Arévalo y Árbenz. Esa democratización y modernización era lo que decía querer

Fidel Castro para la sociedad cubana cuando el asalto al cuartel Moncada el 26 de julio de 1953 en Santiago de Cuba. Estaba lejos entones de los extremos colectivistas y dictatoriales que petrificarían a Cuba hasta ahora en una dictadura anacrónica y soldada contra todo asomo de libertad. Testimonio de ello es su discurso *La historia me absolverá,* leído ante el tribunal que lo juzgó por aquella intentona. Pero no menos graves fueron los efectos de la victoria de Castillo Armas para el resto de América Latina, y sobre toda Guatemala, donde, por varias décadas, proliferaron las guerrillas y el terrorismo y los gobiernos dictatoriales de militares que asesinaban, torturaban y saqueaban sus países, haciendo retroceder la opción democrática por medio siglo más. Hechas las sumas y las restas, la intervención norteamericana en Guatemala retrasó decenas de años la democratización del continente y costó millares de muertos, pues contribuyó a popularizar el mito de la revolución armada y el socialismo en toda América Latina. Jóvenes de por lo menos tres generaciones mataron y se hicieron matar por otro sueño imposible, más radical y trágico todavía que el de Jacobo Árbenz.

## Agradecimientos

A doña María Eugenia Gordillo, directora de la Hemeroteca Nacional de Guatemala, que me facilitó los diarios y revistas de la época en que transcurre esta novela.

A la Universidad Francisco Marroquín, de Guatemala, y muy en especial a su vicerrector de entonces, Javier Fernández-Lasquetty, por la gran ayuda que me prestaron permitiéndome trabajar en su excelente biblioteca.

A mi amigo Percy Stormont, tan buen conocedor de su tierra, por el viaje que hicimos recorriendo la frontera entre Honduras y Guatemala, visitando los lugares donde tuvieron lugar las acciones militares de la insurrección de Castillo Armas, y por enseñarme los secretos de la ciudad de Guatemala.

A Francisco Pérez de Antón, Maite Rico, Bertrand de la Grange, Jorge Manzanilla, Carlos Granés, Gloria Gutiérrez, Pilar Reyes y Álvaro Vargas Llosa, por su ayuda generosa. Y muy en especial a quienes está dedicada esta novela: Tony Raful, Soledad Álvarez y Bernardo Vega.

Mario Vargas Llosa, Premio Nobel de Literatura
2010, nació en Arequipa, Perú, en 1936. Aunque había estrenado
un drama en Piura y publicado un libro de relatos, *Los jefes*,
Premio Leopoldo Alas, su carrera literaria cobró notoriedad con la
publicación de *La ciudad y los perros*, Premio Biblioteca Breve (1962)
y Premio de la Crítica (1963). En 1965 apareció su segunda novela,
*La casa verde*, Premio de la Crítica y Premio Internacional Rómulo
Gallegos. Posteriormente ha publicado piezas teatrales (*La señorita
de Tacna, Kathie y el hipopótamo, La Chunga, El loco de los balcones,
Ojos bonitos, cuadros feos, Las mil noches y una noche* y *Los cuentos de la
peste*), estudios y ensayos (*La orgía perpetua, La verdad de las mentiras,
La tentación de lo imposible, El viaje a la ficción, La civilización del
espectáculo* y *La llamada de la tribu*), memorias (*El pez en el agua*),
relatos (*Los cachorros*), *Conversación en Princeton*, con Rubén Gallo,
y sobre todo, novelas: *Conversación en La Catedral, Pantaleón y las
visitadoras, La tía Julia y el escribidor, La guerra del fin del mundo,
Historia de Mayta, ¿Quién mató a Palomino Molero?, El hablador,
Elogio de la madrastra, Lituma en los Andes, Los cuadernos de don
Rigoberto, La Fiesta del Chivo, El Paraíso en la otra esquina, Travesuras
de la niña mala, El sueño del celta, El héroe discreto, Cinco Esquinas*
y *Tiempos recios*. Ha obtenido los más importantes galardones
literarios, desde los ya mencionados hasta el Premio Cervantes, el
Príncipe de Asturias, el PEN/Nabokov y el Grinzane Cavour.